Enno Bremer

DIE PIANISTIN

Enno Bremer lebt und arbeitet in Hannover. Er ist promovierter Ökonom, hat als leitender Manager in einem großen internationalen Konzern auf vier Kontinenten Verhandlungen geführt und als selbständiger Unternehmensberater eigentümergeführte Familienunternehmen strategisch beraten. Jetzt schöpft er aus seinem reichen Erfahrungsschatz und einem großen Fundus an Kulissen, Charakteren und Situationen, um sein Lesepublikum in spannende Welten zu entführen.

Sein Erstlingswerk „Die Pianistin" basiert unter anderem auf Erlebnissen aus seiner langjährigen Beratungstätigkeit in einem großen psychiatrischen Klinikum in der Region Hannover.

Enno Bremer

DIE PIANISTIN

Dr. Peter Petersen ermittelt

Kriminalroman

Bibliografische Information der Deutschen Nationalbibliothek: Die Deutsche Nationalbibliothek verzeichnet diese Publikation in der Deutschen Nationalbibliografie; detaillierte bibliografische Daten sind im Internet über dnb.dnb.de abrufbar.

Impressum

Deutschsprachige Erstausgabe Januar 2022
© 2022 Dr. Peter Löschner
Herstellung und Verlag: BoD – Books on Demand, Norderstedt
ISBN: 9783755771258

Lektorat: Christiane Saathoff, www.lektorat-saathoff.de
Korrektorat: Silke Leibner, www.silbenschliff.de
Covergestaltung und Satz: Mediendesign Anne Tegler

Bildnachweis: Titel/Rathaus Hannover (Birgit Winter/PIXELIO), Titel/Nord LB Hannover (saiko3p/stock.adobe.com), Autorenfoto/ Seite 2 (Brigitte Moser-Schlicht)

Für Marlies

Prolog

Schon als sie die Bühne durch die kleine Tür an der Rückseite des Orchesters betrat, fühlte sie die belebende Energie des Publikums. Sie ging hinter den Pauken und dem Schlagwerk zum linken Rand der Bühne und an den Violinen vorbei dem Auditorium entgegen. Noch bevor sie für die Konzertbesucher sichtbar wurde und der Begrüßungsbeifall einsetzte, spürte sie, wie ihre Konzentrationskraft zunahm. Auf ihrem Weg vor den Streichern entlang zur Mitte der Bühne, wo sich der Konzertflügel befand, grüßte sie das Orchester mit einem leichten, kollegialen Kopfnicken nach links und das Publikum mit einem ebensolchen nach rechts. Als sie bei ihrem Instrument angekommen war, hielt sie sich mit der linken Hand daran fest und verbeugte sich vor dem Publikum. Kurz nach ihr erschien der Dirigent, dessen Pult sich links hinter ihrem Flügel befand. Sie rückte ihren Hocker zurecht, setzte sich, stellte die Sitzhöhe ein und wartete.

Es stand das 1. Klavierkonzert von Johannes Brahms auf dem Programm, ihr absolutes Lieblingsstück. Sie hatte das „Concert für das Pianoforte mit Begleitung des Orchesters" schon in ihrer Jugend für sich entdeckt. Über die Auseinandersetzung mit diesem Stück war der 136 Jahre ältere Johannes Brahms nach und nach zu ihrer musikalischen Liebe geworden. Sie konnte die zarten Empfindungen, die der Komponist mit seiner komplexen Musik zum Ausdruck bringen wollte, präzise nachempfinden, und war insofern das ideale Medium, den Zuschauern diese Emotionen mit ihrem virtuosen Spiel zu vermitteln.

Während sich die meisten Musiker des Orchesters mindestens partiell an den Noten orientierten, die sie in Sichtweite vor sich hatten, befand sich auf dem Flügel von Elena Nowakowskaja kein einziges Blatt Papier. Sie konnte ihren Part schon seit vielen Jahren auswendig spielen und kannte jeden Takt der Partitur.

Nur ein paar Sekunden nachdem sie ihre ideale Sitzposition gefunden hatte, nahm der Dirigent seinen Taktstock und gab dem Orchester das Zeichen zum Einsatz. Der „Maestoso" genannte erste Satz des Stückes begann mit einem von den Bässen begleiteten an- und abschwellenden Trommelwirbel und einem geradezu majestätisch anmutenden Thema der Streicher, das in mehreren Tonarten wiederholt und mehrfach von den Bläsern gespiegelt wurde. Kurz vor dem Einsatz des Klaviers erklang das Orchester unter Einsatz annähernd aller Instrumente fast ungestüm und laut, wurde dann immer leiser und langsamer, bis sich auch die Streicher bis auf wenige leise Pizzicati zurücknahmen und damit dem Piano die Führung übergaben.

Die Pianistin übernahm bei ihrem Einsatz die volle Verantwortung für das Tempo. In den Teilen ihres Vortrags, die eher einen solohaften Charakter hatten, variierte sie gelegentlich die Geschwindigkeit, um ihrem Spiel mehr Ausdruck zu verleihen. In den Teilen, in denen sie einen Dialog mit dem Orchester einleitete, gab sie die rhythmische Orientierung, war quasi das Metronom des Orchesters und gab den Puls des Stückes vor, bis der Dirigent die Führung wieder selbst übernahm.

Das Orchester zeichnete sich an diesem Abend durch eine außerordentliche Spielfreude aus. Das erleichterte ihr ihre temporären Führungsaufgaben und gab ihr viel Raum für ihren eigenen künstlerischen Ausdruck. Sie hatte Freude daran, mal den Dialog mit den Streichern, mal den mit den Bläsern zu suchen. Aber sie genoss es auch, ihre mal melancholischen, mal forschen Soli zu Gehör zu bringen, die diesem Klavierkonzert seinen einzigartigen Charakter verliehen.

Im zweiten Satz, dem eher behaglichen Adagio, fühlte sie sich dagegen eher als Dienstleisterin des Orchesters. Sie agierte professionell und technisch einwandfrei, ohne viel mehr zu empfinden als das Gefühl, ein geschätztes Mitglied des Orchesters zu sein. Im dritten Satz dagegen, dem munteren, fröhlichen, teilweise besonders schnellen Rondo konnte sie all ihr Können ausspielen, ihre Liebe zu diesem Stück zum Ausdruck bringen und zugleich aller Welt zeigen, wer in dieser Disziplin die Nummer eins war.

Gleich zu Beginn des Rondos ging sie mit dem energischen Hauptthema in Führung, das mal von den Streichern, mal von den Bläsern, mal vom gesamten Orchester aufgenommen und vielgestaltig variiert wurde. Sie war jetzt völlig eins mit der Musik und dem Publikum. Zwar gab ihr Gehirn nach wie vor den Rahmen ihres Spieles vor und erinnerte gelegentlich an die Tonart, in der sie sich gerade befand. Aber die eigentliche Führung hatte ihr musikalisches Gespür übernommen, jenes Konglomerat aus Begeisterung, Selbstvertrauen und emotionalem Musikverständnis, das ihrem Spiel die besondere Prägung gab. Ihre Hände entlockten dem Instrument heftige Akkordfolgen, präzise Trillerfiguren und gefühlvoll vorgetragene leise Melodien, mit denen sie dem Publikum die tiefen Emotionen vermittelte, die der Komponist in Form unendlich vieler Noten zu Papier gebracht hatte.

Das Publikum war so ergriffen, dass der Beifall nach dem abschließenden Tutti des Orchesters etwas verzögert einzusetzen schien, dann aber zu einem nicht enden wollenden Jubel anschwoll. Die Streicher ehrten ihre berühmte Mitspielerin durch das Klopfen mit ihren Bögen gegen Notenständer und

9

Instrumente. Die Nowakowskaja gab dem Dirigenten und dem Konzertmeister zum Dank für ihre virtuose Begleitung die Hand, verbeugte sich dann immer wieder, mal allein, mal zusammen mit dem Dirigenten vor ihrem Publikum, das sich inzwischen unter Bravo-Rufen erhoben hatte, um den Künstlern ihre Anerkennung entgegenzubringen.

Auch nachdem die Nowakowskaja und der Dirigent je einen Blumenstrauß überreicht bekommen hatten, hielt der Applaus noch lange an. Langsam wurde ihr bewusst, wie stolz sie auf ihr eigenes Spiel, aber auch auf das gesamte klangliche Erlebnis war, das sie an diesem Abend zusammen mit dem Orchester hervorgebracht hatte. Gleichzeitig spürte sie jedoch, wie viel Kraft sie diese Performance gekostet hatte, und empfand – wie schon so häufig – diese typische Leere, wie sie nur jemand kennt, der für andere wirklich alles gegeben hat.

TEIL 1

Samstag, 4. August
Ein Abend unter Freunden

Die Schattenseite des Berühmtseins ist die Einsamkeit. Je heller das Licht eines Künstlers erstrahlt, desto weiter leuchtet es in die Ferne, dorthin, wo es nur noch wenige oder gar keine Freunde gibt und die Kontakte zu anderen Menschen primär professionell motiviert sind.

Ihr virtuoses Spiel auf dem Piano hatte Hellen nach und nach zu einer Kosmopolitin werden lassen, die auf den großen Bühnen dieser Welt auftrat und gefeiert wurde. Auf ihrer aktuellen Europatour standen innerhalb von nur rund zwei Monaten achtundzwanzig Termine in siebzehn verschiedenen Städten im Kalender. Sie lebte also wieder einmal aus dem Koffer. Umso glücklicher war sie, jetzt einige Tage in ihrer musikalischen Heimatstadt Hannover verbringen zu können, wo sie alte Freunde treffen und ihre Muttersprache sprechen konnte.

Da ihr heutiges Konzert weder eine Premiere noch der Schlusspunkt einer Serie von Auftritten gewesen war, hatte es keine Pressekonferenz, sondern nur ein kurzes Gespräch mit einigen wenigen Journalisten der lokalen Medien und eine äußerst übersichtliche Autogrammstunde im Foyer des Kuppelsaals gegeben. Also hatte sie einen großen Teil des Abends noch vor sich.

Schon etwa eine Stunde nach dem Konzert trug sie wieder Jeans und Lederjacke und freute sich darauf, ihre alte Freundin Luiza Bartók, eine ehemalige Kommilitonin von der Musikhochschule Hannover, und deren Freund Fredrik Bengtsson zu treffen. Sie erwarteten sie in der Bar des Congress-Hotels direkt neben dem Kuppelsaal.

Das ungleiche Paar saß in einer der wenigen Nischen am

Fenster. Hellens ungarische Freundin Luiza war eine eher kleine, zarte Erscheinung, die neben dem knapp zwei Meter großen Schweden fast wie ein Kind wirkte. Hellen erkannte die beiden sofort, ging eilig auf sie zu und begrüßte sie herzlich. Als sie sich zu den beiden an den kleinen Tisch gesetzt hatte, fühlte sie sich zum ersten Mal seit dem Start ihrer Europatournee im weitesten Sinne des Wortes ein wenig zu Hause. Zu Hause ist, wo unsere Freunde sind, hatten sie früher immer gesagt. Und genau so empfand sie es jetzt.

„Du bist ganz schön groß rausgekommen, Hellen. Hast dich super entwickelt. Ich musste drei-, viermal heulen, so ergriffen war ich von deinem Spiel", sagte Luiza anerkennend. Doch Hellen hörte gar nicht zu. Etwas anderes bewegte sie viel mehr.

„Es ist schon ziemlich lange her, dass mich jemand Hellen genannt hat. Ich wusste schon gar nicht mehr, dass ich so heiße", hörte sie sich sagen. „Fast niemand von den Leuten, mit denen ich heute die meiste Zeit verbringe, weiß, wie ich wirklich heiße."

„Das ist ja auch wirklich kein Wunder, Hellen", erwiderte Luiza. „Du bist ja schließlich nicht als Hellen Osterkamp oder als Hellen Nowakowski berühmt geworden, sondern als Elena Nowakowskaja. Die Agenturen, die Presse, deine Fans und auch die Künstler, mit denen du zusammenarbeitest, können ja nicht ahnen, dass du eigentlich einen deutschen Namen hast."

„Ja, das stimmt. Das sind ja auch ganz überwiegend völlig fremde Leute für mich. Ich kann mit ihnen zwar arbeiten und auch gerne mal einen Teil meiner freien Zeit mit ihnen verbringen, aber wirklich wohl fühle ich mich nur da, wo man weiß, dass ich Hellen bin."

„Wer bist du denn für deinen Vitali?"

„Hellen natürlich", sagte sie mit einem Lächeln.

13

„Habt ihr euer tolles Haus auf Long Island noch?", wollte Luiza wissen.

„Na klar, ist jetzt halb Wohnhaus, halb Büro. Meine Modefirma Lady Hellen ist dort eingezogen. Vitali hat die Leitung übernommen. Er organisiert inzwischen alles von dort aus. Unser Geschäft in Lower Manhattan haben wir aufgeben können, dadurch sparen wir viel Zeit und Geld. Mittlerweile läuft fast alles über den Großhandel und online."

„Und wie kommst du mit Charlotte klar?"

„Die nervt zunehmend. Am liebsten würde ich sie so schnell wie möglich loswerden. Aber sie organisiert alle meine Auftritte und sie ist seit etwa einem Jahr auch Gesellschafterin in meiner Firma."

„Warum das denn?", fragte Luiza fast empört.

„Sie hat immer wieder darauf hingewiesen, dass es die Firma ohne sie gar nicht gäbe, das Startkapital sei schließlich mit den Auftritten verdient worden, die sie vermittelt habe. Für mich würde sich daraus eine gewisse Altersversorgung ergeben, für sie selbst aber nicht. Das sei nicht fair. Wir sind ihrer Argumentation am Ende gefolgt und haben sie mit zehn Prozent beteiligt."

„Weißt du eigentlich, dass Fredrik in einer Firma arbeitet, die auch Künstler betreut?", fragte Luiza und legte ihre Hand auf den Arm ihres Freundes.

„So gut kenne ich deinen Fredrik doch noch gar nicht." Hellen lächelte und schaute den Schweden interessiert an. „Könntest du denn das Management von Charlotte von Steinbach von heute auf morgen erfolgreich weiterführen?"

„Nicht ich alleine und auch nicht von heute auf morgen. Aber mit einem Vorlauf von ein bis zwei Monaten könnten wir das Management mit Sicherheit übernehmen. Kümmert sich

14

deine Charlotte denn auch um deine Einkommenssicherung nach dem Abschluss deiner Karriere?"

„Nein, mit solchen Dingen kennt sie sich nicht aus."

„Wir aber. Mit dem einen Teil unserer Firma entwickeln wir Marketingkonzepte für die aktive Zeit unserer Künstler, mit dem anderen konzipieren wir Versorgungskonzepte für die Zeit danach. Auf Honorarbasis, versteht sich. Sprich mich einfach an, wenn du magst."

Hellen nickte. „Danke, Fredrik, das werde ich. Luiza weiß ja immer, wo du bist." Dann wandte sie sich wieder ihrer Freundin zu. „Wie geht es dir eigentlich, Luiza, bist du mit der Brahms-Gesellschaft weitergekommen?"

„Ja. Stück für Stück, sozusagen. Die Brahms-Gesellschaft betreut mich sehr gut. Aber auch über die Musikhochschule kommen immer wieder interessante Auftritte zustande. Ich gebe jetzt deutlich mehr Konzerte als im letzten Jahr, im Herbst erscheint meine neue CD und für alle Fälle habe ich weiterhin meine Klavierschüler."

„Schickst du immer noch so viel Geld nach Ungarn?"

„Ja. Ich glaube, mit den Beträgen, die ich monatlich überweise, liegt meine Familie inzwischen weit oberhalb des ungarischen Durchschnittseinkommens, ohne dass ich mich dadurch nennenswert einschränken müsste. Darüber bin ich wirklich sehr glücklich."

„Na, dann läuft ja alles in die richtige Richtung." Hellen nickte ein wenig geistesabwesend. Sie sah dem Barmann beim Polieren der Gläser zu und begann, die Schnapsflaschen zu zählen, die hinter ihm im Regal standen. Sie spürte, dass sie sich in diesem Ambiente nicht wohlfühlte, sich nicht so recht entspannen konnte. Hotelbars hatte sie noch nie leiden können, außerdem hatte sie mittlerweile auch ein kleines bisschen Hunger.

„Gibt es eigentlich noch dieses wunderbare italienische Restaurant oben im Sprengel-Museum?"

„Ja, das Bell'Arte."

„Von dort hat man einen wunderbaren Blick auf den Maschsee, wenn ich mich richtig erinnere. Und kochen können die auch. Ich hätte riesige Lust, dorthin zu gehen. Was haltet ihr davon?"

Luiza und Fredrik sahen sich kurz an und antworteten unisono: „Super Idee!"

Montag, 6. August
Die Videokonferenz

Als Hellen am Montagmorgen in Kastens Hotel Luisenhof ihr Frühstück einnahm, war die Einsamkeit zurück. Am Samstag noch hatte sie die Vorfreude auf den Abend mit Luiza und Fredrik über den Tag gerettet. Am Sonntag hatte sie auf den wunderbaren Abend im Bell'Arte zurückgeblickt, der erst weit nach Mitternacht zu Ende gegangen war und ihr Herz auch im Nachhinein noch mit Freude erfüllte.

An den Tagen vor ihrem ersten Auftritt in Hannover hatte sie sich noch nicht so allein gefühlt, weil sie da noch mit dem Orchester geübt und deshalb viele Leute um sich gehabt hatte. Jetzt aber, nachdem das Stück eingeübt war, würde sie bis zu ihrem nächsten Auftritt am Freitag nur wenige Leute treffen. Zwar fand heute – so wie an fast jedem Montag, an dem sie sich auf Tournee befand – um 11 Uhr New Yorker Zeit, also um 17 Uhr deutscher Zeit, die wöchentliche Videokonferenz mit Vitali und einigen Führungskräften von Lady Hellen statt. Aber bis dahin war es noch lange hin.

Sie würde am Vormittag sicherlich einige Zeit mit der Vorbereitung auf die Konferenz verbringen, sich insbesondere noch einmal die Beschlusslage ansehen und Argumente für und wider die geplante Beteiligung an der türkischen Jeansfabrik abwägen. Aber spätestens nach Konferenzende würde sie – obwohl sie lange in Hannover gewohnt und gearbeitet hatte – fast wie eine Fremde durch die Stadt gehen und sich nach Long Island sehnen.

Auf Long Island war sie nie allein. Natürlich übte sie täglich ein paar Stunden einsam am Klavier. Aber in ihrer Firma, in der sie nach wie vor die Verantwortung für die Kollektionen trug,

17

war sie stets eingebunden. Und sie hatte ihre Daisy, ihre kleine weiße Terrier-Lady, die zu Hause und im Büro fast immer bei ihr war.

Da Vitali und Hellen entschieden hatten, wegen der möglichen Beteiligung an der türkischen Jeansfabrik ab circa 17:15 Uhr deren Senior Management dazuzuschalten, fand die Videokonferenz heute nicht einfach per Internet und Laptop in ihrem Zimmer statt, sondern in einem der kleineren Clubräume des Hotels. Dort stand die für mehrere internationale Teilnehmer erforderliche Videotechnik zur Verfügung.

Sie betrat den kleinen Clubraum etwa zehn Minuten vor der Zeit. Am dem Bildschirm gegenüberliegenden Kopfende eines Tisches für sechs Personen hatte das Hotel für sie Kaffee, Wasser und Kekse bereitgestellt. In der Mitte des Tisches stand eine Freisprechanlage. Hellen klappte ihren Laptop auf. Alle Unterlagen, die mit der möglichen Beteiligung an der türkischen Fabrik zu tun hatten, hatte sie gespeichert. Damit kam sie sehr viel besser zurecht als mit Papier.

Sie schenkte sich ein Wasser ein und lehnte sich mit Blick auf den Bildschirm des Clubraums zurück. Es war zunächst nicht mehr als das übliche Video des Hotels zu sehen. Doch dann veränderte sich die Ansicht. Das Logo einer New Yorker Video Conferencing Company erschien, und Hellen freute sich darauf, jeden Moment Vitali zu erblicken.

Doch was sie dann sah, war nicht ihr Mann Vitali, sondern Daisy, ihre treue Gefährtin. Der kleine Hund war mit allen vier Pfoten rücklings an einer Staffelei fixiert, der Kopf befand sich außerhalb des Bildausschnittes. Jetzt erschien über ihrem Bauch ein Messer. Die Klinge durchstach ihr weißes zotteliges Fell. Der kleine Körper zuckte. Blut quoll hervor. Der scharfe Stahl wurde langsam von oben nach unten tief durch ihren

Bauch gezogen. Die Eingeweide kamen zum Vorschein. Mit der Messerspitze wurde der Darm angehoben und präsentiert.

Unvermittelt erschien wieder das Logo der New Yorker Video Conferencing Company auf dem Bildschirm. Und danach Vitali.

Wie erstarrt saß Hellen da, zu keiner Regung fähig. Ihr war, als hätte die glänzende Klinge ihr das Herz herausgeschnitten. Fassungslos starrte sie auf den Bildschirm und bemerkte erst Sekunden später, dass Vitali sie besorgt anschaute.

„Ich kann leider nicht teilnehmen", brachte sie mit letzter Kraft hervor, dann merkte sie, wie ihr die Sinne schwanden, und sie fiel in eine tiefe Ohnmacht.

Auf der anderen Seite des Atlantiks sahen Vitali und Paula Reed, Direktorin für Marketing und Design bei Lady Hellen, hilflos von ihrem Konferenzraum aus zu, wie Hellen plötzlich alle Kräfte verließen und sie auf ihrem Sessel in sich zusammensackte.

Vitali hätte aus der Haut fahren können. Seit Wochen hatte er mit Paula und Mehmet Yildirim, dem Inhaber der Jeansfabrik Yildirim Tekstil Sanayi ve Ticaret A. S. in Istanbul, an den strategischen Optionen einer Beteiligung gearbeitet. In vier Wochen würde bei Lady Hellen eine Hauptversammlung stattfinden, in der darüber abgestimmt werden sollte. Vitali wusste, dass seine Frau, Hauptaktionärin von Lady Hellen, noch lange nicht hundertprozentig hinter dieser Transaktion stand, und versuchte daher, sie zusammen mit Paula und Mehmet Schritt für Schritt dafür zu gewinnen. Deshalb wollte er ihr schon während ihrer Europatournee die Gelegenheit geben, dem Management von Yildirim Tekstil Fragen zu den strategischen Optionen zu stellen, die sich für beide Unternehmen aus einer Be-

19

teiligung ergeben könnten. Doch nun fiel sie ausgerechnet kurz vor Beginn dieser bedeutenden Videokonferenz in Ohnmacht.

Weder Vitali noch Paula hatte eine Erklärung dafür. Aber sie reagierten besonnen, denn beide hatten schon öfter erlebt, wie Hellen bei belastenden Ereignissen über den Weg der Ohnmacht zu neuen Kräften gefunden hatte.

Vitali wandte den Blick vom Bildschirm ab und sah zu Paula. „Wir alle wissen, dass Hellen über eine ausgezeichnete physische Konstitution verfügt", sagte er ruhig. „In zehn bis zwanzig Minuten wird sie von alleine wieder aufwachen. Bis dahin versuche ich, ihre Freundin Luiza in Hannover zu erreichen. Vielleicht kann sie ins Hotel kommen und sich um Hellen kümmern."

„Ja, gute Idee", sagte Paula. „Aber wenn sie vorher aufwacht, solltest du mit ihr reden."

„Klar, Paula, ich bin draußen vor der Tür."

Vitali erreichte Luiza beim ersten Versuch und erklärte ihr knapp, dass Hellen wieder einmal zur völlig falschen Zeit am völlig falschen Ort in Ohnmacht gefallen sei.

„Sie sitzt jetzt in einem kleinen Clubraum in Kastens Hotel Luisenhof in einem wunderbaren ledernen Konferenzsessel und schläft."

„Ist jemand bei ihr?"

„Nein, aber ich kann sie sehen, wir befinden uns nämlich seit ein paar Minuten in einer Videokonferenz. Könntest du eventuell zu ihr fahren? Am besten wäre es, wenn du bei ihr bist, bevor sie aufwacht."

„Ich versuche es, Vitali. Ich kann in ungefähr fünfzehn Minuten bei ihr sein."

„In dem kleinen Clubraum, in dem sie sich befindet, ist extra

20

für uns eine Videokonferenz eingerichtet worden. Die Übertragung läuft noch. Vielleicht hilft Dir das weiter."

„Ich werde sie finden!"

„Danke. Sollte sie vorher aufwachen, kann ich sie per Video ansprechen. Ich sehe dich, wenn du den Raum betrittst."

„Okay, bis gleich."

Erleichtert steckte Vitali sein Handy ein. Er war unsagbar froh, Luiza so schnell erreicht zu haben. Mit etwas Glück würde wieder einmal alles gutgehen.

Als er in den Konferenzraum zurückkam, hatte sich an dem Gesamtbild wenig geändert. Hellen saß noch immer in ihrem großen Konferenzsessel und schien zu schlafen. Paula hatte sich Kaffee nachgeschenkt und die Kekse etwas weiter zu sich herangezogen, um durch deren kontinuierlichen Verzehr ihre Nerven zu beruhigen. Keiner sprach ein Wort.

„Ich muss Mehmet anrufen, die Konferenz kann ohne Hellen nicht stattfinden. Was kann ich ihm nur für eine Begründung geben?"

„Sag ihm, dass Hellen im Moment zwar online, aber aufgrund einer Ohnmacht nicht ansprechbar ist. Sag ihm, dass wir eine Freundin von ihr in Hannover angerufen haben, die in Kürze nach ihr sehen wird, und dass wir uns wieder melden, wenn wir mehr wissen. Mehmet ist unser potentieller Partner. Wir dürfen ihm nicht irgendeine Geschichte erzählen."

„Du hast recht, Paula. Soll ich ihm anbieten, später noch eine kurze Videokonferenz zwischen Long Island und Istanbul zu schalten?"

„Nein, sag ihm einfach, was passiert ist und dass du dich wieder meldest, sobald du mehr weißt."

„Okay, Paula, so mache ich das."

21

Mittwoch, 8. August
Der blaue Jaguar

Als Dr. Peter Petersen an diesem Mittwochvormittag gegen 10 Uhr auf sein Fahrrad stieg, um in sein Büro zu fahren, ahnte er noch nicht, dass er am späten Abend desselben Tages einer Ausweitung seiner geschäftlichen Aktivitäten auf das Gebiet privater Ermittlungen zustimmen würde.

Sein Kerngeschäft bestand darin, Eigentümer gehobener mittelständischer Unternehmen strategisch zu beraten. Grundlage seines Beratungskonzeptes war das Know-how des internationalen Finanzwesens, das er in frühen Jahren als Banker und später als Finanzchef eines großen internationalen Konzerns erworben hatte.

Petersen wusste, dass sein Beratungskonzept vor allem den Unternehmern selbst eine wertvolle Hilfe war. Kein Mensch auf der Welt ist so einsam wie ein verantwortungsvoller Unternehmer, der eine kaufmännische Entscheidung zu treffen hat, die nicht nur das Wohl und Wehe seiner eigenen Familie, sondern auch die Lebensgrundlage seiner Mitarbeiter und von deren Familien nachhaltig beeinflussen kann. Deshalb wurde Petersen – und das hatte er anfangs extrem unterschätzt – von seinen Kunden häufig nicht nur als kompetenter Partner, sondern auch als Freund ihrer Unternehmen geschätzt.

Als Chef und Seniorberater von Dr. Petersen & Co. hatte er stets einen prall gefüllten und eng getakteten Terminkalender. Sein professionelles Zeitmanagement erlaubte ihm aber, einige wenige Zeitfenster für sich selbst zu reservieren, ohne dass auch nur ein einziger Kunde das Gefühl gehabt hätte, nicht der wichtigste auf der ganzen Welt zu sein.

Eines dieser Zeitfenster war sein Gitarrenabend mit seinem

Freund Klaus-Rudi. Er begann an fast jedem Dienstag des Jahres gegen halb sieben in Klaus-Rudis großem Wintergarten und endete gelegentlich erst weit nach Mitternacht bei Francesco, ihrem Lieblingsitaliener am Ende der Straße. Isabella, die Office-Managerin von Dr. Petersen & Co., hatte die Anweisung, dieses Zeitfenster jede Woche aufs Neue gegen alle potentiellen Angriffe mit der schlichten Auskunft zu verteidigen, der Chef sei am Dienstag ab circa 17:30 Uhr außer Haus und am Mittwoch voraussichtlich ab etwa 11 Uhr wieder erreichbar.

So konnte Petersen auch an diesem Mittwochmorgen fröhlich durch den Stadtwald radelnd auf einen wunderbaren Gitarrenabend mit seinem Freund Klaus-Rudi zurückblicken, an dem sie diesmal sogar ein Cello und eine Bass-Gitarre zu Gast gehabt hatten.

Gegen 10:25 Uhr erreichte er das moderne Bürogebäude von Dr. Petersen & Co. direkt am Rande des Stadtwaldes. Statt den Haupteingang zu benutzen, fuhr er die Rampe zur Tiefgarage hinab, unter dem sich wie von Geisterhand öffnenden Rolltor hindurch und an einigen geparkten Fahrzeugen vorbei direkt auf den leeren Stellplatz zu, auf dem sich eigentlich sein schöner alter blauer Jaguar hätte befinden sollen. Er stieg ab, sah sich suchend um und hängte sein Fahrrad an die zwei dafür vorgesehenen Haken an der Stirnwand des leeren Stellplatzes.

Warum stand sein Jaggi, wie er seinen schönen blauen Jaguar gerne nannte, nicht auf seinem Platz? Er hatte ihn am Tag zuvor gegen 9 Uhr morgens hier abgestellt und seitdem nicht mehr bewegt. Auch hatte er niemandem erlaubt, in seiner Abwesenheit damit zu fahren. Egal. Niemand würde auf die Idee kommen, den Wagen aus der Tiefgarage zu holen, ohne vorher mit seiner Office-Managerin Isabella gesprochen zu haben.

Er fand Isabella im großen Konferenzraum.

23

„Schöne Hose, Chef, steht Ihnen wirklich gut!", begrüßte Isabella ihn, als sie ihn in Blue Jeans und Blazer eintreten sah. Sie wusste, dass er großen Wert auf eine korrekte geschäftsmäßige Kleidung legte. Und Blue Jeans waren nach dem strengen Dresscode ihres Chefs nicht einmal an einem Casual Friday akzeptabel, an dem auch bei Dr. Petersen & Co. Mitarbeiter und Chef gelegentlich in gehobener Freizeitkleidung erschienen.

„Moin, Isabella, ich bin mit dem Fahrrad gekommen."

„Ach ja, Sie hatten ja gestern wieder Ihren Gitarrenabend."

„Genau."

„Was kann ich denn für Sie tun?"

„Mein Jaggi steht nicht an seinem Platz. Haben Sie eventuell eine Ahnung, wo er sein könnte?"

„Leider nein, keine Idee. Kann es sein, dass die Werkstatt ihn abgeholt hat? Die haben doch einen Schlüssel."

„Die würden Ihnen Bescheid sagen, Isabella. Außerdem ist die Kiste erst im letzten Monat von oben bis unten durchgecheckt worden."

„Wer hat denn noch einen Schlüssel zu Ihrem betagten Schätzchen?"

Isabella begann wie immer bereits mit der Problemlösung, bevor die Aufgabenstellung überhaupt komplett auf dem Tisch lag.

„Es gibt vier Schlüssel", setzte Petersen an und zählte sichtbar mit den Fingern mit: „zwei dicke klobige mit schwarzem Kopf und Batterie für die Fernbedienung, einen Werkstattschlüssel mit grünem Kopf ohne Batterie und einen Notschlüssel ohne Kopf, der so klein ist, dass er in jedes Portemonnaie passt. Einen dicken Schlüssel hat die Werkstatt, der andere dicke Schlüssel und der Notschlüssel liegen in der obersten Schublade meines Schreibtisches zu Hause, und den grünen Werkstattschlüssel

24

habe ich immer bei mir. Er passt so wunderbar in die Kleingeldtasche, die sich in fast jedem Anzugjackett oder Blazer in der rechten Außentasche befindet."

„Gut, Chef, Sie tragen gerade einen Blazer. Dann zeigen Sie mir doch bitte mal Ihren grünen Werkstattschlüssel."

Petersen griff zögernd in die rechte Außentasche seines Blazers, tastete darin nach der kleinen Geldtasche – und griff ins Leere!

„Da ist kein Schlüssel!"

Nach einer längeren Pause, fragte Isabella so einfühlsam wie möglich: „Sind Sie sicher, dass sich Ihr Schlüssel nicht eventuell in einem anderen Jackett oder vielleicht sogar in Ihrer Hosentasche befindet?"

„Da bin ich vollkommen sicher. In meiner Hosentasche ist er definitiv nicht. Und da ich diesen Blazer auch gestern getragen habe, müssten sich alle Dinge, die ich gestern bei mir trug, heute noch exakt an ihrem Ort befinden."

„Dann müssen wir wohl leider von einem Diebstahl Ihres Schlüssels und in der Folge von einem Autodiebstahl ausgehen."

„Mögen Sie mal gucken, ob Sie Peter von Drathen, den Chef unserer Anwaltskanzlei, für mich ans Telefon bekommen?"

„Ja, sehr gerne. Wie ich Sie kenne, wollen Sie sich jetzt erstmal etwas anderes anziehen. Ich versuche es also ein kleines bisschen später."

„Danke, Isabella."

Mit einem Lächeln entfernte sich Isabella und Petersen machte sich auf den Weg in sein Büro.

Rein äußerlich hatte Petersen auf Isabellas Situationsanalyse besonnen reagiert. Wie man das von einem Profi erwarten durfte, hatte er keine emotionalen Regungen zugelassen, sondern sich sofort auf die daraus resultierenden Aufgaben konzentriert, Lösungsmöglichkeiten grob abgeschätzt und entschieden, nichts zu unternehmen, ohne vorher den rechtlichen Rat Peter von Drathens einzuholen. Tatsächlich aber berührte ihn der offensichtliche Diebstahl stärker, als er zugeben wollte. Er hatte immer schon ein Faible für britische Automobile gehabt. Als sich für ihn im Jahr 1993 die Gelegenheit ergeben hatte, einen Jaguar XJ40 Daimler, das Topmodell des Jahres 1990, mit großer Maschine und allen Extras in mittelblau-metallic und mit beigem Leder als dreijährigen Leasingrückläufer günstig zu erwerben, hatte er nicht lange gezögert. Er hatte das Auto sofort gekauft und aufwendig in einen neuwertigen Zustand versetzen lassen. Noch immer steckte er Jahr für Jahr viel Geld in Wartung und Pflege, weil er seinen Jaggi im Grunde seines Herzens schon lange zu seinem Lebensauto erklärt hatte.

Beruflich war das gar nicht so verkehrt, denn so fuhr er bei seinen Kunden zwar mit einer zweifellos sehr eleganten, aber in Bezug auf ihren Wiederverkaufswert gar nicht mal so teuren Limousine vor, die ihm eher als Spleen denn als Angeberei ausgelegt wurde. Zudem hatte sich sein alter blauer Jaguar über die Jahre zu einem stilvollen Markenzeichen entwickelt.

Nachdem er sich umgezogen und die Postmappe durchgesehen hatte, klingelte das Telefon auf seinem Schreibtisch.

„Hallo Chef", hörte er Isabella, „ich habe den Doktor vom Klinikum für die Seele für Sie in der Leitung. Möchten Sie das Gespräch annehmen?"

Das Klinikum für die Seele war Deutschlands größtes psychiatrisches Krankenhaus in privater Trägerschaft und zusammen mit seinem Heimbereich für seelisch gehandicapte Menschen die größte private Einrichtung dieser Art in ganz Europa. Für Dr. Petersen & Co. war das Klinikum ein wichtiger Kunde. Der Eigentümer und Geschäftsführer des Klinikums, Dr. Matthias

26

Waldheim, und Dr. Petersen hatten im Laufe der Jahre eine sehr vertraute Beziehung zueinander entwickelt.

„Ich war doch gestern erst mindestens einen halben Tag bei ihm. Hat er gesagt, was er auf dem Herzen hat?", fragte Petersen erstaunt.

„Er könne Ihnen sagen, wo Ihr Auto steht."

„Das ist ja interessant. Okay, dann nehme ich das Gespräch an." Es klickte in der Leitung und Petersen schloss ein „Tach, Herr Doktor, lange nichts gehört von Ihnen" an.

„Ich weiß, dass wir uns erst gestern gesehen haben. Ich dachte nur, es könnte Sie interessieren, wo Ihr schöner blauer Jaguar im Moment steht."

„Was wissen Sie über mein Auto, was ich nicht weiß?", fragte Petersen und versuchte, die aufsteigende Nervosität zu unterdrücken.

„Dass ich es von meinem Bürofenster aus sehen kann. Es steht rückwärts eingeparkt auf dem Stellplatz unseres Chefarztes, Professor Schäfer."

„Ist es beschädigt?"

„Soweit ich sehen konnte, nicht. Ich habe übrigens – Ihr Einverständnis voraussetzend – den Schlüssel an mich genommen."

„Danke, sehr lieb von Ihnen. Mögen Sie mir sagen, welche Farbe der Schlüssel hat?"

„Sehr gern. Er hat einen kleinen grünen Kopf mit einem Jaguarsymbol."

„Danke, das ist der einzige grüne Schlüssel, den es zu dem Fahrzeug gibt. Haben Sie eine Idee, wie mein Auto auf den Klinikparkplatz gekommen sein könnte?"

„Eine sehr berühmte Pianistin ist heute unsere Patientin geworden. Sie kam offensichtlich in Ihrem blauen Jaguar zu uns."

„Wann war das?"

„So gegen zehn Uhr morgens, soweit ich weiß."

„Zu der Zeit bin ich gerade mit meinem Fahrrad Richtung Büro gestartet." Petersen klang ungewohnt alarmiert.

„Lieber Herr Dr. Petersen, Ihr Auto steht jetzt auf einem relativ sicheren Parkplatz auf dem Klinikgelände", sagte Waldheim in warmem verständnisvollem Ton. „Was halten Sie davon, heute Abend gegen 19 Uhr ins Valentino zu kommen – unseren Whisky-und-Zigarren-Club direkt gegenüber der Suchtabteilung? Wir könnten dort eine Kleinigkeit essen und danach bei einem guten Glas Whisky gemeinsam überlegen, wie Ihr Auto auf unser Klinikgelände gekommen sein könnte."

„Sehr gute Idee. Ich bestelle mir ein Taxi für 18:30 Uhr. Dann müsste ich gegen 19 Uhr bei Ihnen sein."

„Gut, so machen wir das. Ich freue mich auf Sie."

Petersen wollte gerade zu Isabella gehen, um ihr von der neuen Entwicklung zu berichten, als das Telefon erneut klingelte.

Peter von Drathen war dran.

„Moin, Peter, schön, dass du zurückrufst", begrüßte er seinen Anwalt und Freund.

„Was kann ich denn für dich tun? Isabella sagte, dein Auto sei heute Morgen gestohlen worden."

„Tja, das ist inzwischen genauso richtig wie falsch. Fakt ist, dass es heute Morgen nicht auf seinem Stellplatz in unserer Tiefgarage stand. Und auch der Schlüssel war weg, aber wie ich soeben erfahren habe, steht mein Auto jetzt auf dem Parkplatz des Chefarztes vom Klinikum für die Seele. Der Eigentümer des Klinikums, Herr Dr. Waldheim, hat mich eben angerufen und mir mitgeteilt, dass offensichtlich eine berühmte Pianistin in meinem Auto zum Klinikum gebracht worden sei. Den

28

Schlüssel hat Dr. Waldheim an sich genommen. Das Auto ist also quasi wieder da."

„Das ist ja sehr erfreulich. Aus juristischer Sicht liegt damit übrigens kein Diebstahl vor. Es fehlt die juristisch bedeutsame Absicht, sich die Sache – also dein Auto – rechtswidrig zuzueignen. Es bleibt daher nur ein unbefugter Gebrauch eines Fahrzeugs, der nach Paragraph 248b StGB aber immerhin mit einer Freiheitsstrafe von bis zu drei Jahren oder Geldstrafe belegt ist. Möchtest du diesen unbefugten Gebrauch anzeigen?"

„Das kann ich dir im Moment gar nicht sagen, Peter. Ich freue mich nur, dass ich mein Auto heute Abend – hoffentlich unbeschädigt – zurückbekommen werde. Vielleicht sollten wir erst einmal den heutigen Abend abwarten und dann weitersehen. Was denkst du?"

„Juristisch ist das völlig unbedenklich. Wahrscheinlich erfährst du ja heute Abend mehr."

„Okay, Peter. Danke."

Nachdem sie sich verabschiedet hatten, ging Dr. Petersen zu Isabella, um ihr die neuesten Erkenntnisse mitzuteilen und sie zu bitten, seine Teilnahme an der für denselben Abend geplanten Veranstaltung zum Thema Unternehmensnachfolge bei der Industrie- und Handelskammer abzusagen.

Hellen

Das Aufnahmegespräch im Klinikum hatte im Wesentlichen Luiza geführt und dabei von dem schrecklichen Film berichtet, der Hellen während der Videokonferenz in Kastens Hotel Luisenhof eingespielt worden war. Hellen hatte nur teilnahmslos dabeigesessen. Auch von der Fahrt zur Traumaklinik hatte sie kaum Notiz genommen. Alles, was für sie zählte, war, dass Luiza bei ihr war und mit ihrer unendlichen Liebe auf sie aufpasste.

Die Traumaklinik war ein Refugium der Entspannung. Sie lag inmitten eines mit großen alten Bäumen bestandenen Parks. Hellens Appartement war geschmackvoll eingerichtet, verfügte über eine hochmoderne Ausstattung und hatte eine Terrasse mit Zugang zum Park. Ein idealer Ort zum Genesen, zumal das Haus nicht nur auf medizinischem Gebiet, sondern auch in Bezug auf die irdischen Bedürfnisse seiner tendenziell eher anspruchsvolleren Klientel höchsten Ansprüchen genügte. Einige Häuser weiter – das hatte Luiza für sie herausgefunden und ausgehandelt – gab es sogar einen Flügel, auf dem sie gelegentlich spielen durfte. Allerdings gab es für Hellen in der Traumaklinik keinerlei Schutz für den Fall, dass jemand auf die Idee käme, ihr einen unerwünschten Besuch abzustatten. Aber solange kein Externer außer Luiza Hellens genauen Aufenthaltsort im Klinikum kannte, war das Risiko eher gering.

Nachdem Hellen ihr Appartement bezogen, die Untersuchung beim Chefarzt der Traumaklinik hinter sich gebracht und die übrigen Mitglieder des Teams kennengelernt hatte, begann sie zaghaft, ihren neuen Lebensraum zu erkunden. Dabei entdeckte sie von ihrer Terrasse aus auf dem Rasen neben dem Haus eine an zwei Eisenketten hängende Schaukel, auf deren hölzernem bankähnlichen Sitz mindestens zwei, vielleicht sogar drei Personen Platz finden konnten. Zuerst schaukelte sie allein, dann gesellte sich Luiza zu ihr, die während der Untersuchungen im Café auf sie gewartet hatte. Die Beine baumeln lassend genossen sie die warme Herbstsonne.

„Ich glaube, wir können dankbar sein, dass Fredrik uns hierhergeführt hat. Du bist hier sehr gut untergebracht und medizinisch scheint das Klinikum absolut auf der Höhe der Zeit zu sein", begann Luiza.

„Ja", sagte Hellen mit leiser Stimme.

„Wie Du weißt, haben wir beide heute einer weitestgehenden Unterbrechung deiner beruflichen und privaten Kontakte zugestimmt. Die Ärzte wollen damit erreichen, dass du ohne externe Störungen völlig zur Ruhe kommen kannst. Dein Handy nehme ich heute Abend mit. Wir beide können uns aber über das Telefon in deinem Zimmer jederzeit erreichen. Und ich darf dich auch so oft besuchen, wie du willst. Für alle anderen wirst du in den nächsten vierzehn Tagen absolut unerreichbar sein. Auch für Charlotte und sogar für Vitali. Hast du mit ihm sprechen können?", fragte Luiza so vorsichtig wie möglich.

„Ja. Vitali hat zugestimmt. Im Falle eines Falles wird er zuerst mit dir Kontakt aufnehmen, hat er gesagt. Er arbeitet mit Paula Reed und Mehmet Yildirim immer noch sehr viel und sehr lange an der möglichen Beteiligung von Lady Hellen an Yildirim Tekstil. Mehmet ist übrigens auch ganz besorgt um mich. Und Daisy lebt! Ich habe sie bellen gehört."

„Das ist doch eine wirklich tolle Nachricht!"

„Ja, Luiza, darüber freue ich mich ja auch riesig. Aber der Typ, der diesen entsetzlichen Film gedreht hat, läuft immer noch frei herum. Er hat irgendeinen anderen Hund, der aus-

31

sieht wie Daisy, brutal getötet, nur um mir wehzutun. Was will der von mir? Was kommt als Nächstes? Ich habe solche Angst!"

Luiza nahm Hellen in den Arm und versuchte, sie zu trösten.

„Hier kann dir erst einmal nichts passieren, Hellen. Niemand außer mir weiß, wo genau du dich aufhältst. Und alle hier sind sehr darum bemüht, dass du so schnell wie möglich wieder gesund wirst."

„Ja, ich weiß."

Eine Weile saßen sie eng aneinandergeschmiegt auf der Schaukel und genossen die warme Herbstsonne. Dann kam Luiza auf das Thema Charlotte zu sprechen.

„Wenn du einverstanden bist, versuche ich heute Abend mal deine Managerin anzurufen. Sie wird von Vitali schon gehört haben, was passiert ist. Ich will ihr erklären, warum du für einen längeren Zeitraum nicht auftreten kannst und warum sie dich bis auf weiteres weder besuchen noch auf einem deiner üblichen Kommunikationswege erreichen kann."

„Ja, Luiza, das ist eine gute Idee. Danke. Ich würde ehrlich gesagt am liebsten überhaupt nicht mehr mit ihr reden müssen. Jetzt bist du meine Managerin, stimmt's?", fragte Hellen, ohne eine Antwort zu erwarten, und begann wieder zu schaukeln.

Nach einer Weile fragte sie Luiza: „Warum habt ihr mich eigentlich in dieser englischen Limousine hierhergebracht? Ich wäre auch mit dem Taxi gefahren."

„Das Auto gehört Fredriks Chef, Dr. Petersen. Fredrik weiß, dass Dr. Petersen den Eigentümer und Chef dieses Klinikums seit Jahren berät und dessen Vertrauen genießt. Fredrik hat das Auto stibitzt und dich damit hierhergefahren, weil er den Eindruck erwecken wollte, Dr. Petersen hätte dich gebracht. Fredrik weiß, dass sein Chef über einen messerscharfen Verstand verfügt, und hofft, dass er den Auftrag bekommen wird, herauszufinden, wer dich bedroht, bevor du möglicherweise erneut in Gefahr gerätst. Das Klinikum hat schließlich auch ein Interesse daran, dass dir hier nichts passiert. Der Eigentümer muss auf den guten Ruf des Hauses achten und kann es sich keinesfalls leisten, dass eine so berühmte Pianistin wie du hier zu Schaden kommt."

„Weiß sein Chef schon, dass Fredrik ihm das Auto gemopst hat?"

„Im Moment noch nicht."

Der Auftrag

Dr. Petersen war etwas eher aufgebrochen und hatte den Taxifahrer gebeten, auf dem Weg zum Valentino einen kleinen Abstecher zur Aufnahmeklinik zu machen. Er wollte sehen, wo genau sein Auto stand und ob es wirklich unbeschädigt geblieben war.

Die Aufnahmeklinik lag – wie die meisten Gebäude des Klinikums – inmitten eines großen, mit alten Bäumen bestandenen Parks. Etwa zwanzig Meter links von der Einfahrt befand sich der mit einem großen Vordach versehene Eingangsbereich der Zentralaufnahme. Etwa dreißig Meter rechts von der Einfahrt lag der Parkplatz für Besucher und Ärzte.

Als sie auf das Klinikgelände einbogen, entdeckte er sein Auto sofort. Es stand tatsächlich auf dem Stellplatz von Professor Schäfer, aber anders als die übrigen Fahrzeuge war es rückwärts eingeparkt worden. Es stand also quasi falsch herum und zudem auffallend schief. Wahrscheinlich hatte der fremde Fahrer die Pianistin vor der Tür des Eingangsbereichs abgesetzt und war dann bei dem Versuch, den fünf Meter langen Wagen rückwärts auf einem der freien Stellplätze abzustellen, an die Grenzen seines fahrerischen Könnens gestoßen.

Dr. Petersen stieg aus, um seinen Jaggi nach Schäden an der Karosserie abzusuchen. Aber obwohl er mehrfach um das Auto herumging, konnte er zu seiner großen Erleichterung keinerlei sichtbare Blessuren entdecken. „Glück gehabt", sagte er eher zu sich selbst, als er wieder einstieg und dem Fahrer die Anweisung gab, ihn zum Valentino zu bringen.

Der Whisky- und Zigarren-Club „Valentino" lag am Rande des Parks und war in einem Gebäude untergebracht, das viele Jahre als Gärtnerhaus gedient hatte. Dr. Waldheim hatte es vor einigen Jahren mit sehr viel Liebe zum Detail komplett entkernen und zusammen mit einem ausgesprochen kreativen Architekten und einer sensationell stilsicheren Innenarchitektin zu einem exklusiven Clubhaus umbauen lassen.

Als Dr. Petersen eintrat, stand Signora Montini, die Ehefrau des Chefkochs und zugleich die Seele des Clubs, hinter der Bar. Noch bevor die Eingangstür wieder ins Schloss gefallen war, kam sie auf ihn zu und begrüßte ihn herzlich.

„Buona sera, Dottore", sagte sie „schön, dass sie uns mal wieder besuchen!"

„Buona sera, Signora Montini, die Freude ist ganz auf meiner Seite. Wie geht es Ihrem Mann?"

„Sie wissen ja, dass sein Herz nicht so wollte wie er", erinnerte sie ihn, „aber seit fast drei Wochen steht er wieder in seiner Küche. Wir sind total glücklich. Sie kommen viel zu selten zu uns, sonst wüssten Sie das alles."

„Sie haben recht. Zu meiner Entschuldigung kann ich nur vorbringen, dass ich für einige meiner Kunden auch gelegentlich im Ausland tätig bin. Letzte Woche zum Beispiel war ich in Mumbai. Bombay nannten wir das früher."

„Gut. Für dieses Mal sind Sie entschuldigt", sagte die Italienerin und zwinkerte ihm zu.

„Danke, Signora. Ich freue mich natürlich sehr, dass es Giovanni wieder gut geht. Was gibt's denn heute Leckeres zu essen?"

„Eine schöne frische Dorade habe ich da und Bistecca mit Pfifferlingen. Aber wenn ich Ihnen sage, dass wir frische Miesmuscheln in Weißweinsoße haben, weiß ich genau, was Sie bestellen, Dottore."

„Niemand auf der Welt kann Muscheln in Weißweinsoße

besser zubereiten als Ihr Giovanni. Die Muscheln sind gebucht! Ist der Doktor schon hinten?"

„Ja, im Clubraum. Er erwartet Sie schon."

Im Valentino gab es neben einer gut sortierten Bar, die auch und vor allem erlesene schottische Whiskys bereithielt, ein kleines, aber feines Clubrestaurant, ein gediegenes Kaminzimmer und einen kleinen verschwiegenen Clubraum.

Dr. Waldheim saß am Kopfende des großen Esstisches. Teller, Gläser, Bestecke und eine kunstvoll gefaltete Serviette hatte er beiseitegeschoben. Stattdessen lagen ein Ringbuch, ein dicker grauer Stift und eine Computer-Mouse vor ihm auf dem Tisch.

„Guten Abend, Herr Doktor. Haben Sie ein neues Spielzeug?", fragte Petersen, als er sich auf Dr. Waldheim zubewegte, um ihn zu begrüßen.

„Ja, das ist mein zweiter Versuch mit einem digitalen Stift. Nehmen Sie Platz. Schön, dass Sie da sind."

Petersen setzte sich links neben ihn an den Tisch. „Was soll der Stift denn können?"

„Mit diesem dicken Etwas hier kann ich schreiben wie mit einem normalen Kugelschreiber. Der Stift zeichnet aber auch meine Schreibbewegungen digital auf und wandelt sie – zumindest theoretisch – auf meinem Notebook in normalen Text um. Aber: Er tut es nicht. Jedenfalls nicht in einer Form, die mir die Arbeit erleichtern, also Zeit sparen helfen würde."

„Sie sind einfach zu modern", erwiderte Petersen. „Ich registriere solche Entwicklungen wie die des digitalen Stiftes zwar auch, nutze sie aber frühestens drei Jahre nach ihrer Geburt. Das schützt mich vor deren Kinderkrankheiten."

„Zum Glück habe ich Sie als Berater engagiert. Sie haben diesen unglaublichen Weitblick. Sind Sie bitte so lieb, mir Bescheid zu sagen, wenn dieser Stift zuverlässig arbeitet? Für heute jedenfalls habe ich genug!", sagte Dr. Waldheim schmunzelnd.

„Selbstverständlich gerne. Ich lege den digitalen Stift für heute in drei Jahren für Sie auf Termin, wenn Sie mögen. Mit ein bisschen Glück gibt es bis dahin etwas noch Besseres als dieses dicke Ungetüm", erwiderte Petersen.

„Danke. Dann kann ich den ganzen Kram jetzt ja wohl wieder einpacken und mich bedeutsameren Themen widmen."

Waldheim packte die Gegenstände vom Tisch in seine Notebook-Tasche und stellte sie auf den Stuhl neben sich.

„Signora Montini hat mir gesagt, dass ihr Giovanni wieder in seiner Küche steht. Denken Sie, dass er schon wieder ganz der Alte ist?"

„Er hat einen Stent gesetzt bekommen, der seine Herzkranzgefäße offenhält. Ja, ich denke, er ist wieder ganz der Alte. Wir freuen uns alle riesig, dass er wieder da ist. Was wäre das Valentino ohne ihn?"

„Wunderbar. Dann habe ich auch keine Skrupel, meine Lieblingsmuscheln zu bestellen."

Wie auf ein Zeichen kam Signora Montini zu ihnen an den Tisch und stellte eine kleine Schiefertafel, auf der die Angebote des Tages mit Kreide notiert waren, so auf den Tisch, dass beide „Dottores" sie gut lesen konnten.

„Wissen Sie denn schon, was Sie trinken möchten, Signori?", fragte Signora Montini.

Ihrer Gewohnheit folgend sah sie Dr. Waldheim, den Eigentümer des Valentino, erwartungsvoll an.

„Signora Montini, wir haben heute einen lieben Gast. Ich bin überhaupt nicht wichtig", wies der sie vorsichtig zurecht.

Sie verstand das Signal sofort und wandte sich Dr. Petersen zu.

37

„Da ich wahrscheinlich bei Giovannis hervorragenden Muscheln bleiben werde, wünsche ich mir einen eleganten Weißwein, am besten einen Riesling oder einen Gavi di Gavi."

„Wir haben einen wunderbaren Gavi di Gavi von Terre da Vini", schlug Signora Montini vor.

„Trägt der ein Etikett in Hellblau und Schwarz?", wollte Petersen wissen.

„Ja, Sie haben diesen Wein im Sommer häufiger bestellt."

„Dann ist das mein guter alter Bekannter. Ich nehme gerne ein Glas von dem Gavi di Gavi."

„Für mich bitte auch den Gavi di Gavi. Und für uns beide bitte noch eine große Flasche Pellegrino."

„Gerne."

Nachdem Signora Montini den Raum verlassen hatte, griff Dr. Waldheim in seine rechte Jackentasche, förderte einen kleinen Autoschlüssel mit grünem Kopf und Jaguaremblem zutage und legte ihn mittig auf den Tisch.

„Ich habe da noch etwas für Sie", sagte er bedeutungsvoll.

„Danke, dass Sie ihn an sich genommen haben", erwiderte Dr. Petersen, ergriff den Schlüssel und zeigte auf den grünen Kopf.

„Den trage ich unter der Woche so gut wie immer bei mir. Er passt nämlich wunderbar in die innere Kleingeldtasche meines Jacketts. Es stellt sich also die Frage, wann und an welchem Ort ich unserem Autodieb die Möglichkeit gegeben haben könnte, sich den Schlüssel zu angeln."

„Von Diebstahl kann hier ja wohl nicht die Rede sein", erwiderte Waldheim. „Wer stiehlt schon ein fast dreißig Jahre altes englisches Auto, dessen Wartung und Pflege Jahr für Jahr ein kleines Vermögen kostet? Nein, Ihr ‚Autodieb' hat Ihren schönen blauen Jaguar nur ausgeliehen, um die Pianistin in mein Klinikum zu bringen. Und ich sage Ihnen auch, warum."

„Warum?"

„Weil er den Eindruck erwecken wollte, Sie hätten sie gefahren."

„Warum sollte er das wollen?"

„Das weiß ich auch nicht so genau. Vielleicht, weil er die Pianistin einer externen Bedrohung ausgesetzt sieht und hofft, Sie könnten sie beschützen. Oder er wollte ihr auf diesem Wege einfach eine besondere Aufmerksamkeit – meine persönliche Aufmerksamkeit – verschaffen. Um etwa 10:30 Uhr bekam ich nämlich einen Anruf von Frau Dr. Sorokin aus der Zentralaufnahme. Sie fragte mich, ob ich Sie gesehen hätte. Sie hätten ihr gerade eine Patientin gebracht, seien jetzt aber irgendwo anders im Klinikum unterwegs. Als ich sie fragte, wie sie darauf komme, antwortete sie mir, sie kenne doch Ihr Auto."

„Gut, es scheint also festzustehen, dass mein Automobil von einer unbekannten Person widerrechtlich zum Transport einer mir völlig fremden Pianistin eingesetzt worden ist. Vor diesem Hintergrund drängt sich mir zunächst die Frage auf, wer diese Pianistin überhaupt ist."

„Wenn ich mich richtig erinnere, Herr Doktor, haben Sie im Herbst oder Winter letzten Jahres in der Hamburger Musikhalle ein Konzert von Anne-Sophie Mutter besucht. Wochenlang haben Sie mir von ihrer erotischen Ausstrahlung vorgeschwärmt, deren Quelle Sie sowohl in ihren weiblichen Attributen als auch in ihrem sinnlichen Spiel verorteten. Habe ich das halbwegs richtig memoriert?"

„Ja, es ist möglich, dass ich mich so oder ähnlich geäußert haben könnte", gab Petersen zu.

„Um es kurz zu machen: Wenn Anne-Sophie Mutter die Kö-

39

nigin des Geigenspiels ist, dann ist unsere Pianistin ihr Pendant am Piano. Sie heißt Elena Nowakowskaja und ist auf allen großen Bühnen dieser Welt zu Hause. Noch am letzten Samstag, also vor genau vier Tagen, hat sie hier im Kuppelsaal in Hannover ein beeindruckendes Konzert gegeben, das die Besucher von den Stühlen gerissen und weltweit Beachtung gefunden hat."

„Also ist diese Pianistin ein Weltstar, richtig?"

„Genau. Sie war es zumindest bis Ende letzter Woche."

„Das hört sich aber sehr dramatisch an", ließ sich Petersen vernehmen.

„Lieber Herr Dr. Petersen, wir arbeiten jetzt ja schon einige Jahre vertrauensvoll zusammen. Ich schätze Sie als absolut verschwiegenen persönlichen Berater, der Informationen, die nicht für die Öffentlichkeit bestimmt sind, zuverlässig für sich behalten kann. Also spreche ich mit Ihnen – wie immer – völlig offen: Die Nowakowskaja ist im Moment nicht mehr und nicht weniger als eine Dame mittleren Alters, die sich völlig in sich zurückgezogen hat und – so hat es mir die aufnehmende Ärztin, Frau Dr. Sorokin, geschildert – nicht einmal mehr in der Lage ist, zu entscheiden, ob sie lieber essen oder schlafen möchte. An Auftritte ist bis auf weiteres überhaupt nicht zu denken."

„Wie kann so etwas passieren?"

„Das kommt sehr auf die psychische Prädisposition eines Patienten an. Wissenschaftlich nennen wir dieses Krankheitsbild eine posttraumatische Belastungsstörung. Mehr als die Hälfte unserer Patienten in der Traumaklinik leidet daran oder an ähnlichen Störungen."

„Wie genau kommt man denn zu so etwas?", wollte Petersen wissen.

„Definitionsgemäß entsteht eine posttraumatische Be-

40

lastungsstörung als Reaktion auf ein subjektiv als besonders belastend empfundenes Ereignis katastrophenartigen Ausmaßes. Die Störung selbst kommt einer tiefen Verzweiflung sehr nahe, die die traumatisierte Person völlig gefangen nehmen kann. Unserer Pianistin – so Dr. Sorokin – ist zwischen ihrem phänomenalen Auftritt im Kuppelsaal am Samstag und ihrer Aufnahme hier im Klinikum am heutigen Mittwoch offensichtlich so ein ausgesprochen schreckliches Ereignis widerfahren. Die beste Freundin der Nowakowskaja, die bei der Aufnahme dabei war, spricht von einem gezielten Angriff auf die zarte Seele der Künstlerin. Das Ganze ist wohl während einer Videokonferenz in Kastens Hotel Luisenhof passiert. Genaueres weiß ich auch nicht."

„Das tut mir natürlich sehr leid. Andererseits freue ich mich auch ein wenig für Ihre Patientin, dass sie den Weg in Ihr Klinikum gefunden hat. Denn wie wir beide wissen, wird sie in der zu Ihrem Hause gehörenden Traumaklinik voraussichtlich die beste Behandlung erhalten, die man in Europa für Geld kaufen kann. Überhaupt nicht verstanden habe ich dagegen, warum Sie sich so sehr für diese Patientin interessieren. Sie behandeln hier doch pro Jahr mehr als hundert Patienten mit derselben oder einer ähnlichen Diagnose."

„Ich interessiere mich ehrlich gesagt auch gar nicht so sehr für die Pianistin selbst", erklärte Dr. Waldheim. „Ich weiß, dass sie in unserer Traumaklinik – rein medizinisch betrachtet – sehr gut aufgehoben ist und eine ausgezeichnete Behandlung erfahren wird. Ich interessiere mich eher für ihre Sicherheit und damit für die Umstände und Hintergründe, die zu ihrer Traumatisierung geführt haben. Was, wenn die Nowakowskaja einer Bedrohung von außen ausgesetzt wäre, von der wir nichts ahnen? Was, wenn diese Bedrohung für sie zugleich auch eine

41

Gefahr für Leib und Leben bedeutete, vor der wir sie nicht beschützen können? Was, wenn ihr bei uns tatsächlich etwas zustieße? Nicht auszudenken. Und der Imageschaden für unser Haus wäre dann sicherlich auch nicht ganz unerheblich."

„Das wäre in der Tat furchtbar – und für das Image des Hauses eine mindestens mittlere Katastrophe!"

„Vielleicht sollten wir erst einmal eine Denkpause einlegen und uns den wesentlichen Dingen widmen", sagte Dr. Waldheim und zeigte auf die Schiefertafel. „Wir haben heute Abend ja noch etwas Zeit, die durch unsere Patientin entstandene Situation zu erörtern."

„Gute Idee. Sobald wir bestellt haben, würde ich gerne zunächst meinen Jaggi wieder holen, wenn Sie einverstanden sind. Ich habe mich nämlich entschieden, den unbefugten Gebrauch meines Autos vorerst nicht zur Anzeige zu bringen. Also kann ich es auch wieder in Besitz nehmen."

„Selbstverständlich. Falls Sie heute Abend nicht mehr fahren möchten, können Sie es natürlich gerne auf den Parkplatz der Geschäftsführung stellen. Da ist es am schwierigsten zu stehlen. Brauchen Sie noch eine Parkmünze?"

„Nein, danke, ich habe noch Parkmünzen im Auto liegen und ich werde wohl auch keine brauchen. Ich möchte es lieber erst einmal in der Nähe vom Valentino abstellen. Das gibt mir das Gefühl, es wirklich zurückzuhaben."

„Wissen Sie was? Ich begleite Sie, wenn Sie einverstanden sind."

„Na klar, sehr gern."

Signora Montini erschien erneut, diesmal mit einer großen Flasche Pellegrino und dem Gavi di Gavi. Sie öffnete die Weinflasche mit einem Kellnermesser und schenkte Petersen zwei fingerbreit Wein zum Probieren ein. Er trank einen kleinen Schluck und nickte zufrieden.

„Ja, Signora Montini, das ist er. Den erkenne ich wieder."

Und mit fragendem Blick zu Dr. Waldheim: „Den nehmen wir gern, nicht wahr, Herr Doktor?"

Dr. Waldheim entgegnete mit einem Schmunzeln: „Ich folge – wie immer gern – Ihrem fachmännischen Rat."

Signora Montini schenkte ein und nahm die Bestellung auf.

Nachdem alle kulinarischen Köstlichkeiten in Auftrag gegeben waren, wandte sich Dr. Waldheim an Signora Montini: „Noch eine kleine Bitte, Signora. Dr. Petersen und ich gehen kurz in mein Büro. Wir sind in spätestens fünfzehn Minuten zurück. Mögen Sie das bitte in Ihrer Zeitplanung berücksichtigen?"

„Sehr gerne, Dottore. Ich sage Giovanni Bescheid."

„Danke."

Und an Petersen gewandt fügte er hinzu: „So, Herr Doktor, dann wollen wir mal gemeinsam nach Ihrem englischen Schätzchen sehen!"

Sie gingen etwa hundert Meter durch den Park und näherten sich der Aufnahmeklinik von der Rückseite her, wo sich der Eingang der Zentralaufnahme befand.

„Tagsüber kann man von drinnen den gesamten Eingangsbereich überblicken", sagte Dr. Waldheim, als sie die große Eingangstür passierten. „Außerdem gibt es eine Kamera, die Bilder von hier in die Pförtnerloge und in das Zimmer des diensthabenden Arztes überträgt. Es muss also aufgefallen sein, dass die Pianistin mit Ihrem Auto gekommen ist."

„Werden die Aufnahmen der Kamera gespeichert?"

„Ja, für vierundzwanzig Stunden oder so. Der Parkplatz dagegen ist nur von den Zimmern der Patienten aus einzusehen.

Die Person, die die Nowakowskaja gefahren hat, könnte also ungesehen aus Ihrem Auto ausgestiegen und einfach davon gegangen sein."

„Ja, das ist gut möglich."

Inzwischen waren sie auf dem nahezu unbeleuchteten Parkplatz angekommen.

„Nachts gibt es hier nur sehr wenig Licht. Nur von den Straßenlaternen fallen dann noch ein paar Strahlen auf den Parkplatz."

„Ich bin auf dem Weg zum Valentino schon kurz hier gewesen. Ich wollte wissen, ob mein Auto äußerlich beschädigt worden ist, und konnte zu meiner Erleichterung feststellen, dass dies offensichtlich nicht der Fall ist."

„Das ist immerhin eine erfreuliche Nachricht."

Als sie bei seinem Auto angekommen waren, ging Petersen direkt zur Fahrerseite, steckte den Schlüssel ins Schloss, drehte ihn nach links und hörte das vertraute Geräusch der Zentralverriegelung beim Entriegeln der Türen.

Petersen und Waldheim stiegen ein. Der Fahrersitz war für Petersen viel zu weit nach hinten gestellt, er konnte die Pedale kaum erreichen und musste die Sitzstellung korrigieren. Der fremde Fahrer mußte also bedeutend größer sein als er.

Der Motor sprang wie immer freudig an und Dr. Petersen konnte seinen Jaggi vollkommen unversehrt wieder in Besitz nehmen.

Als die Herren an ihre Plätze im Clubrestaurant zurückkehrten, standen die Vorspeisen bereits auf dem Tisch.

„Na, das sieht ja wieder mal alles ziemlich lecker aus", stellte Waldheim fest.

„Und es ist an alles gedacht, inklusive Pfeffermühle", fügte Petersen hinzu.

„Ja, was würden Sie ohne frisch gemahlenen Pfeffer machen? Ich würde sagen, wir lassen es uns erst einmal schmecken. Vielleicht haben wir ja im Anschluss noch etwas Zeit für ein kurzes Resümee."

„Sehr gerne. Ich habe heute Abend nichts weiter vor."

Während des Essens sprachen sie wenig, weil die gediegene Atmosphäre des Clubrestaurants und der Genuss der exzellenten Speisen aus Giovannis Küche ihre volle Aufmerksamkeit erforderten.

Als sie nach dem Essen das Kaminzimmer betraten, brannte dort schon ein Feuer. Sie wählten eine Sitzgruppe in der Nähe des Kamins.

Signora Montini kam zu ihnen. „Womit darf ich Sie verwöhnen, Signori?"

„Das haben wir, ehrlich gesagt, noch gar nicht überlegt", antwortete Waldheim und gab die Frage an Petersen weiter: „Was meinen Sie, wollen wir uns noch ein Glas Whisky und eine schöne Zigarre gönnen?"

„In einem Whisky- und Zigarren-Club könnte man das durchaus andenken", gab Petersen mit einem Lächeln zurück. „Mit Blick auf meinen eng getakteten Terminkalender und die Tatsache, dass ich noch fahren möchte, würde ich heute allerdings lieber verzichten. Ich denke, ein kleines Glas von Giovannis neuem sizilianischen Rotwein könnte eine vertretbare Lösung sein."

„Gute Idee. Signora Montini, bringen Sie uns doch bitte je ein kleines Glas von dem Nero d'Avola."

„Sehr gerne."

Beide Herren genossen die Atmosphäre im Club sehr: die

45

gediegene Einrichtung, das weiche Leder der Sessel und die Strahlungswärme des Kamins. Sie sagten eine Zeit lang nichts, saßen einfach nur da und sahen gemeinsam ins Feuer.

Nach einer Weile ergriff Dr. Waldheim das Wort mit der Frage: „Was genau hat sich eigentlich seit heute Morgen um zehn Uhr für uns verändert?"

Es entstand eine längere Denkpause. Dann ließ sich Dr. Petersen hören: „Die Frage, die Sie stellen, ist sehr facettenreich. Besonders das Wort ‚uns‘ lässt verschiedene Sichtweisen zu. Ich interpretiere Ihr Uns als die Frage nach der Veränderung für uns beide, also für mich persönlich als Ihren Berater und für Sie persönlich als Geschäftsführer und Eigentümer dieser Klinik. Trifft das in etwa die Intuition Ihrer Frage?"

„Ja."

„Gut, dann fange ich mit dem einfacheren Teil an: Für mich persönlich hat sich – rückblickend betrachtet – seit heute Morgen um zehn Uhr wenig verändert. Ich war zwar nicht besonders begeistert, von Ihnen zu erfahren, dass ein völlig Fremder mein schönes Auto als Krankenwagen missbraucht hat. Nachdem nun aber festzustehen scheint, dass dadurch – abgesehen von den Kosten für das Taxi hierher – kein nennenswerter Schaden entstanden ist, überwiegt meine Freude darüber, mit Ihnen mal wieder einen sehr angenehmen Abend im Valentino verbringen zu dürfen."

„Und was hat sich Ihrer Einschätzung nach seit heute Morgen um zehn für mich verändert?", fragte Dr. Waldheim seinen Berater.

„Sie haben", antwortete Dr. Petersen nach kurzem Überlegen, „seit heute Morgen um zehn Uhr ein latentes Risiko in den Büchern. Es heißt Nowakowskaja, ist weltberühmt, momentan aber offensichtlich völlig aus der Fassung, und hat das Potential, die sehr erfreuliche wirtschaftliche Entwicklung Ihres Klinikums mindestens zu gefährden."

„Sie denken an die Möglichkeit, dass der Nowakowskaja in meinem Klinikum etwas zustoßen könnte, nicht wahr?"

„Ja, denn im Falle eines Falles gibt es das Risiko einer negativen Wirkung auf das Image Ihres Klinikums. Was, wenn bei der Presse der Eindruck entstünde, Sie könnten selbst einer so berühmten Persönlichkeit wie dieser Nowakowskaja keine Sicherheit bieten?"

Nach einer kurzen Pause fuhr Dr. Petersen mit der Feststellung fort, dass sie beide viel zu wenig über diese Pianistin wüssten, um das Handlungsfeld, vor dem sie stünden, präzise beschreiben zu können. „Da wir Ihre Pianistin wahrscheinlich vorerst nicht befragen können", fuhr Dr. Petersen fort, „sollten Sie meines Erachtens einen Detektiv beauftragen. Der sollte recherchieren, wer die Nowakowskaja überhaupt ist, wem sie auf den Zeh getreten sein könnte, und wer ihr möglicherweise ans Leder will. Nur so haben wir eine realistische Chance, die Risikolage halbwegs richtig einzuschätzen und in der Folge sinnvolle operative Entscheidungen zu treffen", schloss Petersen. „Sie wissen, was ich meine."

„Ja sicher, ich weiß, was Sie meinen", nahm Dr. Waldheim die Frage seines Beraters auf. „Anonyme Unterbringung, Personenschutz, eventuell eine neue Identität. Wir machen so was ja nicht zum ersten Mal."

„Genau. Eine anonyme Unterbringung bekommen wir auf eigene Faust schnell organisiert, aber für alle Maßnahmen, die sich nur mit behördlicher Unterstützung durchführen lassen, brauchen wir hieb- und stichfeste Argumente."

Wieder entstand eine Pause.

Nach einer Weile richtete sich Dr. Waldheim mit einer weit-

47

reichenden Bitte an seinen Berater und Vertrauten: „Lieber Herr Dr. Petersen, mir wäre es ehrlich gesagt am liebsten, wenn Sie selbst versuchen würden, etwas Licht ins Dunkel zu bringen."

„Ich? Das macht doch überhaupt keinen Sinn. Für den Preis einer Seniorberatungsstunde bei Dr. Petersen & Co. bekommen Sie bei einem Detektiv eine 24-Stunden-Betreuung, und zwar abends mit Beleuchtung!"

„Ja, das mag sein. Aber welchen Beitrag kann ein solcher Detektiv leisten? Er mag wohl in der Lage sein, eine Internetrecherche durchzuführen oder ein Gebäude zu observieren, aber dafür brauchen wir ihn nicht. Was wir jetzt am dringendsten benötigen, sind Informationen über das nähere Umfeld der Nowakowskaja. Wir müssen wissen, ob sie Feinde hat. Und diese Informationen wird er nicht liefern können."

„Vielleicht unterschätzen Sie die Leistungsfähigkeit moderner Detektivbüros. Auf jeden Fall hätte ein Profi wahrscheinlich einen für diese Art von Tätigkeit geeigneteren Geschäftsbetrieb als Dr. Petersen & Co."

„Sie wollen kneifen, mein Lieber, stimmt's?"

„Kneifen ist vielleicht nicht der richtige Ausdruck. Sagen wir's mal so: Wenn ich Sie und Ihr Klinikum strategisch berate, befinde ich mich auf sicherem Terrain. Ich weiß, dass ich auf meinem Fachgebiet zu den Besten gehöre. Damit ergänze ich Ihr medizinisches Know-how durch meine ökonomische Sicht auf die Dinge. Auf diesem Wege haben wir beide unter Einbeziehung aller Führungskräfte und vieler interessierter Mitarbeiter eine völlig neue, zukunftsfähige Unternehmensstrategie entwickelt, die das Klinikum zu neuer Stärke geführt und mehr als tausend Mitarbeitern neue Zuversicht gegeben hat. Das ist meine Wiese. Das will ich tun. Detektivarbeit dagegen gehört nicht zu meinen Kernkompetenzen. Ich kann nicht verkaufen, was ich nicht beherrsche."

„Gut", entgegnete Waldheim zögernd. „Das kann ich verstehen. Andererseits kennen Sie – ganz im Gegensatz zu einem fremden Detektiv – alle Führungskräfte des Klinikums und viele Mitarbeiter persönlich. Sie haben mit ihnen gearbeitet und genießen ihr Vertrauen. Außerdem haben Sie eine strafbewehrte Vertraulichkeitserklärung abgegeben, die Sie zur Geheimhaltung verpflichtet. Sie könnten sich also zum Beispiel bei Frau Dr. Sorokin, unserer Aufnahmeärztin, und sogar bei unserem Klinikchef, Professor Schäfer, erkundigen, welches Ereignis die Nowakowskaja so plötzlich aus der Bahn geworfen haben könnte. Und beide würden ihnen auch dem Grunde nach der ärztlichen Schweigepflicht unterliegende Hinweise anvertrauen. Auf dieser Basis könnten Sie – anders als ein fremder Dritter – logische Schlüsse in Bezug auf das Ausmaß einer möglichen Bedrohung ziehen. Nein, vergessen Sie Ihren Vorschlag mit dem Detektiv."

„Also gut, Ihre Argumente sind stichhaltig." Dr. Petersen hielt einen Moment inne, bevor er weitersprach. „Zu den bekannten Tagessätzen von Dr. Petersen & Co.?"

„Zu den bekannten Tagessätzen von Dr. Petersen & Co.!", antwortete Dr. Waldheim, diesmal ohne zu zögern.

„Sie haben gewonnen, Herr Doktor", hörte Petersen sich sagen. „Dr. Petersen & Co. nimmt den Auftrag an."

Donnerstag, 9. August
Isabella

Am nächsten Morgen konnte Dr. Petersen schon auf der Fahrt ins Büro sein erstes kleines Erfolgserlebnis verbuchen. Er hatte nämlich Frau Dr. Sorokin, die Ärztin, die tags zuvor die Nowakowskaja aufgenommen hatte, dafür gewinnen können, ihm mitten in der „Hauptgeschäftszeit" der Zentralaufnahme gegen 11:15 Uhr eine maximal fünfzehnminütige Sprechzeit zu gewähren. Das hätte – ging es ihm durch den Kopf – ein fremder Detektiv mit Sicherheit nicht geschafft.

Er hatte die Ärztin vor zwei oder drei Jahren im Rahmen eines von ihm selbst geleiteten Zukunftsprojektes kennengelernt. Sie hatten sich damals das Ziel gesetzt, die Qualität in der Gerontopsychiatrie, der Psychiatrie für betagte Patienten, so zu erhöhen, dass in diesem wachsenden Markt auch für das Klinikum eine wirtschaftlich vertretbare Mindestfallzahl erreicht werden konnte. Die Mitarbeiter hatten in diesem Zuge unter anderem umfangreiche Umbaumaßnahmen zur Vermeidung von Stürzen in Haus und Garten vorgeschlagen. Vieles wurde tatsächlich umgesetzt, die Qualität in diesem Bereich war erheblich gestiegen, und es entstand ein weiteres rentables Wachstumsfeld mit vielen neuen sicheren Arbeitsplätzen. Gemeinsame Erfolge verbinden.

Bis zu seinem Termin mit Dr. Sorokin hatte er noch mehr als zwei Stunden Zeit. Diese Zeit wollte er nutzen, um Isabella auf den neuesten Stand zu bringen und sie zu bitten, schon einmal zu recherchieren, welche Informationen das Internet über diese Pianistin bereithielt.

Nachdem er sein Auto mit einem zufriedenen Lächeln auf seinem Platz in der Tiefgarage abgestellt hatte, ging er ohne

Umweg zu Isabellas Büro. Die Tür stand wie immer offen. Auf Isabellas Schreibtisch lagen mehrere Listen und Isabella telefonierte konzentriert. Es war offensichtlich, dass sie im Moment sehr beschäftigt war.

Also ging Petersen in sein Büro, startete seinen Computer und suchte nach ein paar leicht zugänglichen Informationen über die Nowakowskaja, nicht ohne etwa alle drei Minuten zu prüfen, ob Isabella ihr Telefonat schon beendet hatte. Rasch fand er die offizielle Website der Nowakowskaja, sah sich ihren Tourneeplan an und hatte gerade damit begonnen, in ihrer öffentlich zugänglichen und reichlich bebilderten Biographie zu lesen, als es klopfte und Isabella den Raum betrat.

„Moin, Chef. Nicht, dass Sie von den vielen Versuchen, mich anzurufen, noch wunde Finger bekommen!"

„Danke, dass Sie gekommen sind. Nehmen Sie doch bitte Platz."

Er zeigte auf die beiden kleinen Ledersessel, die ihm gegenüber auf der Stirnseite seines Schreibtisches standen.

Isabella setzte sich und fragte: „Steht Ihr englisches Schätzchen jetzt wieder an seinem Platz?"

„Ja, danke. Mein Jaggi steht wieder auf seinem Stellplatz in der Tiefgarage. Und es gibt erfreulicherweise keine Beschädigungen."

„Das freut mich. Haben Sie schon eine Ahnung, wer sich Ihr Auto ausgeliehen haben könnte?"

„Nein, leider nicht. Ich weiß nur, dass eine berühmte Pianistin mit meinem Auto zur Zentralaufnahme des Klinikums für die Seele gebracht worden ist. Sie heißt Elena Nowakowskaja, hat noch am vergangenen Samstag hier im Kuppelsaal ein beeindruckendes Konzert gegeben und ist – vermutlich durch ein bewusst herbeigeführtes schreckliches Erlebnis – völlig aus

51

der Bahn geworfen worden. Der Fahrer, der sie mit meinem Auto ins Klinikum gefahren hat, so viel kann ich mit Sicherheit sagen, muss sehr viel größer sein als ich. Der Fahrersitz war nämlich viel zu weit hinten, als ich das Auto abgeholt habe."

„Seltsam. Wissen Sie schon etwas über die Pianistin selbst und weshalb sie ausgerechnet in Ihrem Auto ins Klinikum gebracht wurde?"

„Nein, Isabella. Das Einzige, was ich weiß, ist, dass wir vom Klinikum den Auftrag bekommen haben, genau das herauszufinden."

„Kann ich Ihnen dabei helfen?"

„Ja. Ich möchte Sie bitten, ein bisschen zu recherchieren. Ich wünsche mir ein möglichst komplettes Profil der Nowakowskaja: Lebenslauf, Auftritte, familiäres Umfeld, Nebenaktivitäten. Die Dame hatte, wie gesagt, einen handfesten Nervenzusammenbruch. Worauf er exakt zurückgeht, wissen wir noch nicht genau. Es ist aber davon auszugehen, dass sie von jemandem bedroht wird, deshalb müssen wir herausfinden, ob sie im privaten oder beruflichen Umfeld vielleicht noch ein paar alte Rechnungen offen hat. Möglicherweise hat sie mit Neidern zu kämpfen oder sie ist politisch aktiv. Mich interessiert alles, was uns helfen kann, ihre Lebenssituation zu verstehen und das Geheimnis zu lüften, was ihr zwischen Samstagabend und Mittwochfrüh zugestoßen ist."

Petersen drehte den Monitor auf seinem Schreibtisch etwas in Isabellas Richtung und zeigte ihr ein Bild der Nowakowskaja, das er in ihrer Biographie gefunden und vergrößert hatte.

„Wie sie aussieht, weiß ich schon."

„Eine sehr aparte Erscheinung, diese Nowakowskaja", sagte Isabella mit Blick auf das Bild auf dem Monitor.

„Bis wann wünschen Sie sich denn die ersten Ergebnisse?"

„Ich habe heute gegen 11:15 Uhr eine Verabredung mit der Ärztin, die die Nowakowskaja gestern aufgenommen hat. Vielleicht erfahre ich dort ja noch ein paar Details, die uns weiterhelfen können. Wollen wir morgen kurz vor der Mittagspause kurz die Köpfe zusammenstecken?"

„Ja, sehr gerne. Gute Idee."

„Danke, Isabella."

Dr. Tamara Sorokin

Die Zentralaufnahme der Klinik für die Seele war im Erdgeschoss eines zweistöckigen Klinikgebäudes untergebracht, das eher an eine Kurklinik oder ein Appartementhaus auf einer Ferieninsel erinnerte. In der lichtdurchfluteten Eingangshalle schufen ein heller Parkettfußboden, moderne Bilder an den Wänden und in Pflanzenbeete integrierte Sitzgruppen eine stilvolle, Geborgenheit stiftende Atmosphäre, die zu dem häufig eher negativen Image psychiatrischer Krankenhäuser überhaupt nicht passen wollte.

Petersen traf die diensthabende Ärztin Dr. Sorokin in einem freundlichen, aber fensterlosen Untersuchungszimmer. An einer langen Wand, an der wohl aus bautechnischen Gründen kein Fenster eingebaut werden konnte, hatte man einen riesigen Monitor angebracht, der nichts anderes als den Blick in den großen Park zeigte, der auf der Rückseite an das Klinikgebäude angrenzte.

„Hallo, Herr Dr. Petersen, schön, Sie zu sehen", begrüßte ihn Dr. Sorokin. „Ich habe Ihnen ja schon am Telefon gesagt, dass wir dieses Untersuchungszimmer in spätestens fünfzehn Minuten wieder für Aufnahmegespräche freigeben müssen, aber ich wollte Ihnen die Gelegenheit geben, den Raum zu sehen, in dem wir gestern das Aufnahmegespräch mit Frau Nowakowski geführt haben. Wir müssen uns also beeilen."

Sie zeigte auf den runden Besprechungstisch direkt neben der Tür.

„Am besten setzen wir uns an den Besprechungstisch. Ich habe absichtlich keinen Kaffee und dergleichen bestellt. Das kostet uns alles nur wertvolle Zeit."

„Sehr einverstanden. Danke, dass Sie sich für mich eine Viertelstunde Zeit genommen haben", sagte Petersen.

„Ich hatte eigentlich schon gestern erwartet, Sie zu sehen", eröffnete die Ärztin das Gespräch. „Ich hatte ihr Auto auf dem Monitor gesehen und natürlich gedacht, Sie hätten mir Frau Nowakowski und ihre Freundin gebracht. Aber wie ich inzwischen weiß, hat jemand anderes ihr Auto gefahren."

„Ja, das ist richtig. Als Ihre Patientin gestern hier ankam, wusste ich noch gar nicht, dass mein Auto verschwunden war. Dr. Waldheim hatte mich später angerufen und mich darüber informiert. Haben Sie denn von Anfang an gewusst, was für eine Berühmtheit Sie da vor sich haben?"

„Nein, ich hatte keine Ahnung, zumal die Patientin uns einen deutschen, auf den Namen Hellen Nowakowski ausgestellten Ausweis vorgelegt hat. Dr. Rettich, der Chef unserer Traumaklinik, hat sie allerdings erkannt, als sie später auf Station gebracht wurde. Er scheint ein großer Fan von ihr zu sein. Warum interessieren Sie sich eigentlich so sehr für unsere Patientin? Sie sind doch kein Arzt."

„Für die Patientin selbst interessiere ich mich ehrlich gesagt eher am Rande. Ich möchte herausfinden, was genau ihr zugestoßen ist, um abschätzen zu können, ob sie eventuell von außen bedroht wird."

„Und warum wollen Sie das wissen?"

„Sie wissen, mit wie viel Mühe wir in den letzten Jahren daran gearbeitet haben, die Marktleistung des Klinikums so deutlich zu verbessern, dass es heute sowohl im medizinischen als auch im pflegerischen Bereich als absoluter Qualitätsführer wahrgenommen wird. Sie haben in einem meiner Zukunftsprojekte selbst mitgearbeitet, wenn ich mich richtig erinnere, und ich möchte nicht in der Presse lesen müssen, dass der Nowakowskaja in unserem Klinikum etwas zugestoßen ist und man uns vorwerfen kann, nicht einmal einer so berühmten Persönlichkeit ein Mindestmaß an Schutz gewähren zu können. Das wäre für das Image des Klinikums eine Katastrophe. Und natürlich könnte uns das auch wirtschaftlich wieder ein ganzes Stück zurückwerfen."

„Also haben wir beide dasselbe Ziel: Wir wollen Frau Nowakowski beschützen. Ich aus medizinischen und Sie aus wirtschaftlichen Gründen. Richtig?"

„Richtig."

„Okay. Was möchten Sie wissen?" Dr. Sorokin faltete ihre Hände und sah Petersen aufmerksam an.

„Haben Sie herausfinden können, welches konkrete Ereignis Ihre Patientin derart aus der Bahn geworfen haben mag? Immerhin hat sie noch am vergangenen Samstag im Kuppelsaal ein beeindruckendes Konzert gegeben und scheint jetzt – so Dr. Waldheim – völlig traumatisiert zu sein."

„Soweit ich es verstanden habe, hat unsere Patientin am Montagvormittag in Kastens Hotel Luisenhof am Rande einer Videokonferenz einen kurzen Film ansehen müssen, in dem ihr kleiner Hund gewaltsam zu Tode kam. Es ist aber nicht so, dass ein solches Erlebnis zwingend zu einer Traumatisierung führen muss. Es kommt sehr auf die psychische Prädisposition eines Patienten an. Vielleicht kann die Freundin unserer Patientin Ihnen etwas mehr dazu sagen. Sie schien mir ausgezeichnet informiert zu sein. Übrigens ist sie bisher die einzige Externe, die den genauen Aufenthaltsort von Frau Nowakowski in unserem Klinikum kennt. Offensichtlich will sich unsere Patientin vor unerfreulichem Besuch schützen."

„Unter welchem Namen ist Ihre Patientin im Klinikum angemeldet?"

„Ich weiß, worauf Sie hinauswollen, Herr Dr. Petersen. Im Moment kann man Sie unter ihrem deutschen Namen, Hellen Nowakowski, finden, also zumindest nicht unter ihrem russischen Künstlernamen. Falls wir sie später anonym unterbringen wollten, würde ich den Namen Hellen Neumann vorschlagen. Als gebürtige Russin kann ich Ihnen nämlich sagen, dass das die exakte Übersetzung ihres Familiennamens wäre. Aber so weit sind wir heute noch nicht."

„Dürfen Sie mir sagen, wie diese Freundin heißt und wie ich sie erreichen kann?"

„Ja, ich schaue mal eben ins System."

Sie stand auf, ging hinter ihren Schreibtisch und sagte nach gefühlt höchstens zwanzig Sekunden: „Haben Sie etwas zu schreiben?"

Dr. Petersen zauberte in Millisekunden ein gefaltetes Blatt Papier und seinen Kugelschreiber hervor. „Ich bin schreibbereit."

„Die junge Dame heißt Luiza Bartók, mit einem Akzent auf dem o. Sie ist wohl Klavierlehrerin. Moment, ich habe ihre Visitenkarte eingescannt. Ich drucke Ihnen eine Kopie aus."

„Danke."

Frau Dr. Sorokin kam mit dem bedruckten Blatt Papier an den Besprechungstisch zurück und sagte: „Was wollen Sie noch wissen?"

„Eigentlich habe ich alles. Vielen lieben Dank. Wir haben übrigens erst dreizehn Minuten verbraucht."

„Perfekt, professionelles Timing, würde ich sagen. Ich bringe Sie rasch zum Ausgang. Wenn Sie das Gefühl haben, ich könnte Ihnen noch irgendwie weiterhelfen, sprechen Sie mich bitte wieder an!"

„Das mache ich. Versprochen. Vielen Dank für Ihre Hilfsbereitschaft."

Luiza

Luiza Bartók wohnte in der Stadtmitte gegenüber der Markt-kirche direkt über einem Klaviergeschäft. Petersen hatte sie gleich nach seinem Besuch bei Dr. Sorokin angerufen, und sie schien geradezu auf seinen Anruf gewartet zu haben. Die Freun-din der Pianistin schlug vor, ihn gegen 13:30 Uhr in der Klein-instrumente-Abteilung des Klaviergeschäftes zu treffen. „Ich gebe davor noch Klavierunterricht. Falls ich nicht ganz pünkt-lich sein sollte, können Sie sich ja vielleicht ein schönes Musik-instrument aussuchen. Es muss ja nicht gleich ein Konzertflügel sein", hatte sie scherzhaft gesagt.

Da er etwa zehn Minuten früher da war, hatte er bis zu seiner Verabredung noch etwas Zeit, sich in dem Klaviergeschäft um-zusehen. Natürlich hatte er mit dem Anblick verschiedenster Klaviere gerechnet, aber acht oder neun offene Flügel von Steinway & Sons in einem Raum, die meisten schwarz, ein ein-ziger weiß, übertrafen dann doch seine Vorstellungen. Ebenso die Preise: Der günstigste Konzertflügel kostete so viel wie ein dicker Mercedes, der teuerste etwa so viel wie eine kleine Zwei-Zimmer-Wohnung am Stadtrand von Hannover.

In der Kleininstrumente-Abteilung fühlte sich Dr. Peter-sen deutlich wohler. Dort gab es außer Musikinstrumenten für Kindergarten, Schule, Hausmusik und Lagerfeuer ein paar akustische Gitarren für Erwachsene. Neben den deutschen Qualitätsgitarren von Hanika standen einige Flamencogitarren und sogar eine spanische Meistergitarre von Manuel Rodriguez, die ihn sofort in den Bann zog. Seine Uhr zeigte 13:23 Uhr. Luiza Bartók war offensichtlich noch beschäftigt und von den Angestellten des Klaviergeschäftes waren wohl schon einige zu Tisch gegangen. Jedenfalls war er in der Kleininstrumente-

Abteilung im Moment völlig allein. Was sprach also dagegen, die Rodriguez nach Gehör durchzustimmen und ein paar Töne zu spielen?

Zwei Minuten später saß er mit einer gestimmten Manuel-Rodriguez-Meistergitarre auf einem Klavierhocker, den er neben den Akkordeons gefunden hatte. Er spielte eine Sequenz aus dem bekannten Folksong „Streets of London", die er schon oft auf seiner eigenen „spanischen Lady" – einer Ortega-Meistergitarre – gespielt hatte. Er war voll auf die feinen klanglichen Unterschiede konzentriert, als er eine ihm vage bekannt vorkommende weibliche Stimme vernahm, die ihn ansprach: „Entschuldigen Sie bitte, dass ich Sie störe. Sind Sie Dr. Petersen?"

Er unterbrach sein Spiel, sah auf und blickte einer kleinen eleganten jungen Dame in ihre fröhlich wirkenden braunen Augen. „Ja. Dann sind Sie bestimmt Luiza Bartók, richtig?"

„Ja. Was ist das für ein Stück, das Sie da gerade gespielt haben? Streets of London?"

„Ja, eine sehr harmonische Ballade, wie ich finde. Gehört zu meinen absoluten Lieblingsstücken."

„Mögen Sie die Passage, die Sie eben gespielt haben, für mich noch einmal wiederholen?"

Größer konnte ein Kompliment kaum ausfallen. Also spielte er die kurze Sequenz noch einmal und erntete dafür das schönste Lächeln, das er seit langem gesehen hatte.

„Danke, Herr Dr. Petersen. Das klingt wunderschön."

„Ich danke für das Kompliment aus so berufenem Munde. Ich stelle die Gitarre kurz zurück an ihren Platz", sagte er und stand auf. „Sie können vielleicht schon einmal überlegen, wo wir hingehen wollen."

Er brachte Instrument und Klavierhocker an ihre alten Plät-

59

ze zurück und kehrte mit fragendem Blick zu Luiza Bartók zurück.

„Wir können in die Holländische Kakao-Stube gehen. Da kann man schön sitzen, der Kakao ist Weltklasse und zu Fuß können wir in drei Minuten da sein."

„Einverstanden, dann mal los."

Die Holländische Kakao-Stube war noch immer so eingerichtet wie bei ihrer Eröffnung vor knapp hundert Jahren. Der warme Farbton der hohen Wandpaneele aus geflammter Birke, die flämischen Kronleuchter und die weiß-blau gekachelten Delfter Kamine verliehen den Räumlichkeiten eine unverwechselbare Gemütlichkeit, die einen Hauch von Ewigkeit beinhaltete. Luiza und Petersen nahmen an einem der kleinen Tische auf der Empore Platz, von wo aus sie einen hervorragenden Überblick über das Geschehen hatten. Sie bestellten sich je ein Kännchen traditionelle Van-Houten-Trinkschokolade mit Sahne und je einen Baumkuchenbogen mit dunklem Schokoladenüberzug.

„Wie schaffen Sie es eigentlich, neben Ihrem sicherlich sehr zeitaufwendigen Beruf als Unternehmensberater die Zeit und Muße für Ihr Gitarrenspiel zu finden?", eröffnete Luiza das Gespräch.

„Alles eine Frage des Zeitmanagements. Ich spiele seit Jahren an einem Abend in der Woche in exakt demselben Zeitfenster zusammen mit meinem Freund Klaus-Rudi Gitarre. Wir spielen und singen manchmal sogar bis tief in die Nacht. Den nächsten Arbeitstag beginnen wir dann beide einfach ein bisschen später. Isabella, meine Office-Managerin, hat von mir die Anweisung, dieses Zeitfenster so zu behandeln wie einen wiederkehrenden Kundentermin und nach Möglichkeit gegen alle Widerstände zu verteidigen. Aber warum fragen Sie? Das wissen Sie doch alles."

„Woher sollte ich das wissen?"

„Immerhin haben Sie Elena Nowakowskaja exakt in dem für meine musikalischen Aktivitäten reservierten Zeitfenster mit meinem Jaguar ins Klinikum gebracht", erwiderte Petersen. „In meinem näheren Umfeld weiß jeder, dass dieser Zeitraum sich von Dienstagnachmittag, circa 17 Uhr, bis Mittwochmorgen, circa 10 Uhr, erstreckt. Genügend Zeit also, mein Auto vielleicht schon am Abend davor in aller Ruhe aus der Tiefgarage zu fahren und am Mittwochmorgen widerrechtlich als Krankenwagen einzusetzen."

„Ein Freund von mir wusste von Ihren Gewohnheiten", antwortete Luiza etwas betreten.

„Hat der mir auch den Schlüssel stibitzt?"

„Ja." Luiza senkte den Blick und rührte konzentriert in ihrem Kakao.

„Und das Auto gefahren?"

„Ja."

„Das geht Ihnen aber ziemlich locker über die Lippen. Ist es denn so, dass der Zweck in jedem Fall die Mittel heiligt?"

„Nein, natürlich nicht." Luiza sah ihm fest in die Augen. „Ich möchte Sie auch um Entschuldigung, wenigstens um Verständnis für unser ungewöhnliches Manöver bitten: Hellen – so heißt meine Freundin für ihre Familie und ihre Freunde noch immer – hatte noch am Samstag ihren großartigen Auftritt im Kuppelsaal. Am Montag ist sie dann durch ein Ereignis während einer Videokonferenz in Kastens Hotel Luisenhof ohnmächtig zusammengebrochen. Sie hatte – wie wir inzwischen wissen – ein Video eingespielt bekommen, in dem gezeigt wurde, wie ein Hund grausam gequält und getötet wurde. Er

61

sah genauso aus wie ihre eigene Hündin Daisy." Luiza holte kurz Luft und lieferte dann die Begründung für ihr eigenes Handeln nach: „Hellen wurde durch das Video gefällt wie ein Baum. Ihre Welt ist von jetzt auf gleich völlig in sich zusammengebrochen. Ihr seelisches Gleichgewicht wurde bis zur völligen Handlungsunfähigkeit zerstört. Irgendjemand hat sie mit dieser außergewöhnlichen Methode offensichtlich ganz gezielt außer Gefecht gesetzt. Wir mussten handeln; und zwar schnell und möglichst wirkungsvoll."

„Das ist ja geradezu unfassbar", Petersen zog die Brauen hoch. „Es tut mir außerordentlich leid, das zu hören. Ihre Freundin Hellen hat offensichtlich in ihrem engsten Umfeld einen Gegner, der sie ganz genau kennt und ihr deshalb – wie wir gesehen haben – sehr gefährlich werden kann." Nachdenklich tippte er mit dem Zeigefinger auf den nussbraunen Holztisch. „Wie sind Sie denn über den Vorfall informiert worden? Hat Hellen Sie angerufen?"

„Vitali, ihr Ehemann, war dieser Videokonferenz kurz vor Hellens Zusammenbruch zugeschaltet worden. Er hat gesehen, wie sie ohnmächtig wurde. Vitali hat mich angerufen und mich gebeten, mich um sie zu kümmern. Ich war bei ihr, als sie wieder zu sich kam."

„Warum haben Sie Ihre Freundin Hellen nicht mit einem Taxi ins Klinikum gebracht? Das machen viele Leute so."

„Es sollte möglichst so aussehen, als hätten Sie Hellen dorthin gebracht", erwiderte Luiza schlicht.

„Was haben Sie sich denn davon versprochen?"

„Sie sind – wie ich gehört habe – sehr eng mit Dr. Waldheim, deshalb sind wir davon ausgegangen, dass er Sie ansprechen und möglicherweise sogar darum bitten würde, die Hintergründe aufzuklären."

„Wie kommen Sie zu dieser Einschätzung?" Petersen war noch immer gleichzeitig erstaunt und fasziniert von der Offenheit und Entschlossenheit seiner Gesprächspartnerin.

„Ein Freund von mir wusste das zu sagen."

„Hat dieser Freund sich vor Kurzem einen alten blauen Jaguar widerrechtlich ausgeliehen?"

„Ja."

„Nun, in dieser Hinsicht scheint Ihr Plan ja voll aufgegangen zu sein. Respekt." Petersen ließ die Worte einen Moment wirken, dann fuhr er fort: „Ich habe von Dr. Waldheim tatsächlich den Auftrag erhalten, herauszufinden, wer Ihre Freundin Hellen traumatisiert haben konnte und warum. Es ist ja immerhin möglich, dass von dieser unbekannten Person oder Personengruppe weiterhin Gefahr ausgeht."

„Genau das ist auch unsere Sorge. Wie kann ich Sie denn bei Ihrer Arbeit unterstützen?", fragte Luiza Bartók nun versöhnlich. „Vielleicht als kleinen Ausgleich für unsere unrechtmäßige Fahrt mit Ihrem wunderbaren englischen Automobil."

„Ich würde zunächst gerne verstehen, in welchem Verhältnis Sie zu Elena Nowakowskaja stehen und wie gut Sie mit ihren Lebensumständen vertraut sind."

„Hellen und ich sind seit fast zwanzig Jahren miteinander befreundet", begann sie. „Als ich aus meinem kleinen Heimatdorf nordöstlich von Budapest nach Hannover kam und noch so gut wie kein Wort Deutsch sprechen konnte, hat Hellen sich um mich gekümmert. Wir haben in derselben Wohngemeinschaft gelebt, gemeinsam an der Musikhochschule Hannover studiert, sind später beide maßgeblich von der Brahms-Gesellschaft gefördert worden, hatten beide unsere ersten großen Auftritte im Großen Sendesaal des Funkhauses Hannover und bei ihrer Hochzeit mit Vitali Nowakowski war ich Trauzeugin."

63

„Frau Dr. Sorokin hat mir gesagt, dass es sehr auf die psychische Prädisposition ankomme, ob bei einer Person aufgrund eines bestimmten äußeren Ereignisses eine traumatische Reaktion ausgelöst wird oder nicht. Gibt es im Leben der Nowakowskaja Dinge, die ihr in letzter Zeit deutlich gegen den Strich gegangen sind?"

„Hellen ist ein Familienmensch, sie ist am liebsten zu Hause auf Long Island. Dort ist sie den ganzen Tag von ihrer Familie und den Mitarbeitern ihrer Modefirma Lady Ellen umgeben. Diese vertrauten Menschen geben ihr die Geborgenheit, die sie braucht. Auch auf ihren Tourneen in Nordamerika fühlt sie sich noch einigermaßen wohl, weil sie dort mit dem Orchester reist und sowohl tagsüber als auch abends selten alleine ist. Bei ihren Gastspieltourneen dagegen ist das völlig anders. Dann fliegt sie zum Beispiel nach Hannover und später vielleicht nach Hamburg, studiert dort mit dem örtlichen Orchester einige Tage lang das Repertoire ein und ist dann zwischen ihren Auftritten häufig mehrere Tage völlig allein. Das mag sie nicht. Das quält sie. In diesen Momenten bekommt sie Heimweh. Sogar in Hannover ist das so, obwohl sie hier an der Musikhochschule ihre musikalische Heimat hat und viele Leute kennt."

Petersen nickte. Luizas Erzählung passte gut in das Bild, das er sich in der Zwischenzeit von der Nowakowskaja gemacht hatte. „Ich nehme an, ihr kleiner Hund Daisy spielt eine besondere Rolle in ihrem Leben, richtig?"

„So ist es. Daisy ist für sie ein vollwertiges Familienmitglied. Auch Daisy gibt ihr Geborgenheit. Daisy ist fast wie ein Kind für sie, um das sie sich ständig sorgt. Daisy ist aus Hellens Leben gar nicht wegzudenken. Deshalb war das, was sie im Hotel auf der Leinwand sehen musste, so unsagbar schrecklich für sie.

64

Auch wenn wir inzwischen wissen, dass Daisy lebt, der Schock sitzt noch immer tief!"

„Die Person, die Ihre Freundin mittels dieses Films außer Gefecht gesetzt hat, muss sie entweder selbst genauestens kennen, also zum Inner Circle gehören, oder von einer ihr nahestehenden Person präzise Informationen erhalten haben, das wird mir jetzt immer klarer. Und sie muss genau gewusst haben, dass die Nowakowskaja in Kastens Hotel Luisenhof abgestiegen ist und am Montag gegen 17 Uhr an einer internationalen Videokonferenz teilnehmen würde. Wer könnte denn – um mit einer relativ leicht zu beantwortenden Frage zu beginnen – überhaupt davon gewusst haben, dass sie in Kastens Hotel Luisenhof wohnt?"

„Hellen hat in Hannover noch nie in einem anderen Hotel übernachtet. Kastens Hotel Luisenhof ist die erste Adresse in der Stadt. Sie fühlt sich dort adäquat umsorgt. Und sie kennt dort inzwischen einige Mitarbeiter so gut, dass sie sich zumindest ein wenig zu Hause fühlen kann. Alle, die Hellen etwas besser kennen, wissen das."

„Dann würde ich mich gerne der Frage nähern, wer von ihrer Videokonferenz gewusst haben könnte."

Luiza überlegte einen Moment, dabei war ihr Blick auf die geschwungene Treppe gerichtet, die in die erste Etage des Cafés führte. „Alle, die zur Firma Lady Hellen gehören, wissen, dass auf Long Island an jedem Montag um 11 Uhr Eastern Standard Time ein Teammeeting stattfindet, in dem alle Projekte der jeweiligen Woche besprochen und die Aufgaben der Mitarbeiter terminiert werden. Hellen gehört zu den Anteilseignern der Firma. Wenn sie auf Tournee ist, nimmt sie per Videokonferenz teil. 11 Uhr Eastern Standard Time entspricht im Sommer in Deutschland 17 Uhr. Am letzten Montag war geplant, ab

65

17:15 Uhr eine türkische Firma zuzuschalten, an der sich Lady Ellen möglicherweise beteiligen will."

„Also beschränkt sich dieser Personenkreis im weitesten Sinne auf die Firma. Gibt es denn neben der Einsamkeit, die auf Tourneen ein ständiger Begleiter Ihrer Freundin zu sein scheint, noch andere Faktoren, die einen negativen Einfluss auf die Qualität ihres Alltagslebens haben könnten?"

„Da fällt mir nur Charlotte von Steinbach ein, ihre Managerin. Mit der hat sie in letzter Zeit permanent irgendwelche Kämpfe auszutragen gehabt. Genaueres dazu weiß ich allerdings nicht."

„Frau Bartók, ich möchte mich bei Ihnen für Ihre Offenheit bedanken. Jetzt habe ich zumindest ein ungefähres Bild von den Lebensumständen Ihrer Freundin. Darf ich Sie ansprechen, falls mir bei meiner neuen Aufgabe als privater Ermittler noch ein paar Informationen fehlen sollten?"

„Na klar, jederzeit gerne. Wir sitzen doch quasi im selben Boot, oder?"

„Ja, das stimmt wohl. Denken Sie denn, dass der Autodieb, der Ihre Freundin mit meinem Automobil ins Klinikum gefahren hat, sich mir gelegentlich offenbaren wird?"

„Das kann ich wirklich nicht sicher sagen, aber ich werde auf jeden Fall mal mit ihm reden."

„Ich nehme Sie beim Wort."

Die Künstlerin

Als Dr. Petersen an diesem Donnerstag gegen 16:15 Uhr in sein Büro zurückkehrte, war er mit dem bisherigen Verlauf seines ersten Arbeitstages als privater Ermittler – rein professionell betrachtet – ausgesprochen zufrieden. Er hatte zwei erhellende Gespräche geführt, in denen er wertvolle Informationen über die posttraumatische Belastungsstörung an sich und die Voraussetzungen für ihr Zustandekommen hatte sammeln können.

Mit der posttraumatischen Belastungsstörung verhielt es sich ganz offensichtlich genauso wie mit allen anderen Dingen, die uns umgeben: Nicht die Ereignisse selbst haben Einfluss auf unser Empfinden, sondern die Bedeutung, die wir ihnen beimessen. Frau Dr. Sorokin hatte ausdrücklich darauf hingewiesen, dass auch ein besonders schreckliches Ereignis nicht zwingend zu einer Traumatisierung führe. Vielmehr komme es auf das seelische Empfinden an, das der Psychiater „psychische Prädisposition" nennt.

Das Video, das die Nowakowskaja in Kastens Hotel Luisenhof zu sehen bekommen hatte, konnte also, das war Petersen jetzt völlig klar, allenfalls als notwendige, keinesfalls aber als hinreichende Bedingung einer Traumatisierung angesehen werden. Im Umkehrschluss bedeutete das aber auch, dass der Täter über sehr intime Details aus dem Leben der Pianistin verfügt haben musste, ohne die ein so präziser Angriff auf ihre Psyche überhaupt nicht möglich gewesen wäre. Der Täter war also offensichtlich sehr gut informiert, hochintelligent, extrem umsetzungsstark und seinem Opfer sehr nah. Gefährlicher ging es kaum!

Dr. Petersen musste auf jeden Fall sicherstellen, dass der Täter der Nowakowskaja im Klinikum keinesfalls auch nur annähernd so nahe kommen konnte wie im Hotel, und wählte sofort Dr. Sorokins Nummer. Beim dritten Versuch nahm sie ab. Sie meldete sich mit Tamara Sorokin und wartete.

„Peter Petersen hier, schön, dass ich Sie noch erreiche."

„Was kann ich für Sie tun, Herr Dr. Petersen?"

„Ich hatte heute Nachmittag ein sehr erhellendes Gespräch mit Luiza Bartók, der Freundin von Frau Nowakowski. Aufgrund dieses Gespräches bin ich zu der Einschätzung gekommen, dass wir Ihre Patientin besser anonym unterbringen sollten. Brauchen wir dazu die Zustimmung des Doktors?"

„Nein, das können wir auch in der Ärzteschaft regeln. Viel wichtiger ist die Zustimmung von Luiza Bartók. Sie hat eine Patientenverfügung vorgelegt und ist uns von Frau Nowakowski als erste Ansprechpartnerin benannt worden. Aber da sehe ich keine Schwierigkeiten", erwiderte die Ärztin.

„Reicht Ihnen meine Einschätzung, um das Nötige zu veranlassen?"

„Ja, selbstverständlich."

„Wollen wir die Patientin – Ihrem Vorschlag folgend – als Hellen Neumann eintragen?"

„Gute Idee."

„Ab wann wird sie dann voraussichtlich als Hellen Neumann geführt?", erkundigte sich Petersen.

„Ab morgen früh, schätze ich."

Petersen setzte erleichtert einen kleinen Haken hinter die Position „Anonyme Unterbringung" auf seinem Aufgabenzettel. Blieb nur noch eine wichtige Frage: „Kann ein Externer herausbekommen, wo unsere Patientin tatsächlich untergebracht ist?"

„Nein, selbstverständlich nicht. In diesen Fällen geben wir

68

immer die geschlossene – sorry – die ‚beschützte‘ Station an. Die ist für Externe so unbezwingbar wie eine Festung."

„Muss ich noch irgendetwas unternehmen?"

„Nein, ich werde alles Nötige veranlassen."

„Vielen lieben Dank, Frau Dr. Sorokin."

„Sehr gerne."

Das, ging es Dr. Petersen durch den Kopf, hätte ein Detektiv wahrscheinlich auch nicht so schnell hinbekommen.

Nachdem nun sichergestellt war, dass ein Externer sich der Pianistin so ohne weiteres nicht mehr nähern konnte, konnte er sich etwas entspannter der eigentlichen Tätersuche widmen. Morgen Mittag – da war er sich sicher – würde ihm Isabella alle Fakten aus dem Leben von Elena Nowakowskaja auf den Tisch legen, die das Internet weltweit zu bieten hatte. Sie würde ein komplettes Profil dieser großen Künstlerin vorlegen, das eine gute Grundlage für die Frage nach dem Täter sein konnte. Er kannte niemanden, der auf dem Gebiet der elektronischen Informationsbeschaffung schneller und geschickter war als Isabella.

Während Isabella sich also um die harten Faktoren kümmerte, wollte er versuchen, sich den weichen Faktoren zu nähern. Denn ohne deren genaue Kenntnis hätte der Täter den Zusammenbruch der Nowakowskaja nicht bewirken können. Da er die Pianistin aus naheliegenden Gründen nicht besuchen und bis auf weiteres wohl auch nicht mit ihr sprechen konnte, nahm er sich vor, sie auf Distanz etwas näher kennenzulernen. Zu diesem Zweck würde er ihr zunächst via Internet ein wenig bei der Arbeit zusehen. Da er dazu im Büro weder Zeit noch Muße haben würde und er es zudem nicht für schicklich gehalten hätte, sich als Firmenchef dort einem so musik- und damit freizeitnahen Thema zu widmen, verlegte er diesen Teil der Recherche auf den Feierabend.

Um Zeit zu sparen, fuhr er nicht direkt nach Hause, sondern zu seinem Lieblingsitaliener Francesco, bestellte sich ein paar seiner Lieblingsantipasti und ein Carpaccio und begann sogleich mit seiner Recherche. Schön, dass Francesco seinen Gästen einen recht ordentlichen WLAN-Zugang zur Verfügung stellte. So konnte er in der Zeit, bis Francesco ihm sein Essen servierte, noch ein bisschen in Internet surfen.

Zunächst suchte er nach Spuren, die das vorläufig letzte Konzert der Nowakowskaja im Internet hinterlassen hatte. Eine Aufzeichnung des Konzertes selbst fand er nicht, wohl aber viele Presseartikel, aus denen hervorging, dass ihr mit dem 1. Klavierkonzert von Johannes Brahms im Kuppelsaal von Hannover ein großartiger Auftritt gelungen sein musste. Einigen älteren Artikeln konnte er entnehmen, dass das Konzert zuvor krankheitsbedingt einige Male verschoben worden war.

Zu Hause angekommen machte Dr. Petersen es sich in seinem Wohnzimmer gemütlich. Er wollte sich zumindest eines ihrer früheren Konzerte im Internet anhören und vor allem ansehen. Dabei ging es ihm vor allem darum, zu beobachten, wie die Künstlerin agierte. Vielleicht konnte er ja mit seinen bescheidenen Erfahrungen als Hobbymusiker von ihrem Spiel oder der Art und Weise, wie sie mit dem Orchester kommunizierte, Rückschlüsse auf ihr Wesen ziehen.

Er nahm in seinem kleinen Lieblingssessel Platz, der genau zwischen den beiden Lautsprecherboxen stand. Über sein Fernsehgerät fand er eine YouTube-Aufzeichnung von genau diesem 1. Klavierkonzert von Johannes Brahms, das die Nowakowskaja vor etwa einem Jahr in Baden-Baden gegeben hatte. Er leitete

70

den Ton auf seine Stereoanlage und war – wie ein Zuschauer im Konzertsaal – einfach mal ganz Auge und Ohr.

Die Nowakowskaja trat von der linken Seite her auf. Sie ging forschen Schrittes vor den Streichern nach rechts zu ihrem Konzertflügel, der sich zum Publikum hin geöffnet mittig am Rand der Bühne befand. Sie setzte sich, korrigierte die Sitzhöhe ihres Hockers und wartete auf ihren Einsatz.

Petersen fiel auf, dass die Nowakowskaja vergleichsweise bescheiden gekleidet war. Das Orchester trat durchgängig in schwarzer Abendgarderobe auf. Die Pianistin dagegen war in „sportlicher Arbeitskleidung" erschienen: Schwarze Hose, dazu ein schwarzes, ärmelloses Oberteil mit ein paar Glitzersteinchen. Ihre Haare waren zu einem Pferdeschwanz zusammengebunden. Offensichtlich wollte sie sich bei ihrem Auftritt frei bewegen können, ohne durch ihre Kleidung oder vielleicht auch nur ein einziges Haar gestört zu werden.

Während sie auf ihren Einsatz wartete, wirkte sie hochkonzentriert. Ihre Körperspannung erinnerte an eine gut trainierte Sportlerin kurz vor dem Sprung. Ihre gesamte Körpersprache vermittelte den Eindruck, dass hier eine Künstlerin saß, die nichts, aber auch gar nichts dem Zufall überließ. Und noch etwas fiel Petersen ins Auge: Auf ihrem Flügel befanden sich keine Noten. Sie hatte also vor, dieses Stück von etwa fünfzig Minuten Dauer auswendig zu spielen.

Respekt, dachte Dr. Petersen. Er wusste, dass jeder Musiker nur dann in der Lage war, einem Stück seine individuelle Prägung – die sogenannte künstlerische Note – zu verleihen, wenn er frei spielen konnte, seinen Part also auswendig kannte und den Puls des Stückes fühlte. Er wusste aber auch, wie viel Mühe es kostete und wie lange es dauern konnte, dieses Ziel zu erreichen. Kein Talent kann ohne Übung zur Geltung kommen.

Die Nowakowskaja war seiner Einschätzung nach eine überaus talentierte und feinfühlige Künstlerin, aber zugleich eine sehr zielstrebige, fleißige und leistungsbereite Persönlichkeit, die wahrscheinlich auch auf anderen Gebieten des Lebens nichts dem Zufall überließ.

Das Stück begann mit einem Trommelwirbel und wirkte anfangs mächtig und laut, wurde dann aber immer filigraner und leiser, bis das Orchester beinahe verstummte und sich für den Einsatz des Pianos fast völlig zurücknahm. Die Nowakowskaja intonierte das Hauptthema mit viel Dynamik und großer Feinfühligkeit, wurde von Takt zu Takt dominanter und übernahm wenig später die musikalische Führung. Später, in Teilen, die einen eher solohaften Charakter hatten, gab sie die Führung an den Dirigenten zurück und variierte – jetzt mit dem Orchester als Rhythmusgeber im Rücken – teils ihre Dynamik, teils aber auch ihre Geschwindigkeit, was ihrem Spiel eine außerordentliche Spannung verlieh.

Dr. Petersen nahm sich vor, sich das Stück am Wochenende zu Ende anzusehen und anzuhören. Jetzt, an einem ganz normalen Donnerstagabend, mussten die vierundzwanzig Minuten des ersten Satzes genügen, denn er brauchte noch ein wenig Zeit, um nach weiteren Presseartikeln oder Interviews zu suchen, die ihm helfen konnten, diese Künstlerin aus der Distanz besser kennenzulernen.

Über Google fand er das Interview einer großen deutschen Wochenzeitung, in dem sie unter anderem über das Recht auf Glück sprach. Während sie mit ihrer Kunst das Glück an ihr Publikum verschenke, stimmten die Musik selbst und die Einsamkeit in den Hotels dieser Welt sie eher depressiv. Petersen hielt einen Moment inne. Vielleicht war ihr Konzert in Hannover ja aufgrund einer Depression verschoben worden.

In dem Videoausschnitt einer Talkshow des Norddeutschen Rundfunks sah er sie zum ersten Mal live und in Farbe in einem Gespräch. Sie war – das war ihm bei der Aufzeichnung ihres Brahms-Konzertes gar nicht aufgefallen – eine im Verhältnis zu den anderen Talkshowgästen eher zierliche Person. Sie war klassisch-elegant gekleidet und sprach angenehm distinguiert. Insgesamt wirkte sie sehr apart und verfügte über eine äußerst gewinnende Ausstrahlung.

Natürlich wurde über ihre Musik gesprochen, über ihre musikalische Liebe zu Johannes Brahms und darüber, wie es sich anfühlte, auf allen großen Bühnen der Welt gefeiert zu werden. Es kam aber auch ein Thema zur Sprache, mit dem Dr. Petersen überhaupt nicht gerechnet hatte: Es ging um Mode, allerdings nicht um Geschmacksfragen, sondern um die Verantwortung der Branche für Umwelt und Gesellschaft. Wie Luiza bereits berichtet hatte, hatte Elena Nowakowskaja in New York eine Modefirma für „Responsible Fashion" gegründet, die sich Nachhaltigkeit und Fairness auf die Fahnen geschrieben hatte. Damit wolle sie ihren Kundinnen besonders attraktive und feminine Mode bieten, die sie in jeder Hinsicht mit gutem Gewissen tragen könnten, erklärte sie in dem Interview. Alle Produkte in ihrem Sortiment seien nach den Kriterien Umweltschutz, Unbedenklichkeit der Stoffe und Arbeitsbedingungen im Produktionsprozess zertifiziert und trügen das Label „Responsibility in Fashion" der gleichnamigen New Yorker Umweltorganisation.

In Dr. Petersens Kopf klingelten sofort die Alarmglocken: Als Unternehmensberater wusste er, dass ethische Überzeugungen im Geschäftsleben in Abhängigkeit von den Bedingungen des Marktes sowohl geschäftsfördernd als auch hinderlich sein konnten. Was, wenn die Nowakowskaja mit ihren Prinzipien in

73

Bezug auf verantwortliches unternehmerisches Handeln einem Anteilseigner im Wege stand, dem ethische Aspekte weniger wichtig waren als der eigene ökonomische Vorteil? Er musste unbedingt herausfinden, ob es noch andere Teilhaber gab. Und welche Bedeutung hatte in diesem Zusammenhang die Videokonferenz mit dieser türkischen Modefirma, an der die Nowakowskaja aus den bekannten Gründen nicht mehr teilnehmen konnte?

Freitag, 10. August
Fredrik

Freitags um 14 Uhr kam bei Dr. Petersen & Co. regelmäßig der engere Führungskreis zusammen, um laufende Projekte zu besprechen. Ständige Mitglieder waren Dr. Petersen als Chef der Unternehmensberatung, Fredrik Bengtsson als Chef der Vermögensberatung und Greta-Marie Bornemann als Chefin der noch relativ jungen Künstlermanagement GmbH. Primus inter Pares war Dr. Petersen, denn seine Dr. Petersen & Co. Beteiligungs-GmbH hielt an allen drei Sparten-GmbHs fünfundsiebzig Prozent der Anteile. Daneben nahmen die jeweiligen Projektleiter teil, die über ihre Arbeitsfortschritte berichteten und ihre Entscheidungsvorlagen präsentierten.

Dr. Petersen hatte sich vorgenommen, dem engeren Führungskreis bereits an diesem Freitag sein neues Projekt, das er „private Ermittlungen" genannt hatte, vorzustellen. Jeder sollte wissen, dass der Fall Nowakowskaja ein Projekt wie jedes andere war. Er wollte seine Kollegen darüber informieren, dass das Projekt genauso abgerechnet würde wie jedes andere, und ihnen mitteilen, dass ihm deshalb der gleichberechtigte Zugang zur Infrastruktur und zu den Kapazitäten der Firma zu gewähren sei.

Neben den üblichen Entscheidungsvorlagen fand er auf seinem Schreibtisch eine handschriftliche Notiz von Fredrik Bengtsson, der fragte, ob er Dr. Petersen noch vor dem Meeting um 14 Uhr in einer persönlichen Angelegenheit kurz sprechen könne.

Isabella ließ ihn mittels Notizzettel wissen, dass sie gerne um 12 Uhr ihre Ermittlungsergebnisse im Fall Nowakowskaja präsentieren würde.

Inzwischen war es schon fast halb zehn und für die Durchsicht der Beschlussvorlagen und eventuelle Rückfragen bei den Projektleitern würde er sicherlich eine gute Stunde Zeit benötigen. Also bat er Isabella, die Besprechung mit Fredrik Bengtsson auf 11 Uhr zu legen, und verabredete sich mit ihr selbst für 12 Uhr.

Als Fredrik Bengtsson zur verabredeten Zeit sein Büro betrat, war Dr. Petersen mit seinen Vorbereitungen für das Führungskreismeeting gerade eben fertig geworden. Er lud Fredrik ein, auf einem der beiden kleinen Sessel auf der Stirnseite seines Schreibtisches Platz zu nehmen, und war ganz Ohr.

„Herr Dr. Petersen, ich habe da eine Sache, die ich Ihnen unbedingt erzählen möchte", eröffnete Fredrik Bengtsson das Gespräch. Fast im selben Atemzug bat er ihn, ihn nach Möglichkeit nicht zu unterbrechen, bevor er sein Anliegen vollständig vorgetragen haben würde.

„Okay, Fredrik", sagte Dr. Petersen. „Ich höre Ihnen aufmerksam zu."

„Ich habe gehört, dass Sie gestern Nachmittag mit Luiza Bartók gesprochen haben. Luiza selbst hat es mir erzählt. Am Ende des Gespräches haben Sie Luiza gefragt, ob der Autodieb, der die Nowakowskaja mit Ihrem blauen Jaguar zum Klinikum gefahren habe, sich Ihnen gelegentlich offenbaren werde. Luiza hat Ihnen gesagt, dass sie das nicht sicher sagen könne, sie aber auf jeden Fall mal mit ihm reden wolle." Es trat eine Pause ein. Dann sagte Fredrik Bengtsson mit fester Stimme: „Sie hat Wort gehalten. Sie hat mit mir geredet. Der Autodieb sitzt Ihnen direkt gegenüber!"

Erneut trat Stille ein. Diesmal war es Petersen, der etwas Zeit benötigte, um seine Gedanken zu sammeln. Dann kam es zu einer für ihn höchst ungewöhnlich lauten verbalen Explosion:

„Fredrik, sind Sie denn von allen guten Geistern verlassen? Sie haben bei mir eine Vertrauensstellung! Sie sind Chef unserer Vermögensberatung, Sie strukturieren das Vermögen unserer betuchten Kundschaft, Sie genießen das Vertrauen dieser überwiegend künstlerisch geprägten Klientel in Ihre Kompetenz und Integrität. Und dann klauen Sie mir mein Auto, um damit eine Freundin Ihrer Freundin durch die Gegend zu kutschieren? Sind Sie denn völlig von Sinnen? Gibt es irgendein Argument, weshalb ich Sie jetzt nicht auf der Stelle feuern sollte? Ich weiß nicht, was ich ohne Sie machen soll. Aber ab morgen will ich es gerne mal probieren!"

Fredrik saß wie versteinert auf seinem Sessel und wagte keinen Ton zu sagen.

Petersen atmete tief durch und spürte, wie er wieder ein wenig abkühlte. „Fredrik, ich warte auf ein stichhaltiges Argument, weshalb ich Ihnen nicht augenblicklich aus wichtigem Grund – der liegt hier ja wohl vor – Ihre fristlose Kündigung aussprechen sollte. Ich höre!"

„Ich habe nicht aus Eigennutz gehandelt, sondern weil ich helfen wollte", ließ sich Fredrik mit leiser Stimme vernehmen.

„Warum haben Sie mich nicht einfach angesprochen? Vielleicht wäre ich ja mit Dr. Waldheim ins Geschäft gekommen."

„Mag sein, aber das hätte alles viel zu lange gedauert. Wir mussten am Montagabend eine Lösung finden und ich habe einfach darauf gesetzt, dass ich Ihnen meine Beweggründe später halbwegs plausibel würde erläutern können."

„Wann und wo haben Sie mir denn den Schlüssel geklaut?"

„Am Dienstagnachmittag im Konferenzraum. In der Pause zwischen unserer Elefantenrunde mit den Geschäftsführern und der Besprechung mit den Anwälten. Sie hatten Ihre Jacke über die Stuhllehne gehängt."

77

„Und die Idee, die Nowakowskaja mit meinem Auto ins Klinikum zu bringen, ist allein auf Ihrem Mist gewachsen?", hakte Petersen nach.

„Ja."

„Was haben Sie sich davon versprochen?"

„Ich habe einfach auf Ihren analytischen Verstand und darauf vertraut, dass Dr. Waldheim Sie beauftragen würde, sich um die Sicherheit von Frau Nowakowski zu kümmern", erwiderte Fredrik kleinlaut.

„Haben Sie die Nowakowskaja schon vor ihrem Zusammenbruch gekannt?"

„Ich habe sie am Samstag nach ihrem Auftritt im Kuppelsaal kennengelernt. Ich war mit Luiza dort. Luiza und Hellen waren nach dem Konzert in der Bar des Congress-Hotels verabredet. Ich war dabei."

„Welchen Eindruck hatten Sie von ihr?"

„Eine sehr kultivierte Erscheinung. Hellwach, äußerst sympathisch."

Petersen nickte. „Wann haben Sie von ihrem Zusammenbruch erfahren?"

„Am Montag spätabends. Luiza rief mich an und bat mich, in Kastens Hotel Luisenhof zu kommen. Hellen sei etwas zugestoßen. Sie wisse einfach nicht, wie sie Hellen am besten helfen könne. Sie brauche meine Unterstützung. Den Rest kennen Sie."

„Ja", sagte Petersen schlicht. Er stand auf, ging zum Fenster und sah in den Stadtwald.

„Ich weiß, dass ich in dieser besonderen Situation anders entschieden hätte als Sie", sagte er schließlich. „Ich hätte mit aller Macht das Gespräch mit meinem Chef gesucht, aber keinesfalls sein Auto gestohlen. Auf der anderen Seite gibt der

Erfolg Ihnen recht. In gewisser Weise darf ich mich sogar geehrt fühlen. Mir selbst ist kein nennenswerter Schaden entstanden und für unsere Firma haben Sie faktisch einen zusätzlichen Auftrag generiert."

Er drehte sich um, nahm in seinem Chefsessel Platz, wandte sich Fredrik zu und verkündete sein Urteil: „In unserer Firma darf jeder wissen, dass Sie der Nowakowskaja schon einmal begegnet sind, und auch, dass Sie ihre Freundin Luiza kennen. Aber dass Sie die Pianistin in meinem Jaguar zum Klinikum gefahren haben, muss unser Geheimnis bleiben. Können Sie mir darauf Ihr Wort geben?"

„Selbstverständlich, Herr Dr. Petersen."

„Gut, dann ist – was unsere Beziehung betrifft – im Grunde genommen nichts passiert."

79

Isabella

Pünktlich um 12 Uhr erschien Isabella mit ihren Recherche-Ergebnissen.

„Ich habe Ihnen eine kleine Präsentation mitgebracht, die die wesentlichen Daten meiner Recherche wiedergibt", eröffnete sie ihren Vortrag und übergab Dr. Petersen ein ausgedrucktes PowerPoint-Handout. „Natürlich steht Ihnen die Datei auch auf unserem Server zur Verfügung."

„Danke, Isabella."

„Meine Gliederung enthält die drei Unterpunkte Biographie, familiäres Umfeld und Nebenaktivitäten", begann sie mit ihrer Präsentation. „Der Punkt Biographie fasst im Wesentlichen zusammen, was ich der Homepage der Nowakowskaja entnehmen konnte. Nur in Bezug auf ihre Managerin Charlotte von Steinbach, über die die gesamte Kommunikation läuft, habe ich mich mal ein bisschen im Netz umgesehen: Sie hat die Nowakowskaja schon entdeckt und gefördert, als die noch ihren Mädchennamen trug. Charlotte von Steinbach saß damals unter anderem im Vorstand der Brahms-Gesellschaft in Hannover und hat die Pianistin systematisch aufgebaut. Als die Nowakowskaja ihr berühmtes Debüt in New York gab, hieß sie allerdings schon so wie heute. Diese Charlotte hat ihr Büro immer noch in Hannover. Es lohnt sich bestimmt, mal mit ihr zu sprechen."

„Charlotte von Steinbach steht bei mir ganz oben auf der Liste, danke, Isabella."

„Sehr gut", sagte die zufrieden und fuhr mit den Punkten unter der Überschrift „Familiäres Umfeld" fort. „Die Nowakowskaja ist mit Vitali Nowakowski verheiratet und wohnt auf Long Island." Sie legte ein ausgedrucktes PowerPoint-Chart auf den Tisch, das eine Ansicht des Hauses und die genaue Adresse beinhaltete. „Unter derselben Adresse hat im Übrigen auch die Firma Lady Hellen ihren Sitz. Sie wird von Vitali Nowakowski, ihrem Ehemann geführt. Über die Struktur der Anteilseigner habe ich in der Kürze der Zeit nichts herausfinden können. Wohl aber, dass diese Firma nur Produkte führt, die das New Yorker Öko-Label ‚Responsibility in Fashion‘ tragen.“

„Danke, Isabella. Ausgezeichnete Recherche! Ihre Ergebnisse bestätigen, was ich in Gesprächen mit Dr. Sorokin und Luiza Bartók herausgefunden habe.“

„Gibt es noch Ergänzungen von Ihrer Seite?“

„Den Geburtsnamen und den Geburtsort der Nowakowskaja könnte ich beisteuern: Sie ist als Hellen Osterkamp auf der Nordseeinsel Langeoog zur Welt gekommen. Das weiß ich von Frau Dr. Sorokin.“

„Also ist sie eine Deutsche und keine Russin, stimmt’s?“, fragte Isabella, ohne von ihren Notizen, die sich nebenbei machte, aufzusehen.

„Genau. In Deutschland heißt sie Hellen Nowakowski. Ihr Künstlername entspricht dem Namen in ihrem russischen Pass.“

„Unter welchem Namen wird sie denn im Klinikum geführt?“, wollte Isabella wissen.

„Dort heißt sie Hellen Neumann. Die Idee zu dieser Tarnung hatte Frau Dr. Sorokin. Sie ist Russin und hat den offiziellen Familiennamen unserer Pianistin einfach ins Deutsche übersetzt.“

„Wie wollen wir denn jetzt weitermachen?“, fragte Isabella.

„Mit dem Kopf“, antwortete Petersen trocken. „Es gibt doch im Grunde genommen nur zwei Motivkategorien, die einen Menschen dazu bringen können, einem anderen Leid anzutun: starke Gefühle wie Liebe oder Hass auf der einen Seite und Gier auf der anderen. In Bezug auf die emotionale Seite habe ich bisher keine Besonderheiten wahrnehmen können. Also macht es Sinn, dass wir uns zunächst auf die Kategorie Gier konzentrieren."

„Woran denken Sie konkret?"

„Wirtschaftsunternehmen – auch deren Anteilseigner – verfolgen Interessen. Dabei stimmen die Interessen des einen Unternehmens selten mit denen des anderen überein. Dasselbe gilt in Bezug auf die Anteilseigner. In der Videokonferenz in Kastens Hotel Luisenhof am letzten Montag ging es um den Erwerb einer türkischen Modefirma. Es drängt sich daher für mich die Frage auf, wer ein Interesse daran gehabt haben könnte, die Nowakowskaja, die vermutlich eine bedeutende Anteilseignerin von Lady Hellen ist, noch vor Beginn der Konferenz gezielt aus dem Verkehr zu ziehen."

„Vielleicht sollten wir erst einmal herausfinden, wer mit wie vielen Anteilen an Lady Hellen beteiligt ist und wie diese türkische Modefirma heißt", schlug Isabella vor.

„Gute Idee. Dann fangen wir am besten mit Lady Hellen an: Wen kennen wir in New York?"

Isabella drehte ihren Bleistift zwischen den Fingern. „Da fallen mir zuerst unsere Investmentbanker von Goldman Sachs und der Deutschen Bank ein. Und natürlich unser Anwalt Walter Mitchell von Mitchell & Sons."

„Hatten Sie nicht einen ganz guten Draht zu Walters Assistentin? Ich habe ihren Namen ganz vergessen."

„Sheryl", sagte Isabella wie aus der Pistole geschossen. „Wir haben letztes Jahr fast jeden Tag miteinander telefoniert, um diesen Emissionsprospekt für unseren Kunden in Garbsen in Sack und Tüten zu bekommen. Ich bin wegen Sheryl manches Mal erst weit nach Mitternacht zu Hause gewesen. Sicherlich hat sie bis heute nicht verstanden, weshalb ich in ihrer zweiten Tageshälfte nicht so gern mit ihr sprechen wollte. Mit Zeitzonen kennt sie sich nicht so gut aus."

„Würden Sie trotzdem noch einmal mit ihr zusammenarbeiten?", fragte Petersen mit einem Augenzwinkern.

„Ja, aber nur, weil Sie es sind."

„Wunderbar. Es ist nämlich so, dass es in den USA keine dem deutschen Handelsregister vergleichbare Datenbasis in Bezug auf eingetragene Firmen gibt. Nur bei börsennotierten Gesellschaften gibt es strenge Veröffentlichungspflichten. Bei privaten Unternehmen muss man schon die Anwälte kennen, die an den jeweiligen Deals beteiligt gewesen sind. Vielleicht kann Mitchell & Sons die Anwälte ermitteln, die die Firma betreuen. Was wir brauchen, ist vor allem eine aktuelle Liste der Anteilseigner. Möglicherweise ist die Firma ja an einer der kleineren Börsen notiert. Dann könnten wir eventuell sogar Informationen über die geplante Beteiligung an dieser türkischen Modefirma bekommen."

„Bevor es losgeht, sprechen Sie aber erst einmal mit Walter, richtig?", erkundigte sich Isabella.

„Ich schicke ihm gleich eine E-Mail. Es ist in New York ja erst viertel nach sechs. So früh am Morgen sind die meisten Anwälte in New York noch gar nicht aufgestanden."

„Danke."

„Walter wird – wie ich ihn kenne – Sheryl bitten, alles zu liefern, was er uns gegenüber abrechnen kann. Mitchell & Sons ist rund um Bank und Börse sehr gut vernetzt und findet sicher alle Informationen, die es in New York über Lady Hellen aufzutreiben gibt. Und für den Fall, dass sie nichts finden, gibt es auch nichts."

Luiza

Dr. Petersen hatte mit Dr. Waldheim einen Jour fixe vereinbart, der immer dienstags um 10 Uhr in dessen Büro stattfand. In diesen feststehenden Meetings besprachen sie die laufenden Beratungsprojekte, aber auch Beschlussvorlagen für die sogenannte Leitungsrunde, in der dienstags um 11 Uhr die wichtigsten Führungskräfte des Klinikums zusammenkamen, um die Zukunft zu besprechen und Entscheidungen zu treffen.

Bis zu diesem Jour fixe wollte Dr. Petersen erste belastbare Ermittlungsergebnisse vorlegen können, aus denen sich ein Konzept für das weitere Vorgehen ableiten ließ. Das ging aber kaum, ohne vorher mit der Managerin Charlotte von Steinbach gesprochen zu haben, die die Nowakowskaja und ihre Lebensverhältnisse seit vielen Jahren bestens kannte und zudem als Geschädigte gelten konnte. Immerhin waren bereits drei Konzerte in der Hamburger Elbphilharmonie abgesagt worden, was für die Künstlerin und ihre Managerin sicher einen herben Verlust bedeutete.

Für Charlotte von Steinbach war Dr. Petersen eine völlig fremde Person. Um noch vor dem Jour fixe am Dienstag, also vorzugsweise am Montag, mit ihr sprechen zu können, brauchte er ein Entree, eine ihr bekannte Person, die ihr sagte, wer sie sprechen wollte und warum. Also rief er Luiza an.

„Hallo", hörte er Luiza sagen. „Mit wem spreche ich?"

„Peter Petersen hier, ich hoffe, ich störe Sie nicht."

„Nein, keine Sorge, ich habe heute sozusagen schon Feierabend. Sie rufen doch bestimmt an, weil Sie mir ein Lied auf Ihrer ‚spanischen Lady' vorspielen möchten, stimmt's?"

„Sie haben ein gutes Gedächtnis."

„Wie kann ich Ihnen helfen?"

84

„Bevor ich auf den Grund meines Anrufes zu sprechen komme, würde ich gerne wissen, wie es Ihrer Freundin Hellen geht."

„Danke, dass Sie fragen. Sie ist in der Traumaklinik wirklich sehr gut untergebracht. Sie hat ein eigenes Appartement mit einer Terrasse zum Park. Wie in einem guten Ferienhotel. Die Ärzte und Pfleger sind ausgesprochen kompetent und ungemein um sie bemüht. Ich kann jetzt verstehen, weshalb mein Freund unbedingt wollte, dass sie in das Klinikum für die Seele kommt."

„Die Vorzüge des Klinikums sind in der Tat nicht von der Hand zu weisen. Vielen Dank übrigens dafür, dass Sie mit Ihrem Freund gesprochen haben. Frederik war heute Morgen bei mir. Wir haben vereinbart, dass die Sache mit dem außergewöhnlichen Krankentransport keinen Einfluss auf unsere professionelle Beziehung haben soll."

„Sehr gut, da bin ich wirklich erleichtert. Was haben Sie denn auf dem Herzen?", erkundigte sich Luiza.

„Ich versuche immer noch herauszufinden, wer Ihre Freundin Hellen so gezielt aus dem Verkehr gezogen hat. Immerhin könnte von dieser Person oder Personengruppe weiterhin Gefahr ausgehen. Ich würde in diesem Zusammenhang gerne mit Charlotte von Steinbach sprechen. Sie kennt Hellen schon lange und kann mir sicherlich ein paar wertvolle Hinweise geben. Können Sie mir ein Entree verschaffen?"

Luiza zögerte einen Moment, bevor sie antwortete: „Ja, grundsätzlich schon. Sie müssen aber wissen, dass Hellen und Charlotte im Moment ein wenig über Kreuz liegen. Charlotte könnte jeden, der auf Hellens Seite zu stehen scheint, als potentiellen Gegner betrachten."

85

„Gibt es da eine emotionale Baustelle oder geht es ums Geld?", fragte Petersen interessiert.

„Ich glaube, es geht darum, dass Charlotte in den letzten Jahren immer nachlässiger und zugleich maßloser geworden ist. Hellen war sechzehn, als Charlotte sie entdeckte und zu fördern begann, Charlotte war Mitte dreißig. Sie ist also etwa zwanzig Jahre älter als Hellen. Heute ist sie Ende sechzig. Ganz anders als früher nimmt sie viele Marktchancen einfach nicht wahr. Vermutlich auch, weil sie die Internettechnologie nicht versteht. Trotzdem will sie das Management nicht abgeben, solange es für sie keine weniger anstrengende Alternative gibt."

„Was könnte das denn für eine Alternative sein?", hakte er nach.

„Lady Hellen zum Beispiel. Ende letzten Jahres hat Charlotte durchgesetzt, dass sie mit zehn Prozent an Lady Hellen beteiligt wird. Als Altersvorsorge quasi. Zusammen mit ihren Tantiemen aus dem Tonträgerverkauf könnte sie damit bestimmt gut leben. Nur schreibt Lady Hellen, soweit ich weiß, im Moment keine schwarzen Zahlen. Deshalb will Charlotte jetzt auch die Geschäftspolitik mitbestimmen."

„Sind Hellen und Charlotte in Bezug auf die Firma schon einmal richtig aneinandergeraten?"

„Soweit ich weiß, bisher nicht. Aber ich weiß, dass Hellen eine Beteiligung an dieser türkischen Modefirma schon einmal abgelehnt hat. Das war, noch bevor Charlotte Anteilseignerin wurde. Die Produkte dieser Firma konnten kein Responsibility-in-Fashion-Label bekommen. Damals gab es gegen Hellen keine Stimmenmehrheit."

In Dr. Petersens Kopf bildete sich ein Gedanke von geradezu zwingender Logik, den er unbedingt mit Luiza teilen wollte: „Luiza, ich bin Unternehmensberater und Kaufmann. Ich

86

habe schon viele Machtkämpfe auf Gesellschafterebene erlebt, die von friedlich wirkenden Menschen mit kriegerischer Härte geführt worden sind. Aus dieser Erfahrung heraus möchte ich Ihnen eine für Sie möglicherweise ungeheuerlich klingende Frage stellen: Können Sie sich vorstellen, dass Charlotte selbst hinter dem Angriff auf Hellen steckt? Könnte es sein, dass es ihr um eine Veränderung der Mehrheitsverhältnisse zu ihren Gunsten ging, weil sie sich von der Beteiligung an dieser türkischen Modefirma langfristig hohe Gewinne für Lady Hellen und entsprechende Ausschüttungen auf ihren zehnprozentigen Anteil verspricht?"

Am anderen Ende der Leitung war es einen Moment still, dann sagte Luiza: „Sie sprechen da etwas aus, was Hellen und ich niemals laut zu denken wagen würden. Aber zur Wahrheit gehört auch, dass Charlotte immer zuerst an sich selbst denkt. Ich sage es daher mal so: Ganz auszuschließen ist das nicht."

„Wie dem auch sei, Luiza, solange wir nicht wissen, wer der Täter ist, muss Hellens tatsächlicher Aufenthaltsort im Klinikum absolut geheim bleiben. Auch Charlotte gegenüber. Können Sie das durchhalten?"

„Ja, das kriege ich hin."

„Gut", erwiderte Dr. Petersen zufrieden. „Zur offiziellen Sprachregelung gehört außerdem, dass Hellen sich in einem beschützten Bereich des Krankenhauses befindet, zu dem nur besonders berechtigte Personen wie Rechtsanwälte, gesetzliche Betreuer oder Bezugspersonen mit Patientenverfügung Zutritt haben. Früher waren das die geschlossenen Abteilungen. Sie haben doch eine Patientenverfügung, nicht wahr?"

„Ja, die habe ich."

„Sehr schön. Auch wenn Charlotte und Hellen im Moment offensichtlich nicht ganz so gut aufeinander zu sprechen sind, müsste ihre Managerin doch zumindest aus professioneller Sicht ein Interesse daran haben, ihre Künstlerin beschützt zu wissen. Denken Sie, dass Charlotte mich empfangen würde, wenn Sie mich als Sicherheitsberater des Klinikums vorstellen würden?"

„Ja, das könnte gehen. Wann würden Sie denn gerne mit ihr sprechen wollen?"

„Am besten gleich Montag. Es ist ja möglicherweise Gefahr im Verzug."

„Okay, ich versuche es. Ich rufe Sie an, sobald ich mit ihr gesprochen habe."

„Danke, Luiza."

Sonntag, 12. August
Charlotte

Es stellte sich heraus, dass Charlotte von Steinbach in der kommenden Woche gar nicht in Hannover sein würde. Sie könne aber anbieten, Dr. Petersen bereits am Sonntag um 11 Uhr zu empfangen, ließ sie über Luiza ausrichten. Dr. Petersen bedankte sich bei Luiza und sagte sofort zu.

Charlotte von Steinbach residierte in einer der alten Villen in der Walderseestraße, direkt am Rande der Eilenriede, Hannovers großem Stadtwald. An der Mauer zur Straßenseite hin stand in großen, gut lesbaren Messingbuchstaben „Charlotte von Steinbach" und darunter mittig und etwas kleiner: „Artist Management".

Eine freundliche junge Dame öffnete ihm und führte ihn über eine Treppe in die erste Etage, wo sich Charlotte von Steinbachs Büro befand. Im Treppenhaus hingen Bilder verschiedener Künstler, auch ein paar gerahmte Plakate waren dabei. Als sie Charlottes Büro betraten, kam sie hinter ihrem Schreibtisch hervor, ging auf Dr. Petersen zu, begrüßte ihn mit geschäftsmäßiger Freundlichkeit und bat ihn, an ihrem Besprechungstisch Platz zu nehmen.

Die Einrichtung ihres Büros bestätigte ihn in seiner Vermutung, dass es sich bei Charlotte um eine eher konservative Person handeln musste. Auf dem gepflegten Eichenparkett lagen einige Orientteppiche, das Mobiliar bestand im Wesentlichen aus alten englischen Mahagonimöbeln im Regencystil. Ihr Schreibtisch war ein typischer Partnerdesk mit grünem Lederbezug und auf dem Besprechungstisch, an dem sie saßen, standen eine Zuckerdose und ein Milchkännchen aus antikem Silber auf einem kleinen ebensolchen Tablett.

Charlotte selbst war für ihr Alter gut in Form, sie trug ein schlichtes Businesskostüm, dazu eine Perlenkette mit passenden Ohrringen und eine auffällige goldene Brosche. Offensichtlich legte sie Wert darauf, Beachtung zu finden. Dafür sprachen auch die gerahmten Goldenen Schallplatten, die hinter ihrem Schreibtisch wie Trophäen an der Wand hingen und vergangene Verkaufserfolge ihrer Künstler dokumentierten. Insgesamt wirkte sie streng, wie eine Frau, der man eher Achtung als Liebe entgegenbringen konnte und mit der in Streit zu geraten sicher kein Vergnügen war.

„Den vielen Künstlerportraits und den Goldenen Schallplatten nach zu urteilen, scheinen Sie eine ganze Anzahl bedeutender Künstler unter Vertrag zu haben, nicht nur Elena Nowakowskaja", eröffnete Dr. Petersen das Gespräch.

„Ja, das liegt in der Natur der Sache. Als Künstlermanager hält man immer Ausschau nach jungen Talenten, die zu fördern sich lohnen könnte, und feiert mit ihnen jeden gelungenen Auftritt. Einige werden später tatsächlich bedeutende Künstler. Aber viele stoßen nach den ersten Verkaufserfolgen schnell an ihre Grenzen und ziehen sich wieder zurück. Von den Künstlern, die diese Goldenen Schallplatten und CDs bekommen haben, sind einige schon gar nicht mehr im Geschäft."

„Das kann ich sehr gut nachvollziehen. Bei jungen Firmen, mit denen ich in meinem Beruf gelegentlich zu tun habe, ist der Erfolg auch nicht gleichverteilt." Petersen ließ seinen Blick noch einmal rasch über die „Trophäen" wandern, dann sah er Charlotte direkt an. „Vielen lieben Dank noch einmal dafür, dass Sie sich – noch dazu an einem Sonntag – so schnell Zeit für mich genommen haben. Luiza wird Ihnen gesagt haben, dass ich von dem Klinikum, in dem sich Ihre Künstlerin zurzeit aufhält, beauftragt worden bin, mich um ihre Sicherheit zu kümmern."

„Ja, das hat sie mir gesagt." Die Managerin zeigte keine Gemütsregung, geschäftsmäßig und eher kühl fixierte sie ihr Gegenüber.

„Aus diesem Grund ist sie dort bis auf weiteres anonym untergebracht", fuhr Petersen fort, „denn die Art und Weise, wie sie zu Schaden gekommen ist, lässt darauf schließen, dass ihr der Täter gefährlich nahegekommen ist. Ich bin dafür verantwortlich, dass sie im Klinikum in aller Ruhe gesund werden kann und keinen unerwünschten Besuch bekommt, dafür bitte ich schon jetzt um Ihr Verständnis. Die einzige Person außerhalb des Klinikums, die ihren genauen Aufenthaltsort kennt, ist bis auf weiteres Luiza."

„Das ist ja wohl eine Ungeheuerlichkeit!", ereiferte sich Charlotte und ließ damit ihre kontrollierte Fassade für einen Moment fallen. „Ich bin seit fast dreißig Jahren Elenas Managerin und ihre engste Vertraute! Ich muss jederzeit mit ihr sprechen und mir persönlich ein Bild davon machen können, ob und vor allem wann sie wieder voll einsatzfähig sein wird. Wieso darf diese ungarische Klavierlehrerin zu ihr und ich nicht?"

„Elena Nowakowskaja ist in einem beschützten Bereich des Klinikums untergebracht", erwiderte Petersen in einem geschäftsmäßigen Ton. „Früher nannte man das eine ‚geschlossene Abteilung'. Zu einem solchen beschützten Bereich haben außer den Mitarbeitern nur berechtigte Personen Zugang, Rechtsanwälte zum Beispiel und gesetzliche Betreuer. Luiza hat eine Patientenverfügung und ist für das Klinikum die erste Ansprechpartnerin."

Während Petersen dies sagte, wurde Charlottes Miene immer eisiger, ihr Mund war nur mehr eine dünne Linie.

„Lange kann das so nicht bleiben", stellte sie dann fest. „An

91

diesem Wochenende habe ich bereits drei Konzerte in der Hamburger Elbphilharmonie absagen müssen. Das sind sechstausend Karten, die ich – falls die Konzerte nicht nachgeholt werden können – möglicherweise zurücknehmen muss. Und an den kommenden Wochenenden kommen vermutlich noch ein paar Absagen dazu. Wie soll ich Elenas Auftritte koordinieren, ohne mit ihr sprechen zu können?"

„Ich sehe den Eigentümer und Chef des Klinikums am Dienstag. Ich will ihn gerne fragen, ob er in Ihrem Fall eine Ausnahme machen kann", log Petersen. „Immerhin gehören Sie ja zum Kreis der Geschädigten."

„In der Tat. Vielen Dank, Herr Dr. Petersen."

„Sehr gerne, Frau von Steinbach. Grundsätzlich denke ich, dass die Ärzte eine weise Entscheidung getroffen haben, Ihre Künstlerin in einem beschützten Bereich untergebracht zu haben. Dort wird sie von allen privaten und beruflichen Einflüssen, die ja zu den möglichen Ursachen einer jeden psychischen Störung zu zählen sind, völlig abgeschirmt. Dadurch gibt es für sie im Moment keinen Leistungsdruck, der sich zwangsläufig ergibt, wenn Konzerte abgesagt und später nachgeholt werden müssen. Selbst Sie als ihre langjährige Managerin und Vertraute könnten in dieser besonderen Situation in gewisser Weise zum Kreis der unerwünschten Besucher zählen, weil Sie den Leistungsdruck quasi ins Klinikum tragen würden."

„Ja, da mögen Sie vielleicht sogar recht haben."

„Eine weitere Frage hätte ich noch, wenn Sie gestatten: Sie nennen Ihre Künstlerin Elena, Luiza nennt sie Hellen. Wie heißt sie denn nun wirklich?"

Die Managerin ließ sich kaum merklich ein wenig auf ihrem Stuhl zurücksinken. „Als ich Elena entdeckte, war sie erst sechzehn Jahre alt und hieß Hellen Osterkamp. Durch ihre Ehe mit

Vitali Nowakowski wurde sie in Deutschland zu Hellen Nowakowski, in Russland aber zu Elena Nowakowskaja. Ich wusste sofort, dass ihr russischer Name ein idealer Künstlername mit einem hohen Wiedererkennungswert sein würde. Also habe ich sie als Elena Nowakowskaja bekannt gemacht. Mit diesem Namen habe ich ihr zu ihrem Debüt in New York und damit zu ihrem entscheidenden Durchbruch verholfen. ‚Die Nowakowskaja' ist meine Schöpfung, mein Produkt, das ich international vermarkte. Am Tage ihres großartigen Debüts in New York ist für mich aus Hellen Elena geworden."

„Also nenne ich sie in unserem Gespräch ab jetzt auch Elena, wenn Sie einverstanden sind", schlug Petersen vor.

„Sehr gerne."

„Frau von Steinbach, ich möchte Ihnen einen Vorschlag machen: Warum nutzen wir nicht einfach die Zeit, die wir durch Elenas Aufenthalt im Klinikum gewinnen, dafür, demjenigen, der sie ganz offensichtlich bedroht, auf die Spur zu kommen?"

„Wie stellen Sie sich das vor?", fragte Charlotte misstrauisch.

„Aus meiner Beratungspraxis weiß ich, dass wirtschaftliche Interessen gelegentlich mit großer Zielstrebigkeit und Härte verfolgt werden. In der Videokonferenz am vergangenen Montag ging es um eine strategische Beteiligung an einer türkischen Modefirma durch Lady Hellen. Lady Hellen wiederum ist eine Firma, die ihren Kundinnen ausschließlich Produkte anbietet, die das Ökolabel ‚Responsibility in Fashion' tragen. Es könnte sich also ein Konflikt ergeben oder ergeben haben, falls mindestens ein Teil der Produkte, die diese türkische Firma herstellt, diesen Anforderungen nicht genügt."

„Ja, das ist sicher richtig. Vor drei Jahren ist ein entsprechender Beschluss genau daran gescheitert, wenn ich mich recht erinnere."

„Wissen Sie, um welche Art von Modefirma es sich bei dem türkischen Unternehmen handelt?"

„Es handelt sich um eine Jeansfabrik, soweit ich weiß."

„Ich würde mir die Geschäftspolitik dieser türkischen Firma gerne etwas genauer anschauen. Sie sind – das weiß ich aus zwei verschiedenen Quellen – an Lady Hellen mit zehn Prozent beteiligt. Demnach müssten Sie doch zumindest den Namen dieser Firma kennen", hakte Petersen betont freundlich nach.

„Ja, das müsste ich, nur habe ich den Namen gerade nicht im Kopf. Ich kann das aber für Sie herausfinden, einen Moment."

Sie stand auf, setzte sich an ihren Schreibtisch, nahm ein mobiles Telefon in die Hand und rief offensichtlich ihre Assistentin an. „Jessica, mögen Sie bitte einmal nachsehen, wie diese türkische Firma heißt, um die es am Montag ging?" Sie wartete eine ganze Weile. „Dann vielleicht in der Einladung aus New York, die wir letzte oder vorletzte Woche bekommen haben", hörte er sie sagen. Wieder verging ein wenig Zeit. Schließlich zog Charlotte von Steinbach die Tastatur ihres Computers zu sich heran, tippte einige Worte ein und druckte ein Dokument aus. „Danke, Jessica, Sie haben mir sehr geholfen."

Charlotte kehrte an den Besuchertisch zurück und übergab Dr. Petersen ein Blatt Papier, auf dem der Name und die Adresse der Firma YILDIRIM TEKSTİL SANAYİ VE TİCARET ANONİM ŞİRKETİ zu lesen waren.

„Vielen lieben Dank, Frau von Steinbach. Sehr freundlich von Ihnen."

Dr. Petersen blickte auf das Stück Papier in seinen Händen und sagte den Firmennamen leise vor sich hin, während er kurz nachdachte. Dann wandte er sich erneut an die Managerin: „Meine bescheidenen Türkischkenntnisse reichen aus, um zu erkennen, dass es sich bei dieser Jeansfabrik um ein Textilindustrie- und Handelsunternehmen in der Rechtsform einer türkischen Aktiengesellschaft handelt. Der Firmenname enthält den weit verbreiteten Familiennamen Yildirim. Ist das ein Hinweis auf die Eigentümerfamilie?"

„Ja, die Firma gehört seit Generationen der Familie Yildirim und wird von Mehmet Yildirim, dem Senior der Familie, geführt."

„Für die Familie Yildirim geht es bei einer möglichen strategischen Beteiligung von Lady Hellen an ihrer Fabrik vermutlich um sehr viel Geld. Und Lady Hellen wird eine so weitreichende Entscheidung vermutlich nicht ohne einen entsprechenden Hauptversammlungsbeschluss treffen können. Ist es möglich, dass es sich bei der Einladung aus New York, die Sie vor ein paar Minuten in dem Telefonat mit Ihrer Assistentin erwähnt haben, um eine Einladung zu exakt der Hauptversammlung handelt, die über diese strategische Beteiligung entscheiden soll?"

„Ja, so ist es. Und genau um diese strategische Beteiligung sollte es wohl auch am Montag in dieser Videokonferenz gehen."

„Verzeihen Sie, wenn ich Sie so direkt frage", Petersen sah Charlotte von Steinbach aufmerksam an. „Ich kenne zwar die präzisen Beteiligungsverhältnisse nicht. Aber könnte es sein, dass die türkische Familie diesen schrecklichen Angriff auf Elena durchgeführt oder in Auftrag gegeben hat, um die Mehrheitsverhältnisse bei der erneuten Abstimmung über eine Beteiligung von Lady Hellen an ihrer Jeansfabrik zu ihren Gunsten zu beeinflussen?"

Die Managerin zog die Brauen hoch. „Ich kenne Mehmet Yildirim nicht persönlich, aber nach Lage der Dinge halte ich das auf jeden Fall für eine realistische Möglichkeit."

Dr. Petersen nickte. „Vielen Dank für Ihre Einschätzung. Ich werde diese Möglichkeit auf jeden Fall im Auge behalten."

Als er das Haus von Charlotte von Steinbach verließ, begegnete er auf dem Weg zur Straße einem jungen Mann, der anscheinend auf dem Weg zu ihr war und überhaupt nicht in Charlottes konservative Szenerie passte. Er war vielleicht fünfundzwanzig Jahre alt, machte einen sehr gepflegten Eindruck und fiel durch eine dunkle Nappalederjacke auf, die auf einer Seite von oben bis unten mit gut sichtbaren roten, weißen und blauen Lackspritzern versehen war. Vermutlich ein teures Designerstück, das seinen Träger so wirken ließ, als wäre er Lackierer und hätte keine Zeit gehabt, sich nach der Arbeit umzuziehen.

Egal, was der junge Mann tatsächlich von Beruf war, die Kunst, aufzufallen und in Erinnerung zu bleiben, beherrschte er perfekt, dachte Petersen.

Auf dem Weg nach Hause ließ er das Gehörte noch einmal Revue passieren. Insgesamt war er mit dem Ergebnis seines Besuches bei Charlotte von Steinbach höchst zufrieden: Er hatte ihr glaubhaft vermitteln können, dass Hellen sich in einem beschützten Bereich des Klinikums befand, der für Externe völlig unerreichbar war. Ja, er hatte ihr zum Schein sogar angeboten, sich für sie um eine Ausnahmegenehmigung zu bemühen, die es ihr erlauben würde, Hellen trotz der strengen Zugangsregeln zu besuchen. Für den Fall, dass Charlotte hinter der Tat steckte, war Hellen in ihrem tatsächlich völlig ungeschützten Appartement in der Traumaklinik aber so lange sicher, wie Charlotte nicht bemerkte, dass Dr. Petersen sie an der Nase herumgeführt hatte.

Darüber hinaus hatte er zwei wichtige Informationen erhalten, die ihn bei seiner Ermittlungstätigkeit ein ganzes Stück weiterbringen konnten: Zum einen hatte Charlotte ihm den Namen der türkischen Modefirma mitgeteilt, um die es am vergangenen Montag gegangen war. Zum anderen hatte sie ihm bei

96

dem Telefonat mit ihrer Assistentin – vermutlich ohne es selbst zu bemerken – einen wichtigen Hinweis zu der Firma Lady Hellen gegeben: Sie hatte ihre Assistentin nämlich gebeten, den Namen der türkischen Firma in der „Einladung aus New York" zu suchen, die sie letzte oder vorletzte Woche erhalten hatte. Damit war für Petersen sofort klar, dass es sich dabei nur um eine Einladung zu einer Hauptversammlung handeln konnte. Lady Hellen war also eine Aktiengesellschaft und die Aktionäre von Lady Hellen waren – das hatte Charlotte später bestätigt – eingeladen worden, im Rahmen einer Hauptversammlung über den Erwerb von Anteilen an dieser türkischen Jeansfabrik zu entscheiden.

Wenn das alles so stimmte, war nicht nur die Durchführung, sondern auch das Timing des Angriffs auf Hellen ein wahres Meisterstück, denn eine Einladung zur Hauptversammlung einer Aktiengesellschaft nach amerikanischem Recht war nur wirksam, wenn sie den Aktionären mindestens einen Monat vor dem Termin zugestellt worden war. Zusammen mit der Einladung wurden im Allgemeinen neben der Tagesordnung Unterlagen zu den Anträgen verschickt und veröffentlicht, über die abgestimmt werden sollte. Der Gesetzgeber wollte damit erreichen, dass alle Aktionäre vor einer Hauptversammlung genügend Zeit hatten, sich über die Beschlusslage zu informieren und eventuelle Gegenanträge vorzubereiten.

Die Einladung zur Hauptversammlung von Lady Hellen hatte Charlotte „letzte oder vorletzte Woche", so hatte sie es zu ihrer Assistentin gesagt, erhalten, also höchstwahrscheinlich in der Woche vor der Videokonferenz in Kastens Hotel Luisenhof. Alle Aktionäre hatten demnach zumindest am Wochenende vor der Videokonferenz Zeit gehabt, sich mit der Beschlusslage in Bezug auf die Jeansfabrik zu befassen.

Von dem vorgeschriebenen Zeitraum bis zur Hauptversammlung waren zum Zeitpunkt des Ereignisses am vergangenen Montag also sehr wahrscheinlich nur einige wenige Arbeitstage verstrichen. Damit hatte der Täter nicht nur Hellens Teilnahme an der Videokonferenz verhindert, er setzte offensichtlich auch darauf, dass Hellen aufgrund der durch ihn verursachten Traumatisierung bis zur Hauptversammlung weder in der Lage sein würde, nach New York zu reisen, noch ihre Stimmrechte fristgerecht auf eine andere Person zu übertragen. Wie hatte Dr. Waldheim sich ausgedrückt? Nach Einschätzung der Aufnahmeärztin Dr. Sorokin war Hellen nicht einmal mehr in der Lage gewesen, zu entscheiden, ob sie lieber essen oder schlafen mochte.

Damit war der Kreis der möglichen Täter oder Auftraggeber mit denjenigen Personen oder Personengruppen identisch, die ein Interesse daran hatten, dass Hellens Stimmrechte bei der Abstimmung über den Erwerb der türkischen Jeansfabrik nicht ausgeübt wurden. Aber welche möglichen Mehrheiten ergaben sich dadurch – und zu wessen Vorteil? Ohne genaue Kenntnisse der Aktionärsstruktur, das war Dr. Petersen völlig klar, konnte er dazu überhaupt nichts Sinnvolles sagen.

Montag, 13. August
Mehrheiten

Am Beispiel der Anwaltskanzlei Mitchell & Sons zeigte sich wieder einmal, wie nützlich es sein konnte, auch außerhalb der Heimat über ein paar belastbare Kontakte zu verfügen: Erst am frühen Freitagnachmittag, also noch bevor die Anwälte in New York üblicherweise ihren Arbeitstag begannen, hatte Dr. Petersen Walter Mitchell per E-Mail um ein paar Hintergrundinformationen zu dem Unternehmen Lady Hellen gebeten. Walter hatte noch vor seinem Lunch Break zugesagt.

Schon am frühen Nachmittag des folgenden Montags traf auf Isabellas Rechner eine E-Mail von Sheryl ein. Im Anhang befanden sich – jeweils als PDF-Datei – ein älterer Artikel der New York Times über Lady Hellen und eine Kopie des Aktionärsverzeichnisses aus der Gründungsurkunde. Isabella hatte die Mail kurz vor ihrem Feierabend entdeckt und sofort an Dr. Petersen weitergeleitet.

Der Artikel aus der New York Times war mit einem Foto versehen, das Hellen und ihre Mitarbeiterinnen vor ihrem Geschäft in Lower Manhattan zeigte. Inhaltlich ging es in dem Text um die strategische Bedeutung der Kooperation von Lady Hellen mit dem New Yorker Ökolabel „Responsibility in Fashion", also um Informationen, die – das konnte Sheryl nicht wissen – für Dr. Petersen inzwischen keine Neuigkeit mehr darstellten.

Aber das Verzeichnis der Aktionäre offenbarte höchst interessante Mehrheitsverhältnisse. Unter der Überschrift „List of Shareholders" war folgende Verteilung der Anteile nachzulesen:

Hellen Nowakowski: 25,000 shares
Vitali Nowakowski: 15,000 shares

Hannes Osterkamp: 10,000 shares
Total: 50,000 shares

Zum Zeitpunkt der Gründung hatten also fünfzig Prozent
der insgesamt 50.000 Aktien Hellen, dreißig Prozent Vitali und
zwanzig Prozent Hannes Osterkamp, Hellens Bruder vermutlich, gehört. Bei allen bisherigen Hauptversammlungen hatte
Hellen also mit ihrem fünfzigprozentigen Stimmenanteil jeden
Mehrheitsbeschluss verhindern können. Doch inzwischen gehörten Charlotte von Steinbach zehn Prozent der Anteile.
Wenn man davon ausging, dass alle Altaktionäre zehn Prozent
ihrer Anteile an Charlotte abgegeben hatten, ergab sich daraus
rechnerisch die folgende neue Anteilsverteilung:

Hellen Nowakowski: 22.500 Aktien, entsprechend 45 %
Vitali Nowakowski: 13.500 Aktien, entsprechend 27 %
Hannes Osterkamp: 9.000 Aktien, entsprechend 18 %
Charlotte von Steinbach: 5.000 Aktien, entsprechend 10 %

Ohne Hellen würden damit auf der bevorstehenden Hauptversammlung nur maximal fünfundfünfzig Prozent des Kapitals vertreten sein. Damit würde jeder Aktionär, der nicht
Hellen Nowakowski hieß und eine Entscheidung über die Beteiligung an Yildirim Tekstil verhindern wollte, sein Ziel noch
am Tag der Hauptversammlung durch bloßes Fernbleiben erreichen können. Denn dadurch würde die Präsenz des Kapitals
in jedem Fall auf unter fünfzig Prozent fallen und die Beschluss-
fähigkeit nicht mehr gegeben sein.
    Allerdings wollte derjenige, der die Pianistin auf so kreative
Weise aus dem Verkehr gezogen hatte oder hatte ziehen lassen,
mit Sicherheit das Gegenteil erreichen. Ihm lag daran, dass die

Hauptversammlung stattfand, solange Hellen handlungsunfähig war und ihre Stimmen nicht zur Ausübung kamen. Denn nur unter dieser Voraussetzung wäre die Hauptversammlung mit nur fünfundfünfzig Prozent des Kapitals beschlussfähig und die kleinste mögliche Mehrheit mit lediglich achtundzwanzig Prozent der Stimmen zu erreichen. Also hatte der Täter oder dessen Auftraggeber eine einzigartige Konstellation herbeigeführt, in der jeder der Aktionäre – vielleicht sogar er selbst – zusammen mit nur einem beliebigen anderen Anteilseigner eine Stimmenmehrheit für die Beteiligung an der türkischen Jeansfabrik erzielen konnte.

Nach Aktenlage kamen damit alle Aktionäre als potentielle Täter in Betracht, die ein Interesse am Erwerb von Anteilen an Yildirim Tekstil durch Lady Hellen haben könnten. Dazu zählten aus dem Kreis der Aktionäre – zumindest theoretisch – Vitali Nowakowski, Hannes Osterkamp und Charlotte von Steinbach. Aber auch die Firma Yildirim, sogar Mehmet Yildirim selbst kamen in Betracht. Mehmet könnte sein Eigeninteresse weit über das der Hauptaktionärin gestellt und den Angriff auf Hellen – vielleicht sogar in Absprache mit einem der Aktionäre – beauftragt haben. Denn auch für ihn waren die Vorteile einer Beteiligung von Lady Hellen an seiner Firma sicher von unschätzbarem Wert!

Nein, das waren alles wilde Spekulationen. Ohne genauere Informationen zu den beteiligten Personen und deren möglichen Motiven, das wurde Dr. Petersen jetzt immer klarer, würde er kein Licht ins Dunkel bringen können. Wahrscheinlich würde es hilfreich sein, seine Ermittlungstätigkeit für ein paar Tage auf den Großraum New York auszudehnen, ging es ihm durch den Kopf. Nur dort könnte er möglicherweise den richtigen Leuten die richtigen Fragen stellen und im Ergebnis auf erhellende Antworten hoffen.

Im Moment war nur klar, dass geradezu zwingend mit einem zweiten Angriff zu rechnen war, sobald die Pianistin begann, die Initiative zurückzugewinnen und ihr Gegner davon erfuhr. Die Gefahr sollte also möglichst bald einen konkreten Namen tragen.

TEIL 2

Dienstag, 14. August
Jour fixe

Als Dr. Petersen an diesem Dienstagmorgen gegen 9:30 Uhr zu seinem Jour fixe mit Dr. Waldheim aufbrach, fühlte er sich in Bezug auf seinen neuen Geschäftsbereich „private Ermittlungen" genauso gut vorbereitet wie in jedem betriebswirtschaftlichen Beratungsprojekt. Er hatte gestern am späten Abend noch eine PowerPoint-Präsentation erstellt und als Tischvorlage ausgedruckt, die alle wesentlichen Ermittlungsergebnisse enthielt – einschließlich derjenigen, die erst Montagnachmittag aus New York eingetroffen waren. Das würde ihm helfen, die durch die Nowakowskaja entstandene Lage mit seinem Kunden Dr. Waldheim systematisch zu besprechen und in Bezug auf das weitere Vorgehen zu einer fundierten Entscheidung zu kommen.

Entsprechend fröhlich und selbstbewusst parkte er seinen Jaggi etwa fünf Minuten vor zehn auf dem Parkplatz der Geschäftsleitung. Als er das große Foyer der Pavillon genannten Verwaltungsvilla betrat, wurde er von Frau Bahn, Dr. Waldheims Sekretärin, wie immer mit einem Lächeln begrüßt. Sie tauschten ein paar Höflichkeiten aus, und sie brachte ihm wie gewohnt einen doppelten Espresso.

Exakt um 10 Uhr öffnete sich die Tür zu Dr. Waldheims Büro. Dr. Waldheim selbst kam heraus, ging auf Dr. Petersen zu, begrüßte ihn herzlich und begleitete ihn zu dem kleinen Besprechungstisch in seinem Büro, an dem sie regelmäßig ihre Projekte besprachen.

„Wie kommen Sie in Ihrem neuen Geschäftsbereich ‚private Ermittlungen' voran?", wollte Dr. Waldheim wissen, noch bevor sie ihre angestammten Plätze eingenommen hatten. „Gibt es schon erste Ergebnisse?"

„Ich habe Ihnen eine Tischvorlage mitgebracht, in der alle Informationen zusammengefasst sind, die ich in den ersten fünf Kalendertagen meiner Tätigkeit als privater Ermittler zusammentragen konnte", antwortete Dr. Petersen und legte sie vor Dr. Waldheim auf den Tisch.

„Danke, vielen Dank. Sie scheinen ja einiges herausgefunden zu haben!"

„Ja, ich hatte zugegebenermaßen einen ganz guten Lauf."

„Letzten Mittwoch im Valentino haben Sie mir erklärt, die Nowakowskaja stelle für das Image des Klinikums ein latentes Risiko dar. Hat sich Ihre Einschätzung in Bezug auf die Bedrohungslage der Patientin im Rahmen Ihrer Ermittlungen bestätigt?", wollte Waldheim wissen.

„Leider ja. Aber bevor ich diese Einschätzung detailliert begründe, möchte ich Ihnen Ihre Patientin erst einmal etwas genauer vorstellen. Sie ist nämlich eine sehr facettenreiche Persönlichkeit. Die Nowakowskaja ist nicht nur eine große Pianistin, sondern auch Hauptaktionärin einer Modefirma auf Long Island, New York. Ich gehe davon aus, dass der Angriff auf Ihre Patientin in Kastens Hotel Luisenhof und auch deren mögliche Bedrohung hier im Klinikum mit einer anstehenden strategischen Weichenstellung bei Lady Hellen, der Modefirma der Nowakowskaja, in Zusammenhang stehen. Und solange zu dieser strategischen Weichenstellung keine finale Entscheidung getroffen ist, bleibt Ihre Patientin weiterhin gefährdet."

„Das ist ja interessant. Wie haben Sie das alles so schnell herausgefunden?"

„Ich habe mit ihrer besten Freundin und auch mit ihrer Managerin gesprochen, ein wenig im Internet recherchiert

105

und über einen befreundeten Anwalt in New York ein paar hilfreiche Informationen über ihre Firma auf Long Island beschaffen können."

„Das sind ja sensationelle Ergebnisse!", erwiderte Dr. Waldheim erfreut und blätterte versonnen in der Tischvorlage, wohl um das Gehörte erst einmal ein wenig sacken zu lassen. Dann stellte er die entscheidende Frage: „Wie lange wird die Bedrohung der Nowakowskaja anhalten und wie lange kann und darf sie noch in unserer Traumaklinik bleiben? Wie Sie wissen, können wir dort nicht für ihre Sicherheit garantieren."

„Die Bedrohung wird noch gut zwei Wochen anhalten. In der Traumaklinik ist sie allerdings nur so lange sicher, wie sie gesundheitlich keinerlei Fortschritte macht."

„Na, das ist ja genau das, was sich ein Mediziner zu hören wünscht. Woher haben Sie diese präzise Zeitangabe und warum sollen wir der Pianistin nicht helfen, gesund zu werden? Genau das nämlich ist unsere Berufung. Dafür leben wir!"

„Möchten Sie alle Details?"

„Unbedingt. Ich bin gespannt wie ein Flitzebogen!" Dr. Waldheim sah sein Gegenüber neugierig an.

„Gut", erwiderte Petersen lächelnd. „Ihre Patientin hat vor etwa zehn Jahren in Lower Manhattan, New York, ein kleines Modegeschäft mit dem Namen Lady Hellen eröffnet. Hellen ist der Vorname, der in ihrem Pass steht. Bei der Gründung dieses Unternehmens ging es ihr darum, ihren Kundinnen besonders attraktive und feminine Mode zu bieten, die sie in jeder Hinsicht mit gutem Gewissen tragen können. In meiner Tischvorlage finden Sie ein Bild, das die Nowakowskaja zusammen mit ihren Mitarbeiterinnen vor ihrem Laden zeigt."

„Ja, ich habe es gefunden. Danke", ließ sich Waldheim vernehmen.

„Alle ihre Produkte waren – und sind es bis heute – nach den drei Kriterien Umweltschutz, Unbedenklichkeit der Stoffe und Arbeitsbedingungen im Produktionsprozess zertifiziert und tragen das Label ‚Responsibility in Fashion‘ der gleichnamigen New Yorker Umweltorganisation. Das war zu dem damaligen Zeitpunkt etwas wirklich Neues. Verantwortlich zu handeln ist der Nowakowskaja eine Herzensangelegenheit.

Inzwischen ist das Unternehmen stark gewachsen und das Ladengeschäft wurde aufgegeben. Der Handel findet seit Jahren ausschließlich online statt und die Firma ist auf Expansionskurs. Als dann vor etwa drei Jahren über eine Beteiligung an einer Jeansfabrik in der Türkei zu entscheiden war, wurde sie von der Nowakowskaja abgelehnt, weil sie befürchtete, dann Waren abnehmen und verkaufen zu müssen, die den strengen Kriterien von ‚Responsibility in Fashion‘ nicht entsprechen. Ihr gehörten damals noch fünfzig Prozent der Anteile, also gab es gegen sie keine Mehrheit dafür. Jetzt steht dieselbe Entscheidung wieder an, allerdings hat sie jetzt nur noch fünfundvierzig der Stimmen."

„Das ist doch immer noch ein ziemlich hoher Prozentsatz, und so einfach wird es wohl auch jetzt nicht sein, etwas gegen ihr Votum durchzusetzen", stellte Waldheim fest.

„Ja, das ist grundsätzlich richtig. Aber für den Fall, dass ihre Stimmrechte nicht ausgeübt werden, können die verbleibenden Aktionäre sehr viel leichter eine Mehrheit gegen die Interessen ihrer Hauptaktionärin erzielen."

„Sie meinen, die Nowakowskaja wurde mit dem Ziel traumatisiert, das Ergebnis einer Abstimmung in eine bestimmte, ihr widersprechende Richtung zu lenken?"

„Genau das."

„Das ist ja ungeheuerlich!" Waldheim ließ die rechte Hand empört auf den Tisch fallen.

„Und die Person oder die Personen, die dahinterstecken, bleiben in höchstem Maße gefährlich", fügte Petersen hinzu.

„Woher wissen Sie, dass unsere Patientin nur noch gut zwei Wochen gefährdet bleibt, und warum sollte sie bis dahin keine gesundheitlichen Fortschritte machen dürfen?"

„Vorgestern habe ich ihre Managerin Charlotte von Steinbach besucht und erfahren, dass es sich bei der Firma Lady Hellen um eine Aktiengesellschaft nach amerikanischem Recht handelt", erklärte Petersen. „Die Aktionäre hätten einige Tage vor der Videokonferenz in Kastens Hotel Luisenhof eine Einladung zu einer Hauptversammlung erhalten, in der es allein um den Erwerb von Anteilen an dieser türkischen Jeansfabrik gehen wird. Und genau darüber sollte in der Videokonferenz gesprochen werden. Einladungen zu Hauptversammlungen sind in den USA nur rechtswirksam, wenn sie den Aktionären mindestens einen Monat vorher zugestellt werden. Von dieser Frist sind heute – eine gute Woche nach der Videokonferenz – bereits etwa vierzehn Tage verstrichen. Es bleiben jetzt nur noch gut zwei Wochen bis zur Hauptversammlung, dem Tag also, an dem die Gegner unserer Pianistin versuchen könnten, den Kauf von Anteilen an der Jeansfabrik gegen ihren Willen zu beschließen."

„Falls sie bis dahin nicht in ihr Leben zurückfindet und den Plan durchkreuzt, stimmt's?"

„Genau. Und wir können sicher sein, dass ihr oder ihre Gegner bereits einen Plan für den Fall bereithalten, dass sie irgendein Lebenszeichen von sich geben sollte, das auf ihre zunehmende Handlungsfähigkeit schließen lässt."

„Was schlagen Sie also vor?", erkundigte sich Waldheim.

108

„Die Nowakowskaja hat sich den Regeln der Traumaklinik unterworfen und zugestimmt, ihre Kontakte zur Außenwelt in den ersten zwei Wochen ihres Aufenthalts aus therapeutischen Gründen komplett einzustellen, davon sind mittlerweile sechs Tage vergangen. Alle ihre privaten und beruflichen Kommunikationspartner wissen, dass sie im Moment keine Kontakte zur Außenwelt aufnehmen kann oder soll. Zudem denken ihre Managerin ebenso wie ihr Ehemann Vitali, sie sei in einem beschützten Bereich untergebracht, der ungebetenen Besuchern verschlossen ist. Wir haben also ein Zeitfenster von exakt acht Tagen, in dem Ihre Patientin vermutlich vor externen Angriffen weitestgehend sicher ist. Diese Zeit sollten wir nutzen."

„Noch mal: Was schlagen Sie vor?", beharrte Waldheim.

„Ich schlage vor, meine Ermittlungstätigkeit für einige wenige Tage in New York fortzusetzen."

Waldheim lehnte sich in seinem Stuhl zurück und musterte Petersen. „Was versprechen Sie sich davon?"

„Auf Basis unserer bisherigen Erkenntnisse können wir im Moment nur die Personen benennen, die als Täter in Frage kommen. Sofern es nicht noch irgendwelche emotionalen Baustellen gibt, worauf es aber nach dem aktuellen Stand der Ermittlungen keinerlei Hinweise gibt, ist das der Inner Circle von Lady Hellen: Der Kreis der Aktionäre und möglicherweise auch der Eigentümer und Chef dieser Jeansfabrik", führte Dr. Petersen aus. „Wir können diesen Personen aber keinerlei Wahrscheinlichkeiten in Bezug auf ihre mögliche Täterschaft zuordnen, weil uns dazu die erforderlichen Detailinformationen fehlen: Nehmen wir zum Beispiel die Managerin Charlotte von Steinbach. Auf den ersten Blick kommt sie als Täterin oder Initiatorin des Angriffes auf die Pianistin nicht in Betracht. Im

Gegenteil: Sie erscheint uns eher als Opfer. Immerhin sind allein am vergangenen Wochenende in der Hamburger Elbphilharmonie drei Konzerte ausgefallen. Das bedeutet für sie einen herben Umsatzausfall. Und es kommen sicherlich noch ein paar Konzerte dazu! Was aber, wenn die Vorteile des Erwerbs einer Beteiligung an der Jeansfabrik durch Lady Hellen die Gewinnmöglichkeiten der von Steinbach in ihrer Künstleragentur bei weitem überträfen? Was, wenn der Wert ihrer zehnprozentigen Beteiligung an Lady Hellen durch die Beteiligung an der Jeansfabrik so extrem steigen würde, dass es gar nicht mehr darauf ankäme, ob ihre Künstleragentur profitabel arbeitet oder nicht? Auf all diese Fragen können wir hier in Hannover keine Antworten finden. Alles, was wir hier erfahren können, haben wir bereits erfahren. Die einzige Person, die uns weiterhelfen könnte, ist der Ehemann Vitali Nowakowski, der die Geschäfte der New Yorker Modefirma führt. Vielleicht kann ich es schaffen, mich über Luiza, die beste Freundin der Nowakowskaja, mit ihm zu verabreden."

„Haben Sie denn überhaupt die Möglichkeit, so kurzfristig nach New York zu reisen?", fragte Waldheim.

„Ich könnte versuchen, das kommende Wochenende dort zu verbringen."

„Einverstanden." Wie um den Plan zu besiegeln, legte Waldheim beide Handflächen auf den Tisch. „Ein Wochenende in New York kostet mich nicht das ganze Vermögen. Ich würde mich sehr freuen, wenn Sie das Gespräch mit dem Geschäftsführer suchen würden. Vielleicht wissen wir dann ja am nächsten Dienstag schon ein bisschen mehr."

Luiza

Kurz vor zwölf war Dr. Petersen zurück in seinem Büro und rief als Erstes Isabella an.

„Moin, Chef", hörte er seine Office-Managerin sagen. „Das ging ja schnell heute Morgen. War der Doktor zufrieden?"

„Ja, sehr sogar! Im Ergebnis werde ich das kommende Wochenende vermutlich in New York verbringen. Schauen Sie doch bitte mal nach, ob es so kurzfristig überhaupt noch Flüge gibt. Am liebsten würde ich am Freitag gegen Abend in New York ankommen und idealerweise am Montag wieder zurück sein. Und bitte möglichst nicht mit Lufthansa. Die Maschinen sind immer so eng bestuhlt."

„Geht klar", erwiderte Isabella. Am anderen Ende der Leitung war bereits das geschäftige Klappern der Computertastatur zu hören. „Soll ich Ihnen vorsichtshalber ein Zimmer im Marriott Marquis am Times Square reservieren?"

„Ich bin noch nicht ganz sicher, Isabella. Diesmal führe ich die meisten Gespräche vermutlich nicht in New York City, sondern auf Long Island, etwa hundert Kilometer weiter östlich. Aber das sehen wir später. Ich habe noch ein wichtiges Telefonat zu führen."

Nachdem das Gespräch mit Isabella beendet war, wählte er Luizas Nummer. Es dauerte eine gefühlte Ewigkeit, bis sie den Hörer abnahm.

„Hallo", meldete sie sich wie immer, „mit wem spreche ich?"

„Peter Petersen hier, haben Sie einen kleinen Moment Zeit für mich?"

„In fünfzehn Minuten kommt eine Schülerin."

„So lange brauche ich nicht. Ich möchte gerne Vitali auf Long Island besuchen. Ich hoffe, dass er mir helfen kann, Hellens Gegner auf die Spur zu kommen, nur kennt Vitali mich nicht. Könnten Sie mir eventuell ein Entree verschaffen?", bat Petersen.

„Ja. Ich will es gerne versuchen. Wann möchten Sie denn vor Ort sein?"

„Spätestens Samstag. Am Montag fliege ich voraussichtlich schon wieder zurück."

„Das gleiche Programm wie bei Charlotte?", erkundigte sich Luiza.

„Nein. Sagen Sie ihm ruhig genau, wer ich bin und in wessen Auftrag ich ihn besuchen möchte. Er soll wissen, dass ich ausschließlich um Hellens Sicherheit und Wohlergehen bemüht bin. Das schafft vielleicht ein wenig Vertrauen."

„Gut. Ich versuche es. Wie lange sind Sie heute noch erreichbar? In New York beginnt der Tag ja sechs Stunden später", gab sie ihm zu bedenken.

„Dienstags bleibe ich immer ein bisschen länger auf, wie Sie wissen. Ich lasse mein Handy an, dann können Sie mich bis etwa 24 Uhr erreichen."

„Ja, ich weiß. Sie haben heute wieder Ihren Gitarrenabend, stimmt's?"

„Nur sehr gutunterrichtete Kreise können das wissen!", erwiderte er mit verschmitztem Lächeln.

„Ich melde mich, sobald ich mit ihm gesprochen habe."

„Danke, Luiza, vielen lieben Dank."

Anschließend schrieb Petersen Walter Mitchell eine E-Mail. Er hatte spontan die Idee, ihn für Freitagabend ins Keens einzuladen, New Yorks ältestes Steakhouse, nur ein paar Blocks vom Times Square entfernt. Dort hatten sie schon so manchen vergnüglichen Abend erlebt und ganz nebenbei Projekte besprochen und Neuigkeiten ausgetauscht. Vielleicht hatte Wal-

112

ter ja Zeit und Lust, ihn dort zu treffen. Petersen hoffte, mit seiner Hilfe die neuesten Trends an den New Yorker Kapitalmärkten in Erfahrung zu bringen. Immerhin war die Anwaltskanzlei John Mitchell & Sons an der Wall Street seit gefühlt hundert Jahren rund um Bank und Börse bestens vernetzt. Also würde Walter ihm bestimmt auch sagen können, ob es im Moment Investoren gab, die sich für eine Beteiligung an einer ökologisch orientierten Onlinemodefirma mit eigener Fertigung in der Türkei interessieren könnten. Dann nämlich, so ging es ihm durch den Kopf, ginge es bei Lady Hellen um richtig viel Geld!

Walter – da war er sich ganz sicher – würde ihm bestimmt noch heute seine Antwort schicken. Aber ob Luiza bei Vitali erfolgreich sein würde, war völlig offen.

Luiza meldete sich gegen 22 Uhr, also etwa um vier Uhr nachmittags New Yorker Zeit. Petersen und Klaus-Rudi hatten ihr Spiel längst beendet und saßen mit zwei anderen Musikern, die heute zu Gast gewesen waren, bei ihrem Lieblingsitaliener, um den Abend gemeinsam ausklingen zu lassen. Petersen sah auf das Display seines Handys, entschuldigte sich mit einer Kopfbewegung bei seinen Freunden, stand auf, nahm den Anruf entgegen und begab sich vor das Lokal, um ungestört zu telefonieren.

„Hallo, Luiza, haben Sie Vitali erreicht?"

„Ja, er kann Ihnen anbieten, Sie am Samstagnachmittag um drei im Büro von Lady Hellen zu empfangen. Können Sie das einrichten?"

„Ja, absolut."

„Okay, soll ich den Termin für Sie festmachen?"

„Ja, gerne. Soll ich vorher noch mit ihm sprechen?"

„Nein, das müssen Sie nicht. Ich bestätige den Termin und dann ist das gut", erklärte sie.

„Das haben Sie hervorragend gemacht, Luiza."

„Ich glaube, Vitali ist überaus besorgt. Sie dürfen also fest davon ausgehen, dass er Sie sehr freundlich empfangen wird. Und noch etwas: Hellen und Vitali haben auf ihrem Grundstück in Westhampton Beach ein paar Ferienwohnungen. Wenn Sie mögen, können Sie dort übernachten."

„Ja, wenn das möglich ist, habe ich nichts dagegen."

„Gut, dann sage ich Vitali Bescheid."

„Vielen lieben Dank, Luiza."

Als Petersen zu seinen Freunden zurückkam, machte er wohl einen so zufriedenen Eindruck, dass Klaus-Rudi fragte: „Hast du noch mal kurz einen Kunden glücklich gemacht? Normalerweise hast du dein Handy doch gar nicht mit, wenn wir spielen."

„Ich habe gerade einen wichtigen Termin auf Long Island, New York, fixieren können. Ich muss da am Wochenende mal kurz hin."

„Bist du mit deiner Firma jetzt wieder etwas internationaler unterwegs?"

„Ja, aber nicht so, wie du denkst. Ich erzähle dir das irgendwann später."

Als er am nächsten Morgen ins Büro kam, war Walters Antwort bereits eingegangen. Er hatte den Termin bestätigt, allerdings unter der Bedingung, dass er Dr. Petersen einladen dürfe. Das sei nach New Yorker Recht so vorgeschrieben und er wolle nicht riskieren, beim Essen verhaftet zu werden.

Typisch Walter, dachte Petersen und freute sich schon jetzt auf das Wiedersehen.

Freitag, 17. August
New York City

Isabella hatte eine Flugverbindung gefunden, die Dr. Petersen zwar mit Lufthansa nach Frankfurt, aber mit Delta Airlines komfortabel über den Atlantik zum John F. Kennedy Airport in New York brachte. Und sie hatte eine Übernachtung im Marriott Marquis am Times Square gebucht, seinem absoluten Lieblingshotel.

Er nahm eines der Yellow Cabs, die reihenweise am Flughafen bereitstanden, und bat den Taxifahrer, auf dem Weg zum Times Square die Route über die alte Brooklyn Bridge und den Battery Park zu wählen. So konnte er auf dem Weg zu seinem Hotel den Blick von der Brücke über den East River auf die Skyline von Lower Manhattan genießen. Und vom Franklin D. Roosevelt Drive aus, also südlich des Banking Distrikts, konnte er zudem einen Blick durch die Wall Street auf die berühmte Trinity Church erhaschen, die älteste Kirche New Yorks mit dem einst höchsten Gebäude der Stadt, das nun von weitaus höheren Wolkenkratzern umstanden war.

Als sie das Marriott Marquis erreichten, fühlte er sich fast ein bisschen wie zu Hause. Von früheren Aufenthalten wusste er, dass die Zimmer mit der Endziffer 11 den besten Blick auf den Times Square boten. Er bekam das Zimmer 3811 in der 38. Etage. Besser konnte es nicht laufen.

Bis zu seiner Verabredung mit Walter hatte er noch etwa eine Stunde Zeit. Also entschied er sich, im Atrium, der großen Hotelhalle, einen Espresso zu trinken. Von hier aus konnte er 48 Etagen nach oben blicken und die sechs Fahrstühle beobachten, die die Hotelgäste – häufig einander begegnend – mit atemberaubender Geschwindigkeit zu den umlaufenden

Galerien brachten, von denen aus die Zimmer zu erreichen waren. Jede Fahrstuhlkabine war bis zum Boden verglast und hell erleuchtet. Er konnte von unten erkennen, wie viele Menschen in den Kabinen unterwegs waren. Für die Gäste im Fahrstuhl ergab sich von oben eine phantastische Perspektive hinunter ins Atrium und für die Hotelgäste im Atrium ein einzigartiger Blick hinauf.

Leider würde er diesmal nicht die Zeit haben, eines der vielen Musicals zu besuchen, aber er würde die Stimmung rund um den Times Square genießen und den kurzen Weg zum Keens den Broadway entlang schlendern und die lebendige Atmosphäre im Musical District auf sich wirken lassen.

Nachdem er vom Broadway in die 37th Street eingebogen war und die 6th Avenue überquert hatte, erkannte er das alte Steakhouse an seinem hotelähnlichen Eingangsbereich sofort wieder. Petersen liebte das Keens. Er mochte die alten Gemälde und Fotos an den Wänden. Sie zeigten berühmte Persönlichkeiten, die hier in der mehr als hundertfünfzigjährigen Geschichte des Restaurants ein- und ausgegangen waren. Dazu kam die gediegene Atmosphäre, die durch die alten dunklen Möbel und die schweren Teppiche entstand. Man konnte sich im Keens also auf sehr leisen Sohlen zu den außerordentlich fein gedeckten Tischen bewegen.

Walter saß in einer heimeligen Nische an einem für zwei Personen eingedeckten Vierertisch. Als er Dr. Petersen entdeckte, stand er auf und begrüßte ihn herzlich.

„Hier sind wir völlig ungestört", sagte er, als sie ihre Plätze einnahmen. „Nur John Pierpont Morgan junior hört uns eventuell zu." Er zeigte auf das große alte Gemälde, das die Nische dominierte und den Sohn von J. P. Morgan senior, dem Gründer des bis heute bedeutenden gleichnamigen Bankhauses, ab-

116

bildete. „J. P. Morgan junior hat in den späten 1930er Jahren genau an diesem Tisch manches vertrauliche Gespräch geführt. Auch mit meinem Großvater John Mitchell III. Denn die diversen Transaktionen des Bankhauses hatten ja auch immer eine rechtliche Dimension. Unsere Firma Mitchell & Sons war auf diesem anspruchsvollen Rechtsgebiet schon damals führend. Und da die Familie Morgan dem Bankgeheimnis bis heute eine geradezu existentielle Bedeutung beimisst, können wir davon ausgehen, dass J. P. Morgan junior die Dinge, die wir hier heute Abend besprechen, mit Sicherheit für sich behalten wird." Er zwinkerte Petersen zu.

„Das beruhigt mich ungemein", sagte Petersen mit einem Lächeln.

Das Keens war unter anderem für sein Prime New York Sirloin berühmt, ein ganz besonders zartes und schmackhaftes Dry-aged-Steak. Und als nach etwa einer halben Stunde zwei dieser Steaks auf ihrem Tisch standen, war Petersen vor Freude völlig aus dem Häuschen.

„Ich bin übrigens nicht deinetwegen hierhergekommen, Walter. Ich kam wegen der Steaks."

„Ja, Peter, ist mir klar. Aber vielleicht können wir ja trotzdem später noch ein paar Worte wechseln."

„Mal sehen", erwiderte Petersen lachend und konzentrierte sich erst einmal voll auf die kulinarischen Köstlichkeiten aus Küche und Keller, die vor ihm auf dem Tisch standen.

Erst als das Steak gegessen war, begann er sich wieder auf den Grund seines Besuches zu konzentrieren und auf die offenen Fragen, die ihn nach New York geführt hatten.

„Vielen Dank noch einmal für Deine Informationen über die Firma Lady Hellen. Vor allem für die Schnelligkeit, mit der du sie mir übermittelt hast", begann Dr. Petersen.

117

„Wir sind gut vernetzt. Es freut mich, dass ich dir helfen konnte! Aber eine Frage erlaube ich mir in diesem Zusammenhang nun doch zu stellen: Was ist das Besondere an dieser Firma? Soweit ich weiß, hast du dich noch nie für eine so kleine Firma interessiert."

„Ja, Walter, das stimmt. Aber zum einen hat das Unternehmen ein ganz erhebliches Wachstumspotential. Und zum anderen geht es mir auch nur am Rande um das Unternehmen selbst. Ich interessiere mich eher für die Sicherheit der Hauptaktionärin."

„Das klingt ja spannend. Hast Du etwa in den Bereich Private Investigations diversifiziert?"

„Ja, sozusagen. Mein Auftraggeber ist ein großes psychiatrisches Klinikum, das seit vielen Jahren zu meinen besten Kunden zählt. Dort ist vor genau neun Tagen die berühmte Pianistin Elena Nowakowskaja aufgenommen worden. Sie ist die Hauptaktionärin von Lady Hellen, der Firma, über die du dich für mich erkundigt hattest."

Und dann erzählte Dr. Petersen Walter die ganze Geschichte, einschließlich seiner Erkenntnisse in Bezug auf die mögliche Beteiligung an der türkischen Jeansfabrik.

„Meinen bisherigen Ermittlungen zufolge schreibt die Firma Lady Hellen im Moment keine schwarzen Zahlen. Vermutlich ist sie auch nicht in der Lage, den Erwerb von Anteilen an der Jeansfabrik aus eigenen Mitteln zu finanzieren. Damit drängt sich mir die Frage auf, ob es hier in New York möglicherweise Investoren gibt, die sich für eine Beteiligung an einer ökologisch orientierten Onlinemodefirma mit eigener Fertigung in der Türkei interessieren könnten."

„Nach allem, was ich hier an der Wall Street so höre und sehe, hat sich die Rückwärtsintegration zum bevorzugten

118

Erfolgsmodell des Onlinehandels entwickelt. Das ist ein kaufmännischer Terminus. Junge Handelsunternehmen versuchen, durch strategische Beteiligungen Einfluss auf vorgelagerte Beschaffungs- oder Produktionsprozesse zu nehmen. Ich weiß das so genau, weil es zu unserem Kerngeschäft gehört, die Unternehmensstrategien unserer Mandanten juristisch zu begleiten. Und bei Lady Hellen geht es exakt um eine solche Rückwärtsintegration, wenn ich Dich richtig verstanden habe."

„Ja, die Firma Lady Hellen möchte durch den Erwerb von Anteilen an dieser türkischen Jeansfabrik Einfluss auf die Produktionsprozesse nehmen. Sie möchte auf diesem Wege eine verlässliche Belieferung mit Produkten sicherstellen, die geeignet sind, das Ökolabel ‚Responsibility in Fashion' zu tragen. Der Kauf der Unternehmensanteile hat also durchaus auch eine ethische Dimension."

Walter nickte, lehnte sich ein wenig zurück, hob sein Glas, hielt es gegen das Licht, prüfte intensiv die Farbe des kalifornischen Rotweins und sagte dann: „Falls Du wissen möchtest, wie viel Geld die Investoren an der Wall Street für solche speziellen Handelsthemen in die Hand zu nehmen bereit sind, kann ich Dich gerne mit Paul Salomon bekannt machen. Er ist Partner bei New York Incubators, einer sehr erfolgreichen Fondsgesellschaft, die sich als Brutkasten für junge Unternehmen mit großen Perspektiven versteht."

„Danke, Walter. Das ist sehr lieb von dir. Vielleicht komme ich später auf dein Angebot zurück. Im Moment möchte ich erst einmal nur in Erfahrung bringen, welche konkreten Angebote bei Lady Hellen auf dem Tisch liegen. Denn wenn es Investoren gibt, die bereit sind, die Firma mit dem erforderlichen Kapital auszustatten, kann sich der Wert der Firmenanteile von Lady Hellen von einem Tag auf den anderen vervielfachen.

Und wenn wir weiter davon ausgehen, dass die Nowakowskaja einer solchen Transaktion ablehnend gegenübersteht, könnte das für die übrigen Aktionäre ein gut nachvollziehbares Motiv sein, sie mit allen Mitteln an der Ausübung ihrer Stimmrechte zu hindern."

„Das ist ja wie in einem richtigen Krimi."

„Ja, Walter. Und ich glaube, wir sind mittendrin!" Petersen griff nach seinem Weinglas, schwenkte seinen kalifornischen Merlot und wartete auf Walters Reaktion.

„Du sorgst Dich primär um die Sicherheit dieser Pianistin. Das hast Du klar zum Ausdruck gebracht. Aber Du bist hier in New York. Wie willst Du sie von hier aus beschützen?"

„Indem ich herausfinde, wer sie bedroht. Denn für den Fall, dass die Nowakowskaja noch vor der Hauptversammlung ins Leben zurückfinden sollte, also für ihre Gegner die Gefahr bestünde, dass sie ihre Stimmrechte doch noch ausübt, hätten sie bestimmt schon einen Plan, sie daran zu hindern. Und dass sie auch jenseits des Atlantiks handlungsfähig sind, haben sie ja schon eindrucksvoll bewiesen."

„Wann findet die Hauptversammlung statt?", erkundigte sich Walter.

„Gegen Ende des Monats, also in gut zwei Wochen."

„Die Uhr tickt also, stimmt's?"

„Genau."

Walter tippte nachdenklich auf die schwere weiße Tischdecke, dann sah er auf. „Peter, du triffst morgen Abend den Geschäftsführer des Unternehmens, richtig?"

„Ja, den alleinigen Vorstand."

„Dieser alleinige Vorstand heißt Vitali Nowakowski und ist zugleich der Ehemann der Nowakowskaja, korrekt?"

„Ja."

120

„In der List of Shareholders, die ich dir geschickt habe, ist er mit dreißig Prozent der Anteile verzeichnet. Ist die Zahl noch aktuell?"

„Nein, er hält mittlerweile nur noch siebenundzwanzig Prozent der Anteile. Die Managerin der Nowakowskaja, Charlotte von Steinbach, ist inzwischen mit zehn Prozent beteiligt. Dadurch haben alle anderen Aktionäre ein paar Prozentpunkte abgeben müssen."

„Hält die Nowakowskaja noch fünfzig Prozent?"

„Nein, fünfundvierzig."

„Auf der bevorstehenden Hauptversammlung werden dann also ohne die Nowakowskaja exakt fünfundfünfzig Prozent der Stimmen vertreten sein. Mit seinen siebenundzwanzig Prozent kann Vitali Nowakowski keine Mehrheit für oder gegen die Beteiligung an dieser Jeansfabrik erzielen. Er müsste also nur einen der beiden anderen anwesenden Aktionäre für seine eigene Position gewinnen. Für den Fall, dass einer der beiden dafür und der andere dagegen eingestellt wäre, hätte er das Wohl und Wehe der Firma mit seinem großen Stimmenanteil völlig allein in der Hand. Er könnte nämlich mit dem einen der beiden anderen Aktionäre eine Mehrheit dafür und mit dem anderen eine Mehrheit dagegen erzielen, richtig?"

„Ja."

„Dann ist der alleinige Vorstand von Lady Hellen möglicherweise der einsamste Mann der Welt!"

„Warum das?", fragte Petersen erstaunt.

„Die Nowakowskaja hat den Erwerb von Anteilen an dieser türkischen Jeansfabrik schon einmal aus ethischen Gründen abgelehnt, hast du gesagt."

„Das ist richtig."

„In der Videokonferenz vorige Woche, wollte der Vor-

121

stand und Ehemann den Versuch unternehmen, sie davon zu überzeugen, dass der bevorstehende Anteilserwerb mit ihren ethischen Anforderungen vereinbar ist. Das entscheidende Gespräch hat aber aus den bekannten Gründen nicht stattgefunden. Für den Fall, dass Vitali Nowakowski tatsächlich einen Investor gefunden hat, der bereit ist, Lady Hellen im Rahmen einer Kapitalerhöhung mit den erforderlichen finanziellen Mitteln auszustatten, käme er in einen schwerwiegenden Konflikt zwischen seinen Verpflichtungen als Vorstand und seiner Loyalität gegenüber seiner Ehefrau."

„Solange die Nowakowskaja für ihn nicht ansprechbar ist, kann er den Konflikt natürlich nicht lösen, das stimmt. Aber er könnte Zeit gewinnen, indem er die Hauptversammlung verschiebt", wandte Petersen ein.

„Ja, Peter. Der Gedanke ist zulässig, allerdings vermute ich, dass sowohl die Investoren als auch der Verkäufer dieser Jeansfabrik aufs Tempo drücken werden." Walter beugte sich vor. „Und noch ein Gedanke geht mir da gerade durch den Kopf. Als Jurist habe ich schon viel Erstaunliches erlebt, deshalb gilt alles, was ich dir bisher gesagt habe, natürlich nur unter der Voraussetzung, dass Vitali Nowakowski ein ehrenhafter Kaufmann und liebevoller Ehemann ist. Wenn nicht, könnte er auch genau das Gegenteil sein. Dann wäre er aufgrund seiner Nähe zum Geschehen für die Nowakowskaja möglicherweise der gefährlichste Gegner, den man sich überhaupt vorstellen kann. Sei also bitte wachsam, mein Lieber."

Petersen nickte langsam. Er spürte, wie sich die Puzzleteile in seinem Kopf durch das Gespräch mit Walter vollkommen neu zusammensetzten und sich zu einer unheilvollen Theorie verdichteten.

„Danke für deine Einschätzung und danke für deine Mahnung zur Wachsamkeit", erwiderte er daher. „Alles, was du gesagt hast, klingt äußerst plausibel. Ich bleibe hellwach, versprochen!"

„Das beruhigt mich sehr", Walter lächelte und trank einen Schluck von seinem Rotwein. Dann stellte er das Glas ab und lehnte sich ein wenig zu Petersen vor. „Ich habe nämlich noch ein Anliegen in eigener Sache, für das ich dich gerne gewinnen möchte."

„Schieß los, Walter!"

„Du hast bestimmt schon mitbekommen, dass wir in Hamburg eine Filiale eröffnet haben."

„Ja, ich war zur Eröffnung da."

„Wie weit ist Hannover von Hamburg entfernt?", wollte Walter wissen.

„Etwa hundert Meilen."

„Die Filiale wird im Moment von John Mitchell V. geführt, dem Ururenkel des Firmengründers. Er wird die Firma als erstgeborener Sohn von John Mitchell IV eines Tages in fünfter Generation von Chicago aus lenken, aber bis dahin soll er an verschiedenen internationalen Standorten Erfahrungen sammeln. In Hamburg geht es häufig um Rechtsfragen im Zusammenhang mit Firmenkäufen und -zusammenschlüssen. Mergers & Acquisitions nennen wir das. Dabei geht es immer um strategische Fragen, die sogenannten Stories der Unternehmen. Kannst du dir vorstellen, John gelegentlich bei der Beurteilung dieser Stories zu helfen? Die Märkte in Europa unterscheiden sich doch ziemlich von den amerikanischen."

„Sehr gerne. John ist dein Neffe, richtig?"

„Ja, John Mitchell IV ist mein Bruder und John ist sein erstgeborener Sohn", erwiderte Walter und in seiner Stimme klang leiser Stolz mit.

123

„Was könnte ich denn beitragen?"

„Auf dem Gebiet der Unternehmensbewertung ist er nicht so trittfest. Vielleicht könntest du für einzelne Fälle Gutachten erstellen oder ihn mit deinem strategischen Know-how bei der Beratung seiner Mandanten unterstützen."

„Sag ihm, er soll mich einfach anrufen."

„Danke, Peter."

Samstag, 18. August
Long Island

Das Büro von Lady Hellen befand sich in Westhampton Beach, Long Island, etwa achtzig Meilen östlich von New York City. Für die Fahrt dorthin hatte Dr. Petersen sich einen Ford Mustang gemietet. Er wollte das Gefühl erfahren, das diesen technologisch tendenziell eher rückständigen Achtzylinder im Laufe eines guten halben Jahrhunderts zur amerikanischen Sportwagen-Ikone hatte werden lassen.

Vitali erwartete ihn erst um drei Uhr nachmittags, also hatte er an diesem Samstagmorgen noch genügend Zeit, in dem gigantischen Atrium des Hotels ausgiebig zu frühstücken, auszuchecken, den Mietwagen zu übernehmen, sein Gepäck zu verstauen und sich mental auf das Gespräch mit Vitali vorzubereiten.

Die Fahrt vom Times Square Richtung Südosten zum Queens Midtown Tunnel gestaltete sich auf den völlig überfüllten Straßen von Lower Manhattan zum Teil etwas abenteuerlich. Aber auf der anderen Seite des East Rivers floss der Verkehr ruhig. Petersen folgte der Interstate 495, dem sogenannten Long Island Expressway, etwa siebzig Meilen und fuhr dann über ein paar kleinere Landstraßen in eine völlig andere Welt.

Der Ort Westhampton Beach erinnerte ihn ein wenig an Key West in Florida oder Carmel by the Sea in Kalifornien. Petersen kam an vielen gepflegten Villen und Ferienhäusern vorbei, die dem Ort eine gediegene Gemütlichkeit verliehen. Auf der Main Street, der Haupteinkaufsstraße des Ortes, gab es eine Vielzahl von Geschäften und Restaurants, die auf eine anspruchsvolle Kundschaft schließen ließen.

Die Firma Lady Hellen residierte in der Beach Lane, dem wahrscheinlich ältesten Weg von der Ortsmitte zum Strand. Auf beiden Seiten dieser Straße standen Ferienhäuser, die hier sicherlich schon seit Generationen ihren Platz hatten. Das Firmengebäude von Lady Hellen wirkte in dieser Umgebung wie ein kleines Hotel oder eine größere Frühstückspension.

Die junge Dame am Empfang begrüßte Petersen freundlich und führte ihn in einen modernen Konferenzraum mit einem großen Fenster zum Garten. An einer langen Wand hingen gerahmte Bilder, die einem Modemagazin entsprungen zu sein schienen und offensichtlich die neuesten Kollektionen der Firma Lady Hellen zeigten.

„Herzlich willkommen in Westhampton Beach", hörte er kurz darauf eine männliche Stimme.

Das konnte nur Vitali Nowakowski sein, der Ehemann, der Nowakowskaja, der hier die Geschäfte führte. Petersen wandte sich um und sah ihn gemäßigten Schrittes auf sich zukommen. Eine sehr gepflegte Erscheinung, dieser Vitali, stellte er fest, groß und schlank, mit wachsamen braunen Augen und dunkelblondem Haar. Er war muskulös und offensichtlich in einem ausgezeichneten Trainingszustand. Sein gut geschnittener Anzug verlieh ihm Würde und eine gewisse Ausstrahlung von Macht und Durchsetzungskraft.

„Ich bin Vitali Nowakowski, der Vorstand von Lady Hellen", stellte er sich vor und gab Dr. Petersen zur Begrüßung die Hand.

„Peter Petersen, ich hoffe, Luiza hat Ihnen gesagt, wer ich bin und warum ich hier bin."

„Ja, mehr oder weniger. Ein schönes Auto haben Sie sich ausgesucht, um hierherzukommen."

„Der Versuch, Land und Leute kennenzulernen, sollte nicht schon daran scheitern, dass man sich auf amerikanischem

126

Boden mit einem europäischen oder gar einem japanischen Automobil fortbewegt", entgegnete Dr. Petersen mit einem Augenzwinkern.

Vitali nickte lächelnd, dann wurde er wieder ernst und deutete auf einen großen Bildschirm an der gegenüberliegenden Wand. „In diesem Raum", begann Vitali das Gespräch, „habe ich an der Videokonferenz teilgenommen, in der meine Frau in Ohnmacht gefallen ist. Den Grund dafür konnte ich von hier aus allerdings nicht erkennen. Erst später hat mir Luiza von dem entsetzlichen Video erzählt. Ich bin noch immer fassungslos, wie jemand so etwas Grausames tun kann!"

„Da haben Sie recht", erwiderte Petersen und musterte Vitali eingehend. Sollte Hellens Ehemann selbst der Auftraggeber für das Video gewesen sein, war er ein guter Schauspieler. Und ein skrupelloser noch dazu. „Immerhin konnten Sie über die Videotechnik quasi bei ihr sein, bis Luiza kam", fuhr er schließlich fort.

„Ja, das war eine gute Sache."

Sie nahmen an dem großen Konferenztisch in der Mitte des Raumes Platz.

„Luiza hat mir gesagt, Sie hätten von dem Klinikum, in dem sich meine Frau zurzeit aufhält, den Auftrag bekommen, für ihre Sicherheit zu sorgen."

„Ja, das ist richtig."

„Wie sind Sie denn zu diesem Auftrag gekommen? Sie wirken auf mich eher etwas untertrainiert, wenn ich das so offen sagen darf. Jedenfalls sehen Sie für mich nicht wie ein typischer Bodyguard aus."

Petersen schmunzelte. „Luiza wird Ihnen gesagt haben, dass ich das Klinikum strategisch berate. Ich bin Akademiker. Mein

127

größter Muskel ist gewissermaßen mein Gehirn, nicht mein Bizeps."

Vitali sah ihn weiterhin zweifelnd an, dann sagte er: „Sie befinden sich auf Long Island im Bundesstaat New York. Wie wollen Sie meine Frau von hier aus beschützen?"

Petersen fühlte sich an das Gespräch mit Walter am vergangenen Abend erinnert. „Genau diese Frage hat mir auch ein Freund gestellt, den ich gestern Abend in New York City getroffen habe: Indem ich herausfinde, wer sie bedroht."

Und dann gab Petersen Vitali einen kurzen Überblick über seinen aktuellen Ermittlungsstand und stellte die naheliegende Frage, ob es nicht möglich und sinnvoll wäre, die Hauptversammlung zu verschieben, bis seine Frau wieder gesund sei.

„Sie sind gut vorbereitet, Dr. Petersen, und Sie stellen auch die richtigen Fragen. Ganz so einfach ist das aber leider nicht. Die ganze Angelegenheit hat nämlich neben der wirtschaftlichen auch eine ethische Dimension."

„Und die ethische Dimension ist die schwierigere, nehme ich an."

„Ja, das kann man so sagen."

„Dann lassen Sie uns doch mit dem einfacheren Teil anfangen. Wie ist denn die aktuelle Entscheidungslage?"

Dr. Petersen spürte, dass es Vitali schwerfiel, die Details auf den Tisch zu legen, andererseits hatte er das Gefühl, dass er ihn bereits als einen Gesprächspartner akzeptiert hatte, mit dem er die Handlungsmöglichkeiten rund um diese Beteiligung auf Augenhöhe besprechen konnte.

Vitali sah ihn nachdenklich an, dann schien er sich einen Ruck zu geben. „Wenn ich Ihren Ausführungen nicht entnommen hätte, dass Sie mit strategischen Fragestellungen in Unternehmen vertraut sind, und ich nicht wüsste, dass Sie um Hellens Sicherheit bemüht sind, wäre unser Gespräch jetzt wahrscheinlich so gut wie beendet." Er beugte sich mit gefalteten Händen auf dem Tisch vor. „Können Sie mir denn zusichern, dass Sie die Details, die Sie von mir möglicherweise erfahren, vertraulich behandeln werden?"

„Selbstverständlich", erwiderte Petersen und spiegelte Vitalis Körperhaltung, um Vertrauen zu schaffen.

Vitali nickte. „Gut, dann will ich Ihnen die Beschlusslage gerne erläutern. Über die moralische, eventuell auch eher emotionale Dimension dagegen können wir vielleicht heute Abend sprechen. Ich habe einen Tisch im Restaurant unseres Beach Clubs reserviert."

„Gute Idee."

„Die ökonomische Entscheidungslage ist schnell erklärt: Auf der Hauptversammlung vor drei Jahren sind zwei einstimmige Vorratsbeschlüsse gefasst worden, für die der Gesetzgeber eine qualifizierte Mehrheit von mindestens fünfundsiebzig Prozent des vertretenen Kapitals vorschreibt. Der eine Beschluss ermächtigt mich als alleinigen Vorstand, das Kapital der Gesellschaft durch die Ausgabe neuer Aktien um bis zu fünfundzwanzig Prozent zu erhöhen, der andere, Lady Hellen durch den Erwerb von Unternehmen oder Unternehmensanteilen Zugang zu kostengünstigen Produktionsmöglichkeiten in der Nähe unserer Absatzmärkte zu verschaffen. Die Umsetzung der Beschlüsse zu den von mir ausgehandelten Konditionen bedarf der erneuten Zustimmung der Hauptversammlung. Allerdings reicht dafür dann jeweils die einfache Mehrheit."

„Liegen denn inzwischen konkrete Angebote vor, die der Hauptversammlung zur Abstimmung vorgelegt werden könnten?"

„Ja. Ein New Yorker Risikokapitalgeber ist bereit, für eine

129

zehnprozentige Beteiligung an Lady Hellen drei Millionen Dollar zu bezahlen. Das Geld soll im Wesentlichen für den Erwerb einer Mehrheitsbeteiligung an einer Jeansfabrik in der Türkei eingesetzt werden. Damit werden wir in größeren Mengen Produkte herstellen können, die unseren strengen ökologischen und sozialen Anforderungen genügen. Eine knappe halbe Million Dollar stünde darüber hinaus für die Optimierung unseres Internetauftrittes und das erforderliche internationale Marketing zur Verfügung."

„Ist es richtig, dass der Kauf von Anteilen an dieser Jeansfabrik auch vor drei Jahren schon auf der Tagesordnung stand, Ihre Frau den Kauf aber abgelehnt hat?", erkundigte sich Petersen interessiert.

„Ja, das stimmt. Damals waren einige junge Männer, die in dieser Jeansfabrik gearbeitet hatten, an Silikose erkrankt, der sogenannten Staublunge. Sie hatten beim Sandstrahlen von Jeans zu viele Silikate eingeatmet und wurden für immer arbeitsunfähig. Hellen sah darin den Beweis, dass diese Fabrik die Standards unseres Ökolabels nicht erfüllt. Ihr gehörten damals noch fünfzig Prozent der Aktien."

„Wenn Ihr Risikokapitalgeber bereit ist, für zehn Prozent der Aktien drei Millionen Dollar auszugeben, bedeutet das, dass Ihr Unternehmen am Abend der Hauptversammlung von jetzt auf gleich dreißig Millionen Dollar wert sein könnte, korrekt?"

„Ja, aber das ist so richtig wie falsch! Natürlich können die alten Aktien bei gleicher Gewinnberechtigung nicht weniger wert sein als die neuen. Damit ist der Wert von dreißig Millionen theoretisch richtig, praktisch ist er allerdings viel niedriger. Denn es gibt – anders als bei einer börsennotierten Gesellschaft – tatsächlich keine Käufer für die alten Aktien und bei den Altaktionären auch keine Verkaufsabsichten. Der Wert der

130

Firma ergibt sich also einzig und allein aus der Strategie, die mit dem frischen Geld realisiert werden kann."

„Wie lange halten sich Ihre potentiellen Vertragspartner voraussichtlich noch an ihre Angebote gebunden?"

„Bis zum Tag der Hauptversammlung. Die Eigentümer von Yildirim Tekstil haben offensichtlich noch einen anderen Interessenten und die Finanzierungszusage unseres Investors ist an den Abschluss eines Kaufvertrages über fünfundsiebzig Prozent der Anteile an Yildirim Tekstil gebunden."

Petersen nickte nachdenklich. Sein Verstand arbeitete auf Hochtouren, denn durch Vitalis Informationen ergaben sich viele neue Denkansätze. Tatsächlich drängte die Zeit, das wusste sicher auch der Täter, der Hellen in Deutschland bedrohte. Und es ging um Geld, um sehr viel Geld, da war dem Täter möglicherweise jedes Mittel recht.

„Soweit ich weiß, werden auf der Hauptversammlung ohne die Anteile Ihrer Frau nur maximal fünfundfünfzig Prozent des Kapitals vertreten sein", begann Petersen. „Haben Sie eine Idee, wie die Abstimmung ausgehen wird?"

„Sie sind erstaunlich gut informiert, Dr. Petersen, wie haben Sie das gemacht?"

„Ich habe mit einem Rechtsanwalt Kontakt, der in New York City rund um Bank und Börse sehr gut vernetzt ist."

„Alle Achtung!" Vitali musterte ihn prüfend.

Es trat eine kurze Pause ein. Zu gern hätte Petersen gewusst, was in dem Kopf des Russen vor sich ging.

„Um Ihre Frage zu beantworten", sagte Vitali nach einer Weile, „ich kann im Moment überhaupt nicht sagen, wie diese Abstimmung ausgehen wird, weil ich nicht einmal weiß, wie ich selbst mich entscheiden werde. Die Lage ist etwas diffizil."

Wieder trat eine kurze Pause ein.

131

„Meiner Erfahrung nach lassen sich komplexe ökonomische Entscheidungssituationen durch eine radikale Konzentration auf das Geschäftsmodell erheblich vereinfachen", gab Petersen zu bedenken. „Ist es denn so, dass die Beteiligung an dieser Jeansfabrik für Lady Hellen eine wirklich zentrale strategische Bedeutung hat?"

„Ich denke ja", erwiderte Vitali. „Vielleicht sollten Sie diese Frage aber auch Paula Reed stellen, unserer Marketingchefin. Sie hat übrigens wie ich von hier aus an der Videokonferenz teilgenommen. Ich werde Paula fragen, ob sie uns heute Abend ein wenig Gesellschaft leisten möchte. Vielleicht hat sie Zeit. Ein Gespräch mit ihr könnte uns in dieser Frage ein gutes Stück weiterbringen."

„Ja, das denke ich auch. Sehr gut", antwortete Petersen.

Vitali nickte und schaute seinen Gast noch einmal prüfend an. Es schien ihm etwas durch den Kopf zu gehen, was Petersen nicht zu deuten wusste. Fühlte Vitali sich durch seine Fragen bedrängt? War er eventuell zu weit gegangen? Die eben noch locker auf dem Tisch gefalteten Hände des Mannes schienen sich zu verkrampfen, die Knöchel traten kaum merklich weiß hervor. Schließlich löste sich Vitalis Haltung aber wieder und er machte Anstalten, sich zu erheben.

„Wenn Sie einverstanden sind, bitte ich Martha, unsere Receptionista, wie sie sich selbst nennt, Ihnen zunächst einmal Ihr Zimmer zu zeigen. Wir haben hier auch ein paar Ferienwohnungen. Sie sind natürlich mein Gast."

„Danke, sehr freundlich."

„Gut, dann bringe ich Sie jetzt zum Empfang. Dort werde ich Sie so kurz vor sechs auch wieder abholen, wenn Sie mögen. Wir werden um 18 Uhr im Beach Club erwartet. Darryl, die gute Seele unseres Hauses, wird uns fahren."

„Vielen lieben Dank."

Das Gespräch mit Vitali Nowakowski hatte nur etwa anderthalb Stunden gedauert. Als Martha Dr. Petersen die Tür zu seinem Appartement aufschloss, zeigte die Uhr neben dem Bett 4:35 p. m. an. Es blieb also noch genug Zeit für eine Situationsanalyse.

Walter hatte ihn ermahnt, wachsam zu sein. Immerhin ging es in diesem Fall um viel Geld und Petersen war auf Long Island völlig auf sich allein gestellt. Er hatte weder einen wehrhaften Assistenten an seiner Seite noch verfügte er über außergewöhnliche technische Ausrüstungen, die es ihm erlaubten, sich zuverlässig aus misslichen Situationen zu befreien. Seine einzigen Instrumente waren sein Verstand, seine Erfahrung und seine Menschenkenntnis. Unglücklicherweise beschlich ihn das Gefühl, dass in diesem Fall alle drei Instrumente völlig versagt hatten.

Nach dem derzeitigen Stand der Ermittlungen konnte Vitali – zumindest theoretisch – der Auftraggeber des Angriffs auf seine eigene Ehefrau gewesen sein und war damit möglicherweise ihr gefährlichster Gegner. Dann, so schlussfolgerte Petersen, wäre auch er selbst hier auf Long Island möglicherweise in Gefahr. Der Angreifer auf die Nowakowskaja war skrupellos, unsichtbar und unberechenbar, das stand fest. Und Petersen verfügte mittlerweile über ein tiefes Insiderwissen, das dem Täter gefährlich werden konnte. Hatte er eben doch zu viele Fragen gestellt? Immerhin hatte er Vitali offenbart, dass er die Mehrheitsverhältnisse in der bevorstehenden Hauptversammlung bestens kannte, und damit indirekt zum Ausdruck gebracht, dass er ihn zum Kreis der Verdächtigen zählte. Wenn Vitali der Täter war, könnte er hier auf Long Island sicher Mittel und Wege finden, ihn, den unbequemen Sicherheitsberater, sang- und klanglos verschwinden lassen. Dennoch hatte er das Angebot angenommen, in einer von Vitalis Ferienwohnungen zu übernachten und sich von Darryl, der guten Seele des Hauses, zum Beach Club fahren zu lassen. Petersen schüttelte den Kopf über sich selbst. Wer die Gastfreundschaft eines anderen in Anspruch nimmt, gibt das Heft des Handelns aus der Hand. Möglicherweise ein grober handwerklicher Fehler. Es gab ja auch Hotels und sein Mustang stand direkt vor der Tür.

Petersen trat vor das große Fenster, das einen einmaligen Blick auf die Dünenlandschaft von Westhampton Beach gewährte, und wippte mit den Füßen auf und ab. Bestimmt kannte Vitali hier ein paar einsame Orte, die für eine Sonderbehandlung neugieriger Ermittler besonders geeignet wären. Und dann gab es ja auch noch den Atlantik quasi vor der Tür!

Andererseits hatte Vitali angedeutet, an diesem Abend über die moralische, eventuell auch emotionale Dimension der anstehenden Entscheidung sprechen zu wollen. Wahrscheinlich hatte er tatsächlich an dem Konflikt zu nagen, der sich aus seiner kaufmännischen Verantwortung für die Firma und der Loyalität gegenüber seiner Ehefrau ergab. Dieser Gedanke machte Petersen Mut, vermutlich hatte er einfach nur zu viel Phantasie. Ein skrupelloser Geschäftsmann würde doch überhaupt nicht in der Lage sein, in moralisch-emotionalen Dimensionen zu denken. Er setzte darauf, dass Vitali das Gespräch mit ihm suchte, um zu einer für ihn ökonomisch wie moralisch vertretbaren Entscheidung zu kommen. Und für den Fall, dass Petersen die Lage völlig falsch einschätzte, also Darryl beispielsweise nicht den Auftrag hatte, ihn zum Restaurant, sondern ins Jenseits zu befördern, würde er sich mit der Tatsache trösten, dass er in seinem bisherigen Leben schon sehr viel mehr Glück

134

erfahren hatte, als den meisten anderen Menschen wahrscheinlich jemals zuteilwurde.

Als Petersen um kurz vor sechs über den Parkplatz zum Empfang ging, stand vor dem Haupteingang ein Ford Explorer, ein geschlossener jeepähnlicher Personenwagen mit getönten Scheiben, der mit seinen panzerähnlichen Abmessungen für die etwas schmaleren europäischen Straßen weitestgehend ungeeignet wäre. Um kurz nach sechs erschien Darryl, ein großer, starker Mann mit eher dunklem Teint und einem Karton unter dem Arm. Er wirkte fröhlich und verkündete, dass Vitali aufgehalten worden sei. Er komme später nach. Aber, aber sie beide könnten ja schon einmal starten.

Wieder überkam Petersen ein mulmiges Gefühl. Der schwarze Koloss, dessen Beifahrersitz er nun mit deutlichem Unbehagen erklomm, weckte Assoziationen mit amerikanischen Thrillern. Häufig verschwanden Menschen im Kinofilm in genau solchen Autos auf Nimmerwiedersehen. Hatte Darryl wirklich den Auftrag, ihn zum Restaurant zu fahren, oder hatte das Schicksal bereits zugeschlagen?

Darryl startete den großvolumigen Motor, der sich sogleich mit einem sonoren Blubbern bemerkbar machte, und fuhr los. Doch anstatt auf der Beach Lane direkt zum Strand zu fahren, bog Darryl in die entgegengesetzte Richtung ab. Petersen meinte, Walters mahnende Worte besonders laut in seinen Gedanken zu hören, und Angst erfasste ihn. Also doch. Er hatte zu viele Fragen gestellt.

„Wo wollen Sie hin? Zum Strand geht es in die andere Richtung!", rief Petersen in einem Anflug von Panik.

„Wir haben genug Zeit bis zu Ihrem Treffen mit Vitali, keine Sorge", entgegnete Darryl.

„Das mag ja sein, aber lassen Sie mich sofort aussteigen! Ich will zu Fuß gehen!" Sein Blut fing an zu kochen.

„Das würde ich an Ihrer Stelle nicht tun. Wenn Sie hier zu Fuß gehen, könnten Sie für einen Einbrecher gehalten werden. Kein Amerikaner käme auf so eine abwegige Idee!"

„Trotzdem. Ich will sofort aussteigen!"

Darryl schaute ihn ein wenig mitleidig an. „Ich schlage vor, dass ich kurz zur Post fahre, den Karton mit den Briefen dort abgebe und Sie dann zum Restaurant bringe. Das geht schneller und ist für Sie auch deutlich bequemer."

Petersen atmete tief durch. Es half ja nichts. „Natürlich. Gerne", brachte er schließlich hervor.

Das schlimmste Gefühl, das Petersen kannte, war das des Kontrollverlusts. Er war es gewohnt, alles selbst zu entscheiden, alles selbst zu steuern. Auf dem Beifahrersitz in Darryls riesigem Automobil dagegen fühlte er sich völlig ausgeliefert.

Als der massige Mann mit dem massigen Auto tatsächlich vor dem Gebäude der Postfiliale hielt, um die Briefe abzugeben, beruhigte sich Dr. Petersen wieder ein wenig und lockerte seine Hand, mit der er sich instinktiv krampfhaft am Haltegriff der Beifahrertür festgehalten hatte. Nie wieder würde er sich einem möglichen Verdächtigen gegenüber in eine vergleichbare Abhängigkeit begeben. Er hätte Walter bitten sollen, ihn zu begleiten. Aber er war nicht darauf gekommen, ihn überhaupt danach zu fragen.

Der Beach Club befand sich auf einer Landzunge und lag etwas erhöht auf einer Düne. Von der Terrasse aus konnte man Richtung Norden auf die Quantuck Bay – ein riesiges Binnengewässer – und Richtung Süden auf den Strand des Atlantiks sehen.

Vitali hatte einen Tisch mit Blick auf den Atlantik reserviert, doch nicht er selbst saß an diesem Tisch, sondern eine modisch gekleidete, sportlich wirkende Lady mittleren Alters, bei der es sich nur um Paula Reed, die Marketingchefin von Lady Hellen, handeln konnte.

Als Petersen sich dem Tisch näherte, stand sie auf, kam auf ihn zu und sagte: „Sie sind bestimmt Dr. Petersen, stimmt's?"

„Ja. Und Sie sind sicherlich Paula Reed, die Marketingchefin von Lady Hellen."

„Genau. Willkommen in Westhampton Beach. Vitali kommt etwas später. Er hat mich beauftragt, dafür zu sorgen, dass Sie sich nicht einsam fühlen."

„Ich glaube, er hat die richtige Person für diesen Auftrag gewonnen", gab Petersen lächelnd zurück. Er spürte, wie sein Puls sich beruhigte und er zu seiner alten Form zurückfand.

Paulas auffälligstes Merkmal waren ihre leuchtend blauen Augen. Sie war schlank und trug ein figurbetontes Jeanskostüm mit einem Rock von hinreichend geringer Länge, um den Blick auf zwei sensationell schöne Beine zu gewähren. Ihre weiße Baumwollbluse und die passende Jeansjacke waren dezent mit Blumen bestickt und harmonierten wunderbar mit ihrem brünetten, schulterlangen Haar.

„Viel schöner könnte der Ausblick gar nicht sein", sagte Petersen, als sie einander gegenüber direkt am Fenster ihre Plätze einnahmen.

„Ja, unser Beach Club Restaurant könnte kaum besser gelegen sein", gab sie zurück.

Hier in Westhampton Beach fühlte sich Petersen ein wenig an seine Schulzeit erinnert. „Ich habe als Schüler drei Jahre lang auf einer Nordseeinsel gelebt", ließ er Paula Reed daher wissen. „Die Nordsee ist ein Randmeer des Atlantischen Ozeans im Nordwesten Europas. Wenn es die Erdkrümmung nicht gäbe,

137

könnten wir die Insel von hier aus sehen. Ich war oft am Strand, um die Schiffe zu beobachten, die weit entfernt an der Insel vorbeifuhren."

„Mit etwas Glück klart es heute Abend noch ein wenig auf. Dann können wir, sobald es dunkel wird, vielleicht ein paar Lichter von den Frachtschiffen erkennen, die hier die Küste auf und ab fahren. Am besten sieht man natürlich die hell erleuchteten Kreuzfahrtschiffe."

„Dann wollen wir hoffen, dass wir heute Abend eine gute Sicht haben", antwortete Petersen. In Gedanken war er bereits bei dem bevorstehenden Gespräch, weshalb er Paula quasi im selben Atemzug fragte, wann Vitali voraussichtlich eintreffen werde.

„Es kann sein, dass er eine halbe, vielleicht auch eine ganze Stunde später kommt. Ich schlage vor, dass wir schon einmal ein paar Getränke bestellen und uns die Speisekarte ansehen. Dann sind wir startklar, wenn er kommt."

„Ja, gerne."

Nachdem sie ihre kulinarischen Studien beendet und die Getränke bestellt hatten, drängte es Paula Reed, zu erfahren, wie es ihrer Chefin ging.

„Geht es Hellen gut in diesem psychiatrischen Krankenhaus? Wird sie gut behandelt?"

„Das Klinikum, in dem sie sich befindet, ist auf dem Gebiet der Psychiatrie die absolute Nummer eins in Europa. Wir können also davon ausgehen, dass sie dort die beste Behandlung bekommt, die es für Geld zu kaufen gibt. Aber ob sie sich dort wohlfühlt, kann ich nicht beurteilen. Das kann nur Luiza sagen. Sie ist die Einzige, die einen uneingeschränkten Zugang zu ihr hat."

„Wann kann ich denn wieder mit ihr telefonieren? Es gibt

einige Entscheidungen, die Hellen und ich generell gemeinsam treffen. Ich hatte jetzt schon fast zwei Wochen keinen Kontakt mehr zu ihr."

„Hellen ist vor genau zehn Tagen in dem Klinikum aufgenommen worden. Es gehört zu den Regeln des Hauses, dass die Patienten in den ersten vierzehn Tagen ihres Aufenthaltes möglichst alle externen Kontakte unterbrechen. Das schützt die Patienten vor belastenden Einflüssen aus ihrem privaten und beruflichen Umfeld und erleichtert den Ärzten die Diagnose. Am Mittwoch nächster Woche sind diese zwei Wochen um. Ich denke, dass sie dann auch wieder ganz normal erreichbar sein wird. Aber ob und inwieweit sie dann schon wieder in der Lage sein wird, sich geschäftlichen Dingen zu widmen, vermag ich nicht einzuschätzen."

„Ja, vielleicht ist es dafür noch ein bisschen zu früh."

„Was sind das denn für Entscheidungen, die Sie generell gemeinsam treffen?"

„Vor allem Entscheidungen, die unsere Kollektionen betreffen. Sie sind das Herz unseres Marketings. Sie prägen unser Sortiment. Daneben geht es natürlich um Mengen und Preise. Alle Artikel, die wir einkaufen, müssen schließlich auch verkauft werden."

„Welche Rolle kommt in diesem Zusammenhang dieser türkischen Jeansfabrik zu?", wagte Petersen einen Vorstoß.

„Über die Hälfte der Produkte in unserem Sortiment kommen von Yildirim Tekstil. Die Firma setzt unsere Schnitte einfach am besten um und hat darüber hinaus ein paar ganz ordentliche Standardprodukte."

„Ist das Kostüm, das Sie tragen, auch von Yildirim Tekstil?"

„Ja, designed by Lady Hellen und produziert von Yildirim Tekstil. Dieses Kostüm ist geradezu repräsentativ für das gesamte Sortiment von Lady Hellen. Unsere Kundinnen sind ganz überwiegend selbstbewusste Frauen, die ihre Individualität zum Ausdruck bringen wollen. Dazu gehören natürlich auch ihre körperlichen Vorzüge", erklärte sie mit einem Augenzwinkern.

„Sie haben heute Abend eindrucksvoll bewiesen, dass das tatsächlich gelingen kann."

„Danke. Sehr freundlich von Ihnen", antwortete Paula Reed mit einem bezaubernden Lächeln und errötete leicht.

„Welche Bedeutung hat das Ökolabel ‚Responsibility in Fashion' für das Marketing von Lady Hellen?", erkundigte sich Petersen.

„Es gehört zu unserem Alleinstellungsmerkmal. Unsere Kundinnen sollen unsere Mode in jeder Hinsicht gerne tragen. Auch in Bezug auf ihre ökologische und soziale Unbedenklichkeit."

„Ein tolles Marketingkonzept, Mrs Reed. Alle Achtung!"

„Paula. Sie dürfen mich gerne mit meinem Vornamen ansprechen, wenn Sie mögen. Das machen alle so."

„Gerne, Paula. Ich bin Peter, wie Sie bestimmt schon herausgefunden haben."

„Ja. Das war nicht besonders schwer."

Auch wenn es im angloamerikanischen Raum die deutsche Zwischenform, jemanden mit dem Vornamen anzusprechen und dennoch zu siezen, nicht gab, weil dort jedermann mit „you" angesprochen wurde, war die Distanz zu dem mit dem Vornamen Angesprochenen weiterhin groß. Selbst Vorstandsvorsitzende internationaler Unternehmen ließen sich mit ihren Vornamen ansprechen, ohne dass die Distanz zu ihren Gesprächspartnern dadurch auch nur um fünf Millimeter geringer geworden wäre. Als Petersen und Paula nun begannen, einander mit ihren Vornamen anzusprechen, fühlte er dagegen eine distanzierte Nähe zu Paula, wie er sie auch im Verhältnis zu seinen Mitarbeitern oder einigen wenigen Mitgliedern des erweiterten Führungskreises von Dr. Petersen & Co. empfand.

Wie auf ein Stichwort erschien Vitali. Er trug eine beige Chino, ein weißes Hemd und einen Blazer mit Brustwappen, der ihn als Senior des Clubs auswies.

„Ich bitte, meine Verspätung zu entschuldigen", sagte er an Dr. Petersen gewandt. „Wir haben morgen in unserer Kirche eine Veranstaltung für die ganze Familie. Ich musste dafür noch kurz etwas organisieren."

Vitali nahm schräg gegenüber von Petersen neben Paula Platz.

„Wie ich sehe, haben Paula und Sie schon ein paar Getränke bestellt. Wissen Sie denn auch schon, was Sie gerne essen möchten?", fragte er an Dr. Petersen gewandt.

„Peter und ich haben die Speisekarte bereits intensiv studiert und diskutiert. Wir sind startklar, alle warten auf dich, Vitali", antwortete Paula mit einem Lächeln.

„Wie ich mit Freude bemerke, sind Paula und Sie sich inzwischen ein wenig nähergekommen, jedenfalls so weit, dass Sie sich mit dem Vornamen ansprechen", sagte Vitali. „Das ist hier im Club auch so üblich. Sie dürfen mich also gerne Vitali nennen, wenn Sie mögen."

„Ja, sehr gerne, Vitali, ich bin Peter", gab Dr. Petersen mehr aus Höflichkeit als aus Überzeugung zurück. Er spürte, dass Vitali eine gewisse Nähe zu ihm suchte, die ihm selbst nicht behagte. Er konnte den Firmenchef und Ehemann der Nowakowskaja noch nicht einschätzen, der Schock im Auto saß ihm immer noch in den Knochen. Anders als Paula war Vitali ihm eher fremd und dazu ein potentieller Gegner, den er lieber auf Distanz gehalten hätte. Ihm ging das alles viel zu schnell, er

141

fühlte sich bedrängt. Aber nun hatte er zugestimmt und es galt das gesprochene Wort.

Nachdem alle Bestellungen aufgegeben waren, eröffnete Vitali das abendliche Gespräch mit einer gezielten Frage. „Peter, wie würden Sie die typische Wertschöpfung beschreiben, die Ihre Firma für ihre Kunden erbringt?"

„Hilfe bei der Entwicklung von Unternehmensstrategien", antwortete Petersen knapp.

„Wie groß sind die Unternehmen, die Sie beraten?"

„Mittelgroß. Hier in Amerika nennt man Unternehmen dieser Größe SMEs, Small and Medium-Sized Enterprises. Mein kleinster Kunde hat circa fünfzig Mitarbeiter, mein größter etwa zweitausend. Mein umsatzstärkster Kunde erzielt mit circa sechzig Mitarbeitern einen Umsatz von knapp fünfhundert Millionen Euro."

„Haben Sie schon einmal ein so kleines Unternehmen wie Lady Hellen beraten?"

„Nein, Vitali, aber die Erfolgsfaktoren unterscheiden sich nicht. Jedes Unternehmen braucht eine klare Vision für die Zukunft, insbesondere ein Alleinstellungsmerkmal, das den Wettbewerb auf Distanz hält. Mit Ihrem Bekenntnis zu ‚Responsibility in Fashion' haben Sie ein solches Alleinstellungsmerkmal geschaffen. Darüber hinaus brauchen Sie Strukturen – geeignete Produktionsmöglichkeiten und Lieferbeziehungen zum Beispiel –, die es Ihnen erlauben, Ihre einzigartige Marktleistung auch tatsächlich zu erstellen. Mit dem Kauf von Anteilen an Yildirim Tekstil erwerben Sie einen wesentlichen Teil dieser Strukturen. Dann brauchen Sie eine zielführende Strategie, denn letztlich dreht sich alles um die Frage, wie Sie wo und in welchen Marktsegmenten welche Kunden gewinnen wollen. Dazu habe ich noch nicht viel gehört. Und zu guter Letzt brauchen Sie eine vorausschauende Finanzplanung, insbesondere eine permanente Liquiditätsvorschau. Andernfalls kann es nämlich passieren, dass Sie die Beteiligung an dieser Jeansfabrik gerade noch mit Ach und Krach über die Bühne bekommen, Ihnen aber am Ende das Geld für das erforderliche Marketing fehlt."

Vitali hatte Petersen aufmerksam zugehört, jetzt wechselte er einen kurzen Blick mit Paula und erwiderte: „Sie scheinen mir ein ausgezeichneter Analytiker zu sein, Peter. Sie haben sofort erkannt, dass unsere Schwäche in der strategischen Ausrichtung von Lady Hellen liegt. Die Story, die wir unserem Investor erzählt haben, ist also ein bisschen geschönt. Nicht, dass wir nicht die richtigen Leute hätten. Wir kennen uns auf den Märkten sehr gut aus. Nein, es gibt tatsächlich keinen belastbaren Konsens in Bezug auf die Frage, welche strategischen Ziele wir gemeinsam erreichen wollen. Wenn ich nicht wüsste, dass Sie im Auftrag Ihres Kunden in Hannover, Germany, hier sind, würde ich Sie am liebsten fragen, ob Sie noch Kapazitäten für ein neues Mandat haben, das genau diesen Konsens zum Ziel hat."

„Danke für das Kompliment, Vitali, aber wirklich schwierig war meine Situationsanalyse nicht. Die Tatsache, dass Ihre Frau Hellen sich gegenwärtig in einer Traumaklinik in Europa befindet, und die Umstände, die dazu geführt haben, sind wahrscheinlich der sichtbare Ausdruck ganz erheblicher Divergenzen in Bezug auf die anstehenden strategischen Weichenstellungen bei Lady Hellen." Petersen ließ sein Gegenüber bei diesen Sätzen nicht aus den Augen, er wollte jede Regung Vitalis genau registrieren, um ihn etwas besser einschätzen zu können.

„Ja", sagte Vitali schlicht und sah Petersen aufmerksam an.

Er wirkte nicht alarmiert oder beunruhigt, also beschloss Petersen, ihm weiter auf den Zahn zu fühlen.

„Wenn ich die Lage richtig einschätze, Vitali", fuhr er daher fort, „befinden Sie sich als alleiniger Vorstand und Minderheitsaktionär von Lady Hellen im Moment in einem nahezu unlösbaren Konflikt zwischen Ihren kaufmännischen Überzeugungen und Ihrer Loyalität gegenüber Ihrer Ehefrau Hellen. Sie haben eine Hauptversammlung einberufen, in der über eine Mehrheitsbeteiligung an einer türkischen Jeansfabrik entschieden werden soll, die Hellen, die Hauptaktionärin, vor drei Jahren schon einmal abgelehnt hat. Vor knapp vierzehn Tagen wollten Sie sie in der Videokonferenz in Kastens Hotel Luisenhof mit neuen Argumenten dafür gewinnen, diesmal für den Erwerb der Anteile zu stimmen. Dazu ist es aus den bekannten Gründen aber nicht gekommen. Ich möchte Sie daher fragen, wie Sie auf der Hauptversammlung votieren würden, wenn Sie der Hauptaktionär wären. Und wie würden Sie Ihren erneuten Antrag begründen?"

„Natürlich würde ich für den Antrag votieren! Ich habe ihn ein zweites Mal eingebracht, weil ich der Überzeugung bin, dass wir mit Yildirim Tekstil eine Fabrik erwerben, die sich ausgesprochen positiv entwickelt und in vielleicht drei Jahren ausschließlich Produkte herstellen wird, die das Responsibility-in-Fashion-Label tragen. Der Anteil liegt heute schon bei circa sechzig Prozent. Lady Hellen hätte durch den Kauf die Kontrolle über die Produktionsprozesse und könnte sich auf der Beschaffungsseite die erforderlichen Qualitäten und Mengen sichern. Damit wären die Grundvoraussetzungen geschaffen, unser Geschäft auch auf andere große Metropolen dieser Welt auszudehnen. Ich möchte Lady Hellen zu einer Weltmarke für verantwortliche Mode mit Filialen auf möglichst allen Kon-

144

tinenten entwickeln! Aber ohne Hellen davon überzeugt zu haben, dass dies der richtige Weg ist, mag ich den Deal nicht verantworten."

„Klarer könnte Ihr Statement nicht sein, Vitali", sagte Petersen und nickte ihm wohlwollend zu. Offensichtlich sah sich der Unternehmer seiner Frau gegenüber in einem deutlichen Loyalitätskonflikt. Insgesamt ein eher gutes Zeichen. „Sie brennen förmlich für die Idee, Lady Hellen zu internationaler Größe zu führen", fuhr er daher fort, „mögen Ihre Ehefrau Hellen aber nicht vor vollendete Tatsachen stellen. Danke, das hilft mir sehr, die Lage richtig einzuschätzen. Was sagt denn die Marketingchefin zu den Möglichkeiten, die sich aus dem Erwerb von Yildirim Tekstil für Lady Hellen ergeben könnten?", fragte er nun Paula, die dem Dialog mit größter Aufmerksamkeit zugehört hatte.

„Für mich ist entscheidend, dass Yildirim Tekstil unsere Schnitte mit großem Feingefühl und hoher Präzision so umsetzt, als wären die Produktionsstätten in der Türkei ein Teil von Lady Hellen", erwiderte sie. „Das ist wirklich großartig. Aber die Frage, ob wir die Firma deswegen ganz oder teilweise kaufen sollten, kann ich beim besten Willen nicht beantworten. Das können nur Hellen und Vitali sagen."

„Danke, Paula. Ihre eher operative Sicht auf die Dinge bestätigt mich in meiner Einschätzung, dass Yildirim Tekstil schon lange zu Lady Hellen gehört, ohne selbst Teil des Unternehmens zu sein. Die Beteiligung an der türkischen Firma wäre so gesehen fast eine zwingende Folge der positiven Zusammenarbeit in der Vergangenheit. Was aber würde es für Lady Hellen bedeuten, wenn die Beteiligung nicht zustande käme?", wollte Dr. Petersen nun wissen.?"

„Ohne eine eigene Fertigung hat Lady Hellen im Markt für

145

verantwortungsvolle Mode längerfristig keine Überlebenschance", erklärte Vitali mit fester Stimme. „Die allermeisten Produkte, die wir von Yildirim Tekstil beziehen, werden von Lady Hellen entworfen und nach unseren Vorgaben in Kleinserien produziert. Das ist teuer. Obwohl wir unser Sortiment mit relativ geringen Personalkosten im Internet vertreiben, ist unsere Gewinnspanne in diesem Marktsegment deutlich geringer als die im traditionellen Textilhandel. Lady Hellen arbeitet im Moment allenfalls kostendeckend. Schon vergleichsweise geringe Umsatzrückgänge beziehungsweise Preissteigerungen auf der Beschaffungsseite können uns zur Aufgabe zwingen. Wenn wir allerdings der geplanten Wachstumsstrategie folgen, könnten wir in größeren Mengen und zu entsprechend günstigeren Preisen einkaufen. Und da wir dann die meisten Produkte in unserer eigenen Fabrik herstellen könnten, würde sich unsere Handelsspanne ganz erheblich vergrößern, unsere Ertragslage würde sich deutlich verbessern und unsere Zukunft wäre mehr als gesichert."

„Das müsste doch auch in Hellens Sinn sein, oder?", schlussfolgerte Petersen mit fragendem Blick.

„Ja, grundsätzlich schon. Aber bis wir unser Geschäft so weit ausgebaut hätten, dass Yildirim Tekstil durch uns zu hundert Prozent ausgelastet wäre, müsste die Fabrik noch eine Zeit lang alte Lieferverpflichtungen anderen Kunden gegenüber erfüllen. Wir müssten demzufolge noch eine Weile auch konventionelle Textilien ohne Ökolabel herstellen und verkaufen und genau das würde Hellen wahrscheinlich nicht akzeptieren. Eher würde sie das Geschäft völlig aufgeben und die Büros von Lady Hellen in Ferienwohnungen umwandeln."

„Denkt Ihre Frau wirklich so radikal, Vitali?", fragte Petersen erstaunt.

146

„Ja, Peter, Hellen ist eine Radikale. Sie hat unser Unternehmen gegründet, weil sie empört war über die erhebliche Umweltverschmutzung, die in den Fabriken, aber auch durch die Transporte entsteht, die im Rahmen der internationalen Arbeitsteilung unvermeidbar sind. Eine Blue Jeans zum Beispiel legt im Rahmen der internationalen Arbeitsteilung entlang ihrer Wertschöpfungskette von der Baumwollernte über die Teilprozesse Weben, Färben, Veredeln, Nähen und Finishing bis zu zwanzigtausend Kilometer zurück. Hellen war empört über die vielen gesundheitsschädlichen Chemikalien, die in zahlreichen Textilien enthalten sind. Und sie war empört über die sklavenähnlichen Beschäftigungsverhältnisse, die es vor allem in asiatischen Ländern auch heute immer noch gibt. Sie hatte von den Frauen in Bangladesch gehört, die in den Jeansfabriken zum Teil mehr als zwölf Stunden am Tag hart arbeiten, dabei zum Teil bis zu den Knien in mit Chemikalien belastetem Wasser stehen, im Monat weniger als zwanzig Dollar verdienen und von diesem Hungerlohn auch noch für ein Bett in einer völlig heruntergekommenen Unterkunft bezahlen müssen. Die meisten dieser Arbeiterinnen wohnen weit entfernt von ihrer Fabrik und haben weder die Zeit noch das Geld, täglich nach Hause zu fahren, um im eigenen Bett zu schlafen.“

„Das klingt aber äußerst dramatisch“, ließ sich Dr. Petersen vernehmen.

„Das ist äußerst dramatisch“, bekräftigte Vitali. „Führende amerikanische und europäische Textilhändler schicken inzwischen sogenannte Factory Scouts in diese Länder, um Fabriken zu finden, in denen die Produkte nur geringfügig mit gesundheitsschädlichen Chemikalien belastet sind, ein Mindestmaß an Arbeitssicherheit gegeben ist und die Mitarbeiter einigermaßen fair bezahlt werden. Man will die Imagerisiken reduzieren. Aber in den meisten Fabriken hat sich noch nicht viel geändert."

„Wie kam es denn zu dem Kontakt mit der Umweltorganisation ‚Responsibility in Fashion'?"

„Hellen hat die Macher der Organisation bei Demonstrationen kennengelernt, die sich gegen Konzerne richteten, die an der Ausbeutung in den Textilfabriken verdienen. Als sie dann erfuhr, dass ‚Responsibility in Fashion' ihre Legitimation aus der Aufforderung der Vereinten Nationen zur sozialen und ökologischen Verantwortung von Unternehmen ableitete und sich zum Ziel gesetzt hatte, den Textilsektor auf dem Weg zu einer saubereren, sicheren und ethischen Mode zu unterstützen, war ihre Entscheidung schon so gut wie gefallen. Sie wurde Mitglied bei ‚Responsibility in Fashion' und eröffnete kurze Zeit später in Lower Manhattan das wahrscheinlich erste Geschäft für verantwortliche Mode in ganz Amerika. Sie wollte anspruchsvollen Ladies der New Yorker Gesellschaft eine attraktive Mode bieten, die ihre Kundinnen in jeder Beziehung guten Gewissens tragen konnten."

„Dann ist die Gründung von Lady Hellen also eher dem Kampfgeist Ihrer Frau als dem ökonomischen Kalkül entsprungen. Kann man das so sagen, Vitali?", hakte Petersen nach.

„Ja, Peter, das kann man so sagen."

„Ist dieser Kampfgeist auch der Grund, weshalb Hellen eher gegen eine Beteiligung an Yildirim Tekstil eingestellt ist?"

„So ist es. Sie will einfach nicht sehen, dass Yildirim Tekstil zwar im Moment noch nicht in allen Bereichen den hohen Ansprüchen von Lady Hellen entspricht, wir aber Hellens hehre Ziele auf Dauer nur realisieren können, wenn wir uns jetzt die Anteile an Yildirim Tekstil sichern", erklärte Vitali. „In spätestens drei Jahren würden wir bei Yildirim Tekstil nur noch Produkte aus organischer Baumwolle herstellen, die in der Türkei geerntet und verarbeitet worden ist. Wir hätten kurze Transportwege von der Baumwollplantage bis zum fertigen Produkt und von unserer Fabrik am Rande Istanbuls bis zu unseren neuen Kunden in der Europäischen Union wäre es auch nicht weit. Besser könnte es gar nicht sein!", ereiferte sich Vitali.

Petersen sah deutlich, wie sehr Hellens Ehemann zwischen den wirtschaftlichen Notwendigkeiten, die das Überleben der Firma sichern und viele Vorteile bringen würden, und Hellens emotionaler Radikalität zerrissen war. Er wollte nicht in seiner Haut stecken.

„Denken Sie, dass Sie Ihre Frau diesmal für Ihren Plan gewinnen könnten?", fragte er daher.

„Ich denke schon, aber sicher bin ich mir nicht. Wenn die Videokonferenz vor knapp vierzehn Tagen stattgefunden hätte, wäre ich jetzt klüger. Auf jeden Fall bräuchte ich dringend mehr Zeit, um noch vor der Hauptversammlung mit ihr darüber zu sprechen."

„Ab nächsten Mittwoch, das wäre dann exakt neun Tage vor dem Termin, wird Ihre Frau aller Wahrscheinlichkeit nach wieder über alle ihre Kommunikationskanäle erreichbar sein."

„Ja, aber ich denke nicht, dass sie sich dann als Erstes um geschäftliche Dinge kümmern möchte, jedenfalls nicht um Lady Hellen", erwiderte Vitali und zuckte hilflos die Schultern. „Sie wird mit ihrer Managerin über die Konzerte sprechen wollen, die ausgefallen sind und nachgeholt werden müssen. Und sie wird vor allem üben wollen und sich – so wie ich sie kenne – durch nichts und niemanden davon abbringen lassen."

„Verstehe."

„Jungs, so geht das nicht!", mischte sich jetzt Paula ein. „Wir müssen zu einer klaren Entscheidung kommen. Vitali, du musst zu einer klaren Entscheidung kommen: Wenn du der Überzeugung bist, dass der Erwerb von Yildirim Tekstil für Lady Hellen der richtige Weg ist und dieser Weg auch Hellens ethischen Ansprüchen genügt, dann musst du das Ding durchziehen, mit oder ohne Hellen."

„Ja, Paula", gab Vitali zurück. „Aber wie kann ich Hellen mit ins Boot bekommen, ohne vorher mit ihr von Angesicht zu Angesicht darüber zu sprechen? Das kann ich doch nicht am Telefon machen!"

„Natürlich kannst du das nicht am Telefon machen. Aber du könntest Luiza anrufen. Sie ist Hellens beste Freundin und eure gemeinsame Trauzeugin. Sie besucht Hellen fast jeden Tag. Erzähle ihr von deinem Konflikt. Erkläre ihr, warum die Hauptversammlung nicht verschoben werden kann. Überzeuge sie davon, dass du in jedem Fall in Hellens Sinne handeln wirst. Sag ihr, dass Hellen dir blind vertrauen kann. Wenn du Luiza überzeugst, wird sie Hellen überzeugen und alles wird gut."

„Denkst du wirklich, dass das so einfach ist?"

„Selbstverständlich! Hellen ist wahrscheinlich immer noch extrem verunsichert. Sie weiß nicht, wem sie vertrauen kann und wem nicht. Im Moment vertraut sie vermutlich nur Luiza. Sie wird sich darüber freuen, von ihrer engsten Freundin bestätigt zu bekommen, dass sie auch dir nach wie vor ganz und gar vertrauen kann. Noch besser wäre es allerdings, du würdest sie gleich am nächsten Mittwoch besuchen und selbst mit ihr sprechen."

Petersen nickte, er fand Paulas Vorschlag schlüssig. „Wenn es Ihnen gelingt, Ihre Frau zu überzeugen, wird sie Ihnen sicherlich auch ihre Stimmrechte übertragen", bekräftigte er den Vorstoß. „Dann wären auf der Hauptversammlung hundert Prozent des Kapitals vertreten und Sie hätten mit Ihren siebenundzwanzig

Prozent und den fünfundvierzig Prozent Ihrer Frau zweiundsiebzig Prozent der Stimmen auf sich vereinigt; und zwar für die Beteiligung!"

„Ja, das wäre wirklich phantastisch! Aber allein auf der Gefühlsebene werde ich sie nicht überzeugen können. Was ich brauche, sind neue überzeugende Fakten, am besten eine völlig neue Faktenlage! Aber ich werde es auf jeden Fall versuchen", gab Vitali zurück.

„Sehr gut", erwiderte Petersen. „Vorläufig müssen wir allerdings davon ausgehen, dass Hellens Stimmen auf der Hauptversammlung nicht ausgeübt werden können. Derjenige, der sie in der Videokonferenz am Montag vor einer Woche von den Beinen geholt hat, ist sich offenbar sicher, dass der Kauf von Anteilen an Yildirim Tekstil gegen Hellens Stimmen nicht durchsetzbar wäre, und hat auf seine Weise für eine deutliche Veränderung der Mehrheitsverhältnisse gesorgt. Für den Fall, dass Hellens Anteile nicht zum Tragen kämen, würden auf der Hauptversammlung bekanntlich nur fünfundfünfzig Prozent des Kapitals vertreten sein. Demzufolge wäre mit nur achtundzwanzig Prozent eine Mehrheit zu erzielen. Sie, Vitali, haben mit Ihren siebenundzwanzig Prozent also genau einen Prozentpunkt zu wenig. Sie müssten mindestens einen der beiden übrigen Aktionäre dafür gewinnen, mit Ihnen zu stimmen, um eine Entscheidung für diese Beteiligung zu bewirken. Wer könnte das sein, Hellens Bruder Hannes oder ihre Managerin Charlotte von Steinbach?"

„Ich kann Ihnen sagen, wer in jedem Fall dagegen stimmen wird: Hellens Bruder Hannes. Er hat bisher immer mit seiner Schwester gestimmt. Er wird vermuten, dass sie nach wie vor gegen einen Anteilserwerb ist, und wird deshalb auch diesmal dagegen sein."

„Aber mit seinen achtzehn Prozent der Anteile müsste er doch ein großes Interesse daran haben, Ihr Konzept zu unterstützen, Vitali. Allein schon wegen der enormen Steigerung des Unternehmenswertes von Lady Hellen, der sich durch den Einstieg des Investors ergeben wird", wandte Petersen ein. Paula nickte.

„Ja, das ist richtig. Aber Hannes interessiert sich nicht wirklich für Lady Hellen. Er betreibt ein paar Meilen östlich von hier die größte Surfschule in den Hamptons", erklärte Vitali und machte eine vage Geste in diese Richtung. „Er möchte so oft wie möglich am Strand oder auf dem Wasser sein. Damenmode ist überhaupt nicht sein Ding. Er liebt halt seine Schwester und versucht, sie durch sein Stimmverhalten zu unterstützen."

„Und was ist mit Charlotte, Hellens Managerin?"

Vitali verzog fast unmerklich das Gesicht. „Charlotte ist so ein Kapitel für sich. Sie ist weder Teil der Familie noch interessiert sie sich ernsthaft für das, was wir hier tun. Sie gehört im Grunde genommen gar nicht zu Lady Hellen, aber sie spielt in Hellens Leben eine große Rolle. Wir haben sie mit zehn Prozent beteiligt, weil sie Hellen vor vielen Jahren den Weg zu internationalem Ruhm geebnet und damit letztlich die finanziellen Voraussetzungen für die Gründung von Lady Hellen geschaffen hat. Ihre Beteiligung an der Firma ist als Beitrag zu ihrer Altersvorsorge gedacht. Im Moment allerdings ist an Gewinnausschüttungen nicht zu denken."

Dr. Petersen sah nachdenklich auf sein leeres Weinglas, dann schaute er zu Vitali auf. „Für den Fall, dass Ihr Antrag auf der Hauptversammlung eine Mehrheit findet, würden die Gewinnaussichten von Lady Hellen und damit die Aussichten von Charlotte von Steinbach auf eine komfortable Altersversorgung deutlich steigen."

„Ja, das stimmt. Mit dem frischen Geld hätten wir die Chance, unsere Strategie in die Tat umzusetzen. Und wenn uns das gut gelingt, ist es durchaus möglich, dass unsere Firma in drei oder vier Jahren so viel Geld erwirtschaftet, dass der Firmenwert eine aus heutiger Sicht geradezu phantastische Größenordnung erreicht."

„Und Charlotte von Steinbach wäre trotz ihres relativ kleinen Anteils an Lady Hellen eine sehr vermögende alte Dame", schloss Petersen.

„Ja, das wäre dann so."

In Petersens Kopf setzten sich erneut Puzzleteile neu zusammen. Seine Ahnung, dass Charlotte möglicherweise ganz eigene Interessen verfolgte, gewann an Gewicht. Aber bis ins letzte Detail war ihm die Sache noch nicht klar.

„In welchem Verhältnis stehen Hellen und Charlotte zueinander?", wollte er daher wissen. „Wie warm oder kalt würden Sie die Beziehung zwischen den beiden einschätzen und wie lange wird sie voraussichtlich noch andauern? Charlotte ist mittlerweile immerhin neunundsechzig Jahre alt."

„Ich würde ihre Beziehung als symbiotisch beschreiben. Die tragende Säule ist der beiderseitige Vorteil. Hellen kann ohne Charlotte nicht auftreten und Charlotte ohne Hellen kein Geld verdienen. Die Arbeitsatmosphäre zwischen den beiden würde ich als kühl und geschäftsmäßig bezeichnen. Hellen und ich haben ja im Zusammenhang mit Charlottes Beteiligung an unserer Firma intensiv über die Beziehung zu ihrer Managerin gesprochen. Worauf wollen Sie hinaus, Peter?"

„Ich bin hierhergekommen, um hoffentlich herauszufinden, wer Hellen so gezielt aus dem Verkehr gezogen hat und möglicherweise auch nicht davor zurückschrecken würde, sie ein zweites Mal anzugreifen", erklärte Dr. Petersen. „Darf ich völlig offen sagen, was ich wirklich denke?"

„Ja bitte, Peter", sagte Vitali und beugte sich interessiert vor.

„Ich habe von Luiza gehört, dass Hellen ihre Beziehung zu Charlotte schon länger als Belastung empfindet. Eine logische Konsequenz könnte also darin bestehen, dass Hellen das Management eines Tages ganz oder teilweise in andere Hände gibt. Charlotte könnte dieses Risiko erkannt und auf ihre Beteiligung an Lady Hellen gedrängt haben, um für den Fall der Fälle finanziell überleben zu können, auch ohne Hellens Managerin zu sein."

„Ist das nicht ein bisschen weit hergeholt, Peter?", fragte Vitali zweifelnd.

„Ich habe schon viele Machtkämpfe in Unternehmen verfolgt", gab Dr. Petersen zurück. „Fast immer ging es um viel Geld. Und ich kann mich an Machtkämpfe erinnern, die von völlig friedlich wirkenden Menschen mit geradezu kriegerischer Härte geführt wurden. Es besteht deshalb für mich durchaus die Möglichkeit, dass Charlotte Hellens Traumatisierung für sich als Lösung gesehen und in Auftrag gegeben hat. Sie weiß alles über Hellen und hat möglicherweise für sich erkannt, dass Lady Hellen nur auf dem von Ihnen vorgeschlagenen Weg erfolgreich sein kann. Und sie wusste, dass Sie, Vitali, auf jeden Fall dafür stimmen werden. Also konnte sie sicher sein, den Antrag für die Beteiligung mit Ihnen zusammen auch gegen Hannes durchsetzen zu können. Und genau dafür könnte sie gesorgt haben."

Petersen legte eine kleine Pause ein, um das Gesagte wirken zu lassen. Dann fügte er hinzu: „Ich habe auf jeden Fall sichergestellt, dass Charlotte Hellens genauen Aufenthaltsort im Klinikum nicht erfährt."

154

Vitalis Miene hatte sich während seiner Worte merklich verfinstert. Petersen schien mit seiner Theorie einen Nerv getroffen zu haben.

„Sie befürchten einen zweiten Angriff auf Hellen, falls sie in den verbleibenden knapp zwei Wochen bis zur Hauptversammlung auf die Idee kommen sollte, nach Long Island zu reisen oder ihre Stimmen auf jemand anderen zu übertragen, der in ihrem Namen gegen den Antrag stimmen kann, richtig?", schlussfolgerte Vitali besorgt.

„Ja, die Möglichkeit besteht."

Vitali lehnte sich zurück und schaute nachdenklich auf den Horizont, der mittlerweile in der Dämmerung verschwamm. Paula strich nervös über die Stoffserviette neben ihrem Teller.

„Plausibel ist es schon, was Sie da sagen, Peter", ließ sich Vitali schließlich vernehmen, „aber ziemlich ungeheuerlich, oder?"

„Da gebe ich Ihnen vollkommen recht, aber es wäre möglicherweise grob fahrlässig, diesen Gedanken überhaupt nicht in Betracht zu ziehen."

„Paula, was sagst du dazu?", fragte Vitali nun. „Charlotte war doch im letzten Sommer ein paar Tage bei uns. Du hast sie zusammen mit Hellen durch unsere Firma geführt, hast ihr gezeigt, wie unsere Kollektionen entstehen, und warst auch mit dabei, als wir sie mit diesem wunderbaren Barbecue verabschiedet haben. Ist Charlotte eine Frau, der du zutrauen würdest, Hellen aus purem Eigennutz Schaden zuzufügen?"

Paula dachte einen Moment nach, dann sah sie Vitali direkt an. „Das kann ich wirklich nicht sagen, Vitali. Sie ist auf jeden Fall keine Person zum Liebhaben. Ihren Auftritt bei uns würde ich insgesamt als eher kühl und distanziert beschreiben. Sie wirkte auf mich dazu ein wenig ichbezogen, berechnend könnte man sagen. Aber ob sie bereit wäre, Hellen zu verletzen, kann ich beim besten Willen nicht einschätzen."

Vitali nickte und wandte sich wieder an Petersen. „Ihre Argumente sind stichhaltig und plausibel, ja. Dennoch kann ich mir nicht vorstellen, dass Charlotte auf die Idee kommen könnte, sich gegen Hellen zu wenden. Sie ist eine sehr kultivierte Dame, die sozusagen hinter den großen Bühnen dieser Welt ein- und ausgeht. Sie hat Hellen aufgebaut und betreut sie schon über drei Jahrzehnte. Es muss jemand anderes hinter dem Angriff stecken, Peter. Lassen Sie uns Charlotte vorerst aus dem Kreis der Verdächtigen ausschließen."

„Gut, Vitali. Dann ist mein Vorschlag, dass wir beide gemeinsam nach einer plausiblen Gegenposition suchen, die meine Verdachtsmomente entkräftet. Wie ist es denn mit Mehmet Yildirim? Vielleicht gibt es ja gar keinen weiteren Interessenten für eine Beteiligung an seiner Fabrik. Vielleicht hat er Angst bekommen, dass der Anteilserwerb nicht zustande kommt, und hat deshalb auf die bekannte Art und Weise für die richtigen Mehrheitsverhältnisse gesorgt?"

„Dieser Gedanke ist ja fast so ungeheuerlich wie der erste, Peter", sagte Vitali bestürzt.

„Aber nicht so ungeheuerlich wie der naheliegendste Gedanke, nämlich der, dass Sie selbst Ihre Frau aus dem Verkehr gezogen haben", erklärte Petersen mit einem verschmitzten Lächeln. „Immerhin hängt Ihr Job an der Existenz von Lady Hellen und Sie haben nach Ihrer Frau die meisten Anteile"

Vitali nickte langsam. „Ja, Peter, Sie haben recht: Der naheliegendste Täter bin ich selbst, nach Aktenlage habe ich wahrscheinlich das stärkste Motiv." Er schwieg einen Moment und kam dann wieder auf Mehmet und dessen mögliche Motivlage zurück. „Vielleicht können wir mich ja aus rein methodischen

Gründen vorläufig als Verdächtigen ausschließen und stattdessen die andere Ungeheuerlichkeit, nämlich einen von Mehmet initiierten Angriff auf Hellen, gedanklich verfolgen."

„Gut. Einverstanden. Welche Argumente sprechen dafür, dass Mehmet hinter dem Angriff auf Ihre Frau steckt?"

„Vor drei Jahren hat Hellen bekanntlich schon einmal eine Beteiligung an seiner Fabrik abgelehnt, weil Yildirim Tekstil aus ihrer Sicht noch viel zu weit davon entfernt war, den hohen Qualitätsansprüchen von Lady Hellen zu entsprechen. Inzwischen aber hat sich Yildirim Tekstil ausgesprochen positiv entwickelt. Ich bin mittlerweile sogar der Überzeugung, dass Hellen ihre hehren Ziele ohne eine Mehrheitsbeteiligung an Yildirim Tekstil gar nicht realisieren kann. Mehmet weiß das. Er weiß aber auch, dass es noch drei Jahre dauern kann, bis alle Produkte von Yildirim Tekstil das New Yorker Ökolabel tragen. Und er weiß von mir, wie schwierig es sein kann, Hellen von einer Sache zu überzeugen, die noch nicht ganz perfekt ist. Er wird sich die Frage gestellt haben, wer aus dem Kreis der Aktionäre auf der Hauptversammlung sicher dafür stimmen wird. Dabei wird er auf mich und natürlich auf Charlotte gesetzt haben. Auf mich, weil ich den Antrag eingebracht habe, und auf Charlotte, weil sie sich davon hohe Gewinnausschüttungen im Alter verspricht. Man muss kein Mathematikgenie sein, um zu erkennen, dass ohne Hellens Anteile nur fünfundfünfzig Prozent des Kapitals vertreten sein würden und meine siebenundzwanzig Prozent und die zehn Prozent von Charlotte zusammen ausreichen würden, um den Antrag durchzubringen."

„Also haben wir jetzt zwei Hauptverdächtige: Charlotte in Hannover und Mehmet in Istanbul", fasste Paula die Ergebnisse zusammen.

„Und Vitali in Westhampton Beach", fügte Vitali hinzu.

157

„Der ist nämlich der naheliegendste Täter, der ganz offensichtlich mit Charlotte von Steinbach unter einer Decke steckt!"

„Ja, Vitali. Wie konnte ich das vergessen?", antwortete Paula und verdrehte die Augen.

„Im Moment gehen wir alle davon aus, dass Sie nicht der Täter sind, Vitali", beschwichtigte Petersen. „Es ist im Übrigen völlig legitim, wenn Sie mit Charlotte für die Beteiligung stimmen. Ihre Aufgabe besteht darin, Lady Hellen auf Erfolgskurs zu bringen, und zusammen mit Charlotte können Sie die erforderliche Mehrheit dafür erzielen. Was ist daran verwerflich?"

„Für Hellen könnte es so aussehen, als würde ich mit Charlotte unter einer Decke stecken", erklärte Vitali. „Hellen und Charlotte verstehen sich im Moment ja nicht ganz so prächtig. Hellen betrachtet jeden, der auch nur den Eindruck erweckt, auf Charlottes Seite zu stehen, als ihren potentiellen Gegner."

„Das hatten wir heute Abend schon einmal, Vitali", mischte Paula sich nun ein. „Deine Aufgabe ist es, Hellen zu vermitteln, dass sie dir hundertprozentig vertrauen kann. Denn Dein Ziel kann nur darin bestehen, dass Hellen Dir ihre Stimmen überträgt. Aber ob du das indirekt über Luiza erreichen kannst oder dafür nach Europa reisen musst, kann ich nicht abschätzen. Ich weiß nur eins: Du musst es schaffen. Dann nämlich kann es dir völlig egal sein, wie die anderen Aktionäre votieren, weil du zusammen mit Hellens Anteilen über zweiundsiebzig Prozent der Stimmen verfügen würdest. Allerdings solltest du Hellen genau erklären können, warum der Erwerb von Yildirim Tekstil diesmal auch in ihrem Sinne ist."

„Ja, Paula. Morgen ist Sonntag. Ich werde morgen mit Luiza sprechen und mit ihr beratschlagen, wie ich das hinkriegen kann."

„Gut."

„Bleibt aber immer noch die Frage, wer von unseren beiden Favoriten wirklich hinter dem Angriff auf Ihre Frau steckt", meldete sich Petersen zu Wort. „Charlotte oder Mehmet? Die möglichen Motive von Charlotte können wir ziemlich präzise beschreiben, aber über Mehmets potentielle Beweggründe wissen wir so gut wie nichts. Wir haben keine Ahnung, ob es tatsächlich alternative Beteiligungsangebote für seine Firma gibt und wie sich die von Ihrem Angebot unterscheiden. Und wir können nicht sagen, wie wahrscheinlich es ist, dass Yildirim Tekstil in drei Jahren wirklich nur noch Artikel produzieren wird, die das New Yorker Umweltlogo tragen. Sie brauchen – auch für Hellen – einen verbindlichen Zeitplan, wann welche Teilziele zu erreichen sind." Er hielt kurz inne, ihm war ein Gedanke gekommen. „Wäre es vor diesem Hintergrund nicht ratsam, dass Sie Mehmet noch vor der Hauptversammlung einen Besuch abstatten, Vitali? Wenn ich Hellen wäre und alle meine Anteile in Ihre Hände geben würde, würde ich genau das von Ihnen erwarten."

„Wenn ich Mehmet anrufe und ihm sage, dass ich Yildirim Tekstil noch vor der Hauptversammlung besuchen möchte, wird er mich nach dem Grund dafür fragen und nach meiner Agenda", wandte Vitali ein. „Mehmet weiß, dass ich bisher immer gut vorbereitet war, egal ob ich mit Hellen oder mit Paula unterwegs war. Er wird mich bitten, ihm vorab meinen Fragenkatalog zu schicken. Was soll ich ihm sagen? Ich habe keine neuen Fragen. Wir haben im Rahmen der Verhandlungen in Istanbul fast jeden Stein umgedreht!"

Dr. Petersen nickte. „Aber wir haben seit knapp zwei Wochen eine Hauptaktionärin, die an der über den Erwerb von Yildirim Tekstil entscheidenden Hauptversammlung voraussichtlich nicht teilnehmen kann", beharrte er. „Sie könnten

159

Mehmet erklären, dass Sie dadurch in die Situation gekommen seien, möglicherweise über ihren Kopf hinweg entscheiden zu müssen. Um dieser besonderen Verantwortung gerecht zu werden, würden Sie gerne mit Ihrem Strategieberater nach Istanbul kommen. Es gehe Ihnen darum, die strategischen Optionen im Vorfeld Ihrer Entscheidung noch einmal systematisch zu überprüfen."

„Habe ich da gerade Ihr Angebot herausgehört, mich nach Istanbul zu begleiten, Peter?", erkundigte sich Vitali. Unter diesen Umständen schien er der Idee gegenüber nicht abgeneigt zu sein.

„Ja, Vitali. Wenn wir zusammen nach Istanbul reisen, könnte ich Sie möglicherweise dabei unterstützen, mit Mehmet einen verbindlichen Zeitplan auszuhandeln, der auch Hellen überzeugt. Und im Gegenzug bekäme ich von Ihnen quasi die Eintrittskarte für einen Dialog mit unserem türkischen Hauptverdächtigen", resümierte Dr. Petersen und lehnte sich zufrieden zurück.

TEIL 3

Montag, 20. August
Hellen

Luiza fand Hellen am Flügel sitzend und in ihr Spiel vertieft im Dorfgemeinschaftshaus. Es lag nur einige Gehminuten von der Traumaklinik entfernt und befand sich etwa in der Mitte des kleinen Dorfes, in dem schon seit vielen Jahren ausschließlich Einrichtungen des Klinikums für die Seele untergebracht waren. In dem großen Saal fanden einige Hundert Personen Platz, damit bildete die Einrichtung einen der kulturellen Mittelpunkte des klinischen Gemeinwesens. Regelmäßig fanden hier medizinische Fachtagungen, Versammlungen aller Art sowie verschiedene musikalische Veranstaltungen statt. Luiza hatte mit der Klinikleitung abgesprochen, dass Hellen dort an veranstaltungsfreien Tagen gelegentlich Klavier spielen durfte.

Schon im Eingangsbereich nahm Luiza den warmen Klang des Instruments wahr und konnte an Hellens Anschlag erkennen, dass sie nicht übte oder für Fremde spielte, sondern nur für sich selbst. Vorsichtig öffnete Luiza die große Holztür zum Saal. Am anderen Ende des langgestreckten Raumes oben auf der Bühne sah sie den beeindruckenden Flügel, davor ihre Freundin Hellen auf einem Drehhocker sitzend, ganz eins mit ihrer Musik. Sofort fühlte Luiza sich von Hellens melodischem Spiel warm umfangen und spürte die Intensität der Emotionen, die Hellen mit diesem mächtigen Instrument höchst filigran zum Ausdruck brachte. Luiza schloss die Tür von innen, durchschritt den bestuhlten Saal fast geräuschlos und nahm etwa in der Mitte der ersten Reihe Platz.

Hellen musste Luiza schon beim Eintreten bemerkt haben, denn obwohl Luiza sich bemüht hatte, die Eingangstür völlig geräuschlos zu schließen, hatte sie ein deutlich hörbares Kna-

162

cken verursacht, dessen Widerhall in dem leeren Saal nicht zu überhören war. So sah Hellen kurz hoch, begrüßte ihre Freundin mit einer kaum wahrnehmbaren Kopfbewegung, ließ sich aber ansonsten nicht ablenken und setzte ihr Spiel noch eine ganze Weile konzentriert fort. Dann stieg sie von der Bühne herunter und begrüßte ihre Freundin herzlich.

„Schön, dass es dir schon so viel besser geht", sagte Luiza und umarmte Hellen. „Dann wird hoffentlich bald alles wieder gut!"

„Ja, privat vielleicht. Aber auftreten möchte ich vorerst auf gar keinen Fall. Ich möchte so schnell wie möglich nach Hause. Einfach nur nach Hause."

„Ja, das kann ich gut verstehen, Hellen", erwiderte Luiza. „Weißt du was? Wir gehen jetzt erst einmal ins Kuckucksnest und trinken einen schönen Cappuccino. Was hältst du davon?"

„Ja, gute Idee", erwiderte Hellen mit einem Lächeln. „Hoffentlich ist es dort ein bisschen wärmer als hier im Saal."

„Bestimmt. Die Sonne scheint, vielleicht können wir uns in den Garten setzen und etwas Wärme tanken."

Das Kuckucksnest war ein zum Teil von den Bewohnern des Klinikums bewirtschaftetes Café mit großem Garten, das mittags auch als Kantine für die Angestellten diente und nachmittags viele köstliche Torten bereithielt. Es war nur wenige Schritte vom Dorfgemeinschaftshaus entfernt und ein idealer Ort für jede Form der Kommunikation.

Das Mittagessen war schon vorbei und für Kaffee und Kuchen war es fast noch zu früh. Also hatten Hellen und Luiza annähernd freie Platzwahl und entschieden sich für einen sonnigen und etwas windgeschützten Vierertisch im hinteren Teil des Gartens.

„Spielst du gerne im Dorfgemeinschaftshaus?", wollte Luiza wissen.

„Das kann ich noch nicht sicher sagen. Ich war heute ja das erste Mal hier. Es ist auf jeden Fall nicht besonders warm in dem großen alten Saal", erwiderte Hellen und rieb sich die schlanken Hände. „Ich habe mich dort ehrlich gesagt auch ein bisschen einsam und verloren gefühlt. Aber die Akustik gefällt mir und natürlich der Flügel. Es ist ein Grotrian-Steinweg, ein wirklich edles Instrument, das sich im Anschlag ganz ähnlich anfühlt wie mein Steinway & Sons zu Hause. Der Flügel hat bestimmt einmal einer wohlhabenden Person gehört, die hier für einen längeren Zeitraum untergebracht war."

„Hast du mit den Ärzten schon darüber gesprochen, wann du voraussichtlich nach Hause entlassen wirst?"

„Mitte oder Ende nächster Woche, nehme ich an. In dieser Woche habe ich noch einen ziemlich umfangreichen Therapie-plan. Mittwoch spreche ich mit Dr. Rettich darüber."

Luiza nickte. „Das ist der Chefarzt der Traumaklinik, stimmt's?"

„Ja, er hat mir wirklich sehr geholfen. Und er wird mir sicherlich auch sagen, wie es weitergehen kann, wenn ich wieder zu Hause bin."

„Vitali wird sich riesig freuen, wenn er sieht, dass du so große Fortschritte machst."

Hellen blickte ihre Freundin erstaunt an. „Wieso sieht?"

„Er kommt nach Europa. Er möchte dich Mittwochabend oder Donnerstagvormittag besuchen, wenn es dir recht ist."

„Natürlich ist mir das recht!", erwiderte Hellen strahlend. „Ich kann dir gar nicht sagen, wie sehr ich Vitali die ganze Zeit vermisst habe!"

Luiza griff nach Hellens Hand, sie war unsagbar erleichtert, ihre Freundin endlich wieder so fröhlich zu sehen. „Ich sage dir Bescheid, wenn ich Vitalis genaue Flugdaten kenne und weiß, wo er wohnen wird", sagte sie.

„Danke, Luiza. Ich freue mich ja so!"

Luiza lächelte, doch dann wurde sie wieder ernst. „Freust du dich denn auch, dass du ab Mittwoch wieder Kontakt zur Außenwelt aufnehmen kannst?", fragte sie vorsichtig.

„Einerseits ja, andererseits nein. Ja, weil es viele Dinge zu besprechen gibt. Zum Beispiel möchte ich Charlotte fragen, ob es irgendwie möglich ist, die ausgefallenen Konzerte in Europa erst in ein paar Monaten nachzuholen. Dann könnte ich mich nach dem Klinikaufenthalt erst einmal eine Zeit lang auf Long Island erholen und wieder zu mir selbst finden. Anderseits hat es auch etwas ziemlich Luxuriöses, nicht permanent mit Gott und der Welt kommunizieren zu müssen, das muss ich ehrlich zugeben."

Luiza konnte den Zwiespalt, in dem Hellen sich befand, nur zu gut nachvollziehen. Dennoch konnte sie es ihrer Freundin nicht ersparen, sich nach und nach wieder mit dem Leben da draußen auseinanderzusetzen.

„Könntest Du Dir denn vorstellen, Dein Gespräch mit Charlotte eventuell auf die nächste Woche zu verschieben?", fragte Luiza vorsichtig.

„Ja, möglicherweise. Warum fragst du?"

„Dr. Petersen hat am Samstag Vitali besucht. Beide gehen davon aus, dass derjenige, der diesen hässlichen Film in Auftrag gegeben und in Kastens Hotel Luisenhof abspielen lassen hat, zum engsten Kreis von Lady Hellen gehört."

Hellen sah sie erschrocken an. „Und Charlotte gehört im weitesten Sinne dazu, richtig?"

Luiza nickte. Hellen hatte sofort die richtigen Schlüsse ge-

165

zogen. „Ja, aber Genaueres können Dr. Petersen und Vitali wohl erst sagen, wenn sie mit Mehmet gesprochen haben. Sie wollen am Donnerstag zusammen nach Istanbul fliegen."

„Ich denke, mit Yildirim Tekstil ist alles geklärt?", fragte Hellen erstaunt.

„Am besten, Du fragst Vitali, wenn er kommt."

Hellen atmete tief durch und sah in den Park hinaus. Nach einer Weile sagte sie: „Weißt du was, Luiza? Das interessiert mich ehrlich gesagt alles überhaupt nicht mehr. Überhaupt nicht mehr. Ich will nach Hause. Einfach nur nach Hause."

Luiza schaute ihre Freundin nachdenklich an. Es tat ihr weh, Hellen so zu sehen. Am liebsten hätte sie das alles gar nicht mehr angesprochen, sondern einfach den schönen Nachmittag in der friedlichen Atmosphäre des Klinikums genossen. Aber es ging um Hellens Sicherheit. Also gab Luiza sich einen Ruck.

„Bis klar ist, wer dich auf dem Kieker hat, solltest du außer mit Vitali mit niemandem sprechen, der zum Inner Circle von Lady Hellen gehört, versprichst du mir das?", bat Luiza.

„Auch mit Charlotte nicht?", fragte Hellen verwundert.

„Ja, auch mit Charlotte nicht. Sie ist immerhin Anteilseignerin und auf der Hauptversammlung stimmberechtigt."

„Aber sie ist nicht gefährlich. Sie betreut mich schon seit ein paar Jahrzehnten." Hellen schüttelte den Kopf. „Glaub mir, wenn man so lange eng zusammenarbeitet, lernt man sich gut kennen."

Luiza sah auf ihre Hände und seufzte innerlich. Dann schaute sie zu Hellen. „Vielleicht können wir uns darauf einigen, dass Du zumindest abwartest, bis Du mit Vitali gesprochen hast. Dann beginnt Dein freier Telefonverkehr eben nicht schon am Mittwoch, sondern erst Donnerstagmittag, also von heute an in ziemlich genau drei Tagen. So viel Zeit wird auch Charlotte haben."

„Ich überleg's mir." Hellen sah mit leerem Blick auf die großen alten Bäume draußen im Park.

Es entstand eine kleine Pause, bis Luiza sagte: „Wenn du später darüber nachdenkst, Hellen, berücksichtige bitte auch, dass du hier nur so lange sicher bist, wie niemand außer Vitali und mir weiß, wo genau du dich hier aufhältst. Das Tückische ist nämlich, dass du nicht weißt, wer dein Gegner ist. Und immer, wenn du mit jemandem telefonierst, gibst du möglicherweise ganz beiläufig auch Hinweise darauf, wo man dich hier finden kann. Im Dorfgemeinschaftshaus zum Beispiel."

„Hör auf, Luiza, du machst mir Angst!", rief Hellen, sie blickte Luiza mit schreckgeweiteten Augen an.

„Ich hör ja schon auf", erwiderte Luiza und strich Hellen sanft über den Arm. „Komm, wir suchen uns erst einmal ein leckeres Stück Kuchen aus."

Dienstag, 21. August
Jour fixe

„Schön, Sie heil wiederzusehen, kommen Sie herein", begrüßte Dr. Waldheim seinen vertrauten Berater und privaten Ermittler.

Er war wie immer aus seinem Büro herausgetreten, um Dr. Petersen noch in der Empfangshalle zu begrüßen und dann zu dem kleinen Besprechungstisch zu führen, an dem sie beide schon so manches Projekt ungestört besprochen oder gar gemeinsam ausgeheckt hatten.

„Was haben Ihre Ermittlungen jenseits des Atlantiks ergeben?", erkundigte sich Waldheim, kaum dass sie saßen. „Hat sich Ihre Reise gelohnt?"

„Ja, absolut!", antwortete Petersen mit einem vieldeutigen Blick. „Sagen wir so: Nach allem, was ich in New York und Long Island in Erfahrung bringen konnte, kann ich die begründete Hypothese wagen, dass die Managerin der Nowakowskaja, Charlotte von Steinbach, hinter dem Angriff auf unsere berühmte Patientin steckt. Leider gibt es nach wie vor keine Beweise. Und bisher bin ich auch der einzige Mensch auf der Welt, der das so sieht."

„Können Sie abschätzen, was das in Bezug auf die Sicherheit der Nowakowskaja in unserem Klinikum bedeutet? Müssen wir sie am Ende möglicherweise vor ihrer eigenen Managerin schützen?", fragte Waldheim alarmiert.

„Ganz ausgeschlossen ist das nicht."

„Na, dann schießen Sie mal los!", sagte Waldheim und lehnte sich zurück.

„Gut. Beginnen wir mit dem, was wir schon vor meiner Reise über den Atlantik festgestellt hatten", begann Petersen. „Der Kreis der möglichen Verdächtigen ist sehr wahrscheinlich weitgehend mit dem Kreis der Aktionäre von Lady Hellen identisch. Allerdings konnten wir letzte Woche noch so gut wie gar nichts über deren mögliche Motive sagen. Inzwischen kenne ich zumindest die Zielsetzungen der einzelnen Aktionäre und ich kann sagen, dass es auf der bevorstehenden Hauptversammlung für alle von ihnen um sehr viel Geld gehen wird!"

„Na, dann lassen Sie mal hören!", forderte Waldheim seinen privaten Ermittler auf.

„Am letzten Samstag habe ich, wie Sie wissen, Vitali Nowakowski, den Ehemann unserer Pianistin und alleinigen Vorstand von Lady Hellen auf Long Island besucht. Von ihm habe ich erfahren, dass ein New Yorker Investor bereit ist, drei Millionen Dollar für eine zehnprozentige Beteiligung an Lady Hellen zu bezahlen. Mit dem frischen Kapital, das ist der Plan, will Lady Hellen fünfundsiebzig Prozent der Anteile an Yildirim Tekstil, ihrem Hauptlieferanten in Istanbul, erwerben. Dementsprechend geht es auf der Hauptversammlung, die Ende des Monats auf Long Island stattfinden soll, genau um zwei Beschlüsse: Eine Kapitalerhöhung und die Abstimmung über die Mehrheitsbeteiligung an Yildirim Tekstil."

„Wenn dieser Investor bereit ist, für zehn Prozent der Anteile drei Millionen Dollar zu bezahlen und alle Aktien der Firma den gleichen Wert haben, bedeutet das doch, dass der Unternehmenswert von Lady Hellen mit dem Einstieg des Investors auf dreißig Millionen steigen würde, richtig?", fragte Dr. Waldheim, der offensichtlich sehr konzentriert zugehört hatte.

„Wenn Lady Hellen börsennotiert wäre, würde Ihre Rechnung richtig sein", erwiderte Petersen. „Bei nicht börsennotierten Unternehmen ergibt sich der Wert dagegen hauptsächlich aus der Strategie, die mit dem frischen Geld realisiert werden kann, und den Gewinnen, die dadurch zukünftig entstehen. Aber wenn man davon ausgeht, dass der Investor seinen Aktienanteil eines Tages wieder zu Geld machen möchte, setzt er natürlich darauf, dass die erzielten Gewinne nach ein paar Jahren deutlich ansteigen und der Unternehmenswert tatsächlich dreißig Millionen Dollar oder mehr erreicht."

„Aber der Unternehmenswert steigt doch sicherlich zumindest um die drei Millionen Dollar, die der Investor einzahlt", beharrte Waldheim.

„Ja, das auf jeden Fall, und auf die Altaktionäre entfallen davon neunzig Prozent, entsprechend 2,7 Millionen Dollar."

„Wie schätzen Sie die Entwicklung des Unternehmenswertes von Lady Hellen für den Fall ein, dass die Hauptversammlung die Beschlüsse ablehnt?", erkundigte sich Waldheim.

„Lady Hellen ist im Moment eine kleine, auf ethisch verantwortbare Damenmode spezialisierte Firma, die knapp kostendeckend arbeitet. Ich denke, dass sie ohne den geplanten großen Wurf wenig Chancen hätte, längerfristig zu bestehen."

„Dann kann es auf der Hauptversammlung doch im Ergebnis nur einen einstimmigen Beschluss für die Kapitalerhöhung und die Mehrheitsbeteiligung an dieser türkischen Jeansfabrik gehen. Alles andere macht doch überhaupt keinen Sinn!", stellte Dr. Waldheim voller Überzeugung fest.

„Ja, aus wirtschaftlicher Sicht haben Sie völlig recht. Aber es geht hier auch um ethische Fragen und die Aktionäre haben zum Teil eine höchst unterschiedliche Sicht auf die Dinge", erklärte Petersen und überreichte Dr. Waldheim eine Übersicht, in der die aktuell vier Aktionäre von Lady Hellen mit ihren jeweiligen Anteilen und ihren persönlichen Zielen aufgelistet waren. „Das wird uns helfen, die Gesamtlage besser zu verstehen."

Waldheim zog das Blatt Papier zu sich herüber und las, was Petersen notiert hatte:

Hellen Nowakowski, Gründerin und Hauptaktionärin, 45 %
Ziel: Sie möchte attraktive Mode anbieten, die für ihre Kundinnen in jeder Hinsicht tragbar ist.

Vitali Nowakowski, alleiniger Vorstand, 27 %
Ziel: Er möchte Lady Hellen mit dem Konzept seiner Frau zu neuer Größe führen.

Hannes Osterkamp, Bruder der Hauptaktionärin, 18 %
Ziel: Er möchte seine Schwester Hellen dabei unterstützen, ihre Ziele zu erreichen.

Charlotte von Steinberg, Managerin der Hauptaktionärin, 10 %
Ziel: Sie möchte über ihre Beteiligung zu einer attraktiven Altersvorsorge gelangen.

Petersen wartete, bis sein Gegenüber wieder aufschaute.

„Um zu verstehen, worum es wirklich geht, muss man wissen, dass die Nowakowskaja im Grunde ihres Herzens eine Radikale ist", setzte Dr. Petersen seinen Vortrag fort. „Sie hat Lady Hellen gegründet, weil sie empört war über die erhebliche Umweltverschmutzung, die durch die Herstellung und durch den Transport von Textilien entsteht. Sie war empört über die Verwendung gesundheitsschädlicher Chemikalien, die in vielen Textilien enthalten sind, und sie war empört über die sklavenartigen Beschäftigungsverhältnisse, die es in der Textilindustrie immer noch gibt. Die Gründung von Lady Hellen war dem Grunde nach also ein Protest gegen diese Missstände. Mit ihrer eigenen Modefirma wollte sie den anspruchsvollen Ladies der New Yorker Gesellschaft eine attraktive Mode anbieten, die ihre Kundinnen in jeder Beziehung guten Gewissens tragen können. Die Nowakowskaja selbst ist Mitglied der New Yorker Umweltorganisation ‚Responsibility in Fashion' und ihre Firma Lady Hellen bietet nur Kleidung an, die das Umweltsiegel dieser Organisation trägt." Petersen hielt kurz inne, um seine Worte wirken zu lassen, dann fuhr er fort: „Ihr Mann Vitali dagegen ist ganz Kaufmann. Er hat die Prinzipien seiner Frau zum Geschäftsmodell entwickelt und dabei erkannt, dass sich ihre hehren Ziele nur realisieren lassen, wenn Lady Hellen eine Mehrheitsbeteiligung an ihrem Hauptlieferanten Yildirim Tekstil erwirbt. Damit möchte er mehr Einfluss auf die Qualität der Produkte gewinnen, um – zumindest nach einer gewissen Übergangsfrist – sicherzustellen, dass alle Produkte von Yildirim Tekstil, also auch die, die zurzeit noch an andere Abnehmer gehen, den Qualitätskriterien von Lady Hellen entsprechen. Perspektivisch sollen alle Produkte, die bei Yildirim Tekstil hergestellt werden, das Umweltsiegel ‚Responsibility in Fashion' tragen. Und natürlich geht es auch darum, sich am Rande von Europa, dem großen Zukunftsmarkt von Lady Hellen, die erforderlichen Produktionskapazitäten für das geplante Wachstum der Firma zu sichern."

„Dann ziehen die Nowakowskaja und ihr Mann doch sicher am selben Strang, habe ich das richtig verstanden?", hakte Dr. Waldheim nach.

„Das ist keinesfalls sicher", antwortete Dr. Petersen nach einer kurzen Denkpause. „Vor drei Jahren nämlich stand schon einmal eine Beteiligung an Yildirim Tekstil auf der Tagesordnung und die Nowakowskaja hat den Antrag – mit damals noch fünfzig Prozent der Stimmen – zu Fall gebracht. Sie befürchtete, von der zukünftigen Tochtergesellschaft auch Waren abnehmen und verkaufen zu müssen, die nicht den hohen Ansprüchen von Lady Hellen genügen. Wenn die Dinge nicht hundertprozentig ihren Vorstellungen entsprechen, ist sie bisweilen völlig unberechenbar und kann offenbar eine geradezu zerstörerische Kompromisslosigkeit an den Tag legen. Alle Altaktionäre wissen das und verhalten sich entsprechend."

„Dann ist dieser Vitali der naheliegendste Gegner, den man sich überhaupt vorstellen kann", schlussfolgerte Dr. Waldheim. „Er muss nämlich befürchten, dass seine in wirtschaftlichen Dingen offensichtlich eher launische Ehefrau ihn ein zweites Mal ausbremsen wird und alle seine Mühen umsonst waren. Und natürlich ist er nah am Geschehen und kennt die besondere Sensibilität seiner Ehefrau. Er wäre damit geradezu prädestiniert dafür, sie mittels eines Videos über die Tötung eines Hundes zu traumatisieren, der ihrer Daisy zum Verwechseln ähnlich sieht."

„Die Managerin, Charlotte von Steinbach, kennt die Nowakowskaja mindestens genauso gut", wandte Dr. Petersen ein.

„Mag sein."

Beide schwiegen einen Moment, dann sagte Petersen: „Ich schlage vor, dass wir mit der Bewertung der Fakten noch so lange warten, bis ich Ihnen alle Aktionäre mit ihren jeweiligen Zielsetzungen komplett vorgestellt habe."

„Ja, gerne, bitte fahren Sie fort!", stimmte Waldheim zu und nahm wieder die Haltung des aufmerksamen Zuhörers an.

„Fakt ist, dass auf der Hauptversammlung ohne die Anteile der Hauptaktionärin, die ja immerhin noch fünfundvierzig Prozent der Anteile hält, nur fünfundfünfzig Prozent des Kapitals vertreten wären. Um eine Mehrheit für die Kapitalerhöhung und die Mehrheitsbeteiligung an Yildirim Tekstil zu erzielen, wären demzufolge mindestens achtundzwanzig von fünfundfünfzig Stimmen erforderlich. Vitali hält genau sieben-

173

undzwanzig Prozent der Anteile, also einen Prozentpunkt zu wenig. Aber zusammen mit Hannes Osterkamp, dem Bruder der Hauptaktionärin, oder mit Charlotte von Steinbach, der Managerin, könnte er den Antrag durchsetzen."

„Können Sie sagen, wer von den beiden am leichtesten für den Antrag zu gewinnen wäre?", fragte Waldheim.

„Die Wahrscheinlichkeit, dass Hannes Osterkamp für den Antrag stimmt, geht gegen null", erwiderte Petersen. „Er betreibt eine große Surfschule auf Long Island und ist damit offensichtlich sehr erfolgreich. Er interessiert sich nicht für Damenmode und auch nicht für die Firma Lady Hellen. Aber er versucht seine Schwester durch sein Stimmverhalten zu unterstützen. Er wird davon ausgehen, dass seine Schwester nach wie vor gegen eine Mehrheitsbeteiligung an dieser Jeansfabrik eingestellt ist, und deshalb voraussichtlich gegen den Antrag stimmen."

„Also bleiben genau zwei Aktionäre übrig, die mit Sicherheit für den Antrag stimmen werden: Vitali, der Lady Hellen zu neuer Größe führen will, und die Managerin, die an einer äußerst komfortablen Altersvorsorge interessiert ist", resümierte Waldheim. „Beide könnten den Angriff auf unsere Pianistin ausgeführt oder beauftragt haben, um die für die Durchsetzung des Antrags erforderlichen Mehrheiten zu erzielen, richtig?"

„Ja, das ist richtig."

Waldheim rückte auf seinem Stuhl nach vorne und legte seine gefalteten Hände auf dem Tisch ab. „Was macht Sie so sicher, dass die Managerin ihre eigene Starpianistin aus dem Verkehr gezogen haben könnte? Das macht doch wirtschaftlich überhaupt keinen Sinn!"

„Es geht auf der Hauptversammlung wahrscheinlich um sehr viel mehr Geld, als die Managerin mit Ihrer Starpianistin

174

Elena Nowakowskaja jemals verdienen kann", erklärte Petersen. „Außerdem weiß ich aus Gesprächen mit Luiza Bartók, der besten Freundin unserer Patientin, dass es ganz erhebliche Spannungen zwischen der Nowakowskaja und ihrer Managerin gibt. Ich gehe davon aus, dass Charlotte von Steinbach ein Ende der Zusammenarbeit mit unserer berühmten Pianistin befürchtet und deshalb alles auf eine Karte setzt."

„Ich bin beeindruckt, wie gut es Ihnen gelungen ist, in so kurzer Zeit die potentiellen Täter aus dem Kreis der Aktionäre mit ihren individuellen Zielsetzungen komplett zu benennen", sagte Waldheim anerkennend. „Aber Ihre Argumentation in Bezug auf die Managerin ist mir zu schwach! Alle Aktionäre haben die gleiche Chance, durch das finanzielle Engagement des Investors und die dadurch ermöglichte Mehrheitsbeteiligung an Yildirim Tekstil eine ganz erhebliche Wertsteigerung ihrer Unternehmensanteile zu erfahren. Je größer der Anteil, desto größer der Vorteil. Wenn wir als Hauptmotiv Habgier annehmen, bleibt der Ehemann mit seinen siebenundzwanzig Prozent der Hauptverdächtige. Wenn wir nun in der Dimension Familie denken, wären nicht nur seine siebenundzwanzig Prozent, sondern mindestens auch die fünfundvierzig Prozent seiner Frau mit ins Kalkül zu ziehen. Vitali und seine Frau würden dann nämlich zweiundsiebzig Prozent des Vorteils aus dem Hauptversammlungsbeschluss auf sich vereinen. Wenn der Wert des Unternehmens perspektivisch auf dreißig Millionen Dollar steigt, sprechen wir also über einen zweistelligen Millionenbetrag. Das ist Motiv genug, finde ich!"

Auch wenn Dr. Petersen Vitali nach den vertraulichen Gesprächen auf Long Island im Grunde genommen bereits als Täter ausgeschlossen hatte, konnte er die Schlussfolgerung

Dr. Waldheims nicht von der Hand weisen, und nahm seinen Gedankengang auf.

„Dann lassen Sie uns mit den drei Voraussetzungen eines jeden Verbrechens weitermachen", schlug er vor. „Gelegenheit, Möglichkeit und Motiv. Jeder der Aktionäre hatte dieselbe Gelegenheit: die Videokonferenz in Kastens Hotel Luisenhof. Und, Ihrer Argumentation folgend, hatte jeder dasselbe Motiv: Habgier! Nur, welche Möglichkeiten hat ein Amerikaner auf Long Island, jemanden in Hannover zu finden, der einen Videofilm produziert und in den Clubraum von Kastens Hotel Luisenhof überträgt? Eine ortsansässige Person könnte das sehr viel eher beauftragen."

„Mag sein." Waldheim überlegte kurz, dann sagte er: „Was hält eigentlich Vitali von Ihrer Hypothese?"

„Er kann sich überhaupt nicht vorstellen, dass Charlotte von Steinbach, die seine Frau entdeckt und Jahrzehnte begleitet hat, auch nur das Geringste mit dem Angriff auf sie zu tun haben könnte. Er hat eher Mehmet Yildirim in Verdacht. Auch der wisse, so Vitalis Argumentation, dass die Nowakowskaja zu überraschenden Entscheidungen tendiert. Er könnte auf die bekannte Weise versucht haben, sein Glück zu erzwingen."

„Also haben wir möglicherweise sogar noch einen weiteren Tatverdächtigen", stellte Dr. Waldheim fest.

„Korrekt. Auch Mehmet könnte aus Geldgier gehandelt haben. Er könnte erkannt haben, dass der fünfundzwanzig-prozentige Anteil, der ihm bei einer Mehrheitsbeteiligung von Lady Hellen an Yildirim Tekstil noch verbleiben würde, mit Vitalis neuer Strategie voraussichtlich wesentlich wertvoller sein könnte als seine aktuellen hundert Prozent. Auch er könnte auf die bekannte Art und Weise für die erforderlichen Mehrheits-verhältnisse gesorgt haben."

„Und welche Konsequenzen ergeben sich daraus für die Sicherheit unserer Pianistin hier im Klinikum?", fragte Dr. Waldheim besorgt.

„Wir sollten den Zugang zur Traumaklinik bis auf weiteres kontrollieren, denn ab morgen kann und darf die Nowakowskaja wieder unbeschränkt telefonieren und Besuch empfangen", erwiderte Petersen. „Die üblichen Kontaktbeschränkungen in der vierzehntägigen Diagnosephase laufen ja heute aus. Wir sollten deshalb ab morgen zumindest genau wissen, wer bei unserer berühmten Patientin ein- und ausgeht."

„Es gehört zu unserem Behandlungskonzept, dass unsere Patientinnen sich in der Traumaklinik so wohlfühlen wie in einem Wellnesshotel. Eine Überwachung des Besuchsverkehrs passt da überhaupt nicht ins Bild", entgegnete Waldheim sehr betont.

„Aber eine mögliche Störung durch einen Angriff auf eine Mitpatientin auch nicht!", beharrte Petersen.

„Worauf wollen Sie hinaus?"

„Ich weiß von Luiza, dass es unserer Patientin schon sehr viel besser geht", erklärte Petersen. „Morgen wird sie mit Dr. Rettich vermutlich über den Zeitpunkt ihrer Entlassung sprechen. Für den Fall, dass dieser Zeitpunkt vor der Hauptversammlung liegt, müssten wir geradezu zwingend mit einem erneuten Angriff rechnen, denn ihr Gegner kann auf keinen Fall riskieren, die durch seinen ersten Angriff erreichten Mehrheitsverhältnisse zu gefährden." Er legte eine kurze Pause ein, bevor er fortfuhr: „Und etwas Zweites kommt erschwerend hinzu: Egal wer der Gegner ist, es besteht die Möglichkeit, dass er jemanden beauftragt, den zweiten Angriff auszuführen. Dann wissen wir weder, wie er heißt, noch, wie er aussieht!"

„Das Argument sticht allerdings", räumte Dr. Waldheim ein,

doch seine Miene zeigte deutlich, wie sehr Petersens Vorschlag seinem eigenen ethischen Grundverständnis und dem Leitbild seines Klinikums für die Seele widersprach.

Dr. Petersen sah diesen Widerspruch auch, ließ aber nicht locker und antwortete mit einer Idee für eine kommunikative Lösung. „Vielleicht erzählen Sie den anderen Patientinnen einfach eine Geschichte", schlug er vor. „Zum Beispiel, dass sich eine Patientin im Moment von ihrem Ehemann bedroht fühlt und die Klinikleitung gebeten hat, den Zugang zu überwachen. Das könnte bei den anderen Patientinnen auf Verständnis stoßen. Heute ist der 21.8., die Hauptversammlung findet am 31.8. auf Long Island statt. Es geht also um höchstens zehn Tage. Danach wäre alles wieder wie vorher."

„Ich möchte das nicht entscheiden, ohne unser Ärzteteam einzubeziehen", erwiderte Waldheim.

„Ja, selbstverständlich", sagte Petersen. Er wusste, dass er Waldheim so gut wie überzeugt hatte.

„Und noch eine Information", fuhr er fort, „ich habe Ihrem Hauptverdächtigen Vitali Nowakowski zugesagt, ihn nach Istanbul zu begleiten. Er möchte mit Mehmet Yildirim über eine verbindliche Übergangsfrist verhandeln, bis zu deren Ende Yildirim Tekstil noch Produkte fertigen darf, die nicht das Umweltsiegel tragen. Ohne eine entsprechende Anpassung der Vertragsentwürfe könne er es nicht rechtfertigen, möglicherweise über den Kopf seiner Frau hinweg für den Antrag zu stimmen."

„Papperlapapp!", erwiderte Waldheim. „Wahrscheinlich versucht dieser Vitali einfach nur von seiner Täterschaft abzulenken. Als erfahrener Psychiater wage ich – bei allem Respekt – die These, dass Sie grob unterschätzen, zu welchen Täuschungen Menschen fähig sind, wenn es um die Ablenkung von ihrer Schuld geht."

„Dann werden Sie sicherlich nicht begeistert sein, von mir zu erfahren, dass er morgen nach Hannover kommt. Um 18 Uhr besucht er seine Frau hier im Klinikum, und ich treffe ihn um 21 Uhr in der Bar von Kastens Hotel Luisenhof. Wir wollen unsere Verhandlung mit Mehmet Yildirim vorbereiten. Und natürlich möchte er auch den Clubraum sehen, in dem diese außergewöhnliche Videokonferenz stattgefunden hat."

Dr. Waldheim war tatsächlich überhaupt nicht begeistert, er kämpfte mit sich selbst, das war deutlich zu erkennen. Schließlich sagte er: „Nun gut, es gibt keine belastbaren Gründe, weshalb wir ihm den Zutritt zur Traumaklinik untersagen könnten, bisher ist das alles reine Spekulation. Wir können also nur hoffen, dass sich der Verdacht gegen ihn nicht erhärtet."

Petersen sah ihm direkt in die Augen. „Auch wenn er der Böse sein sollte: Hier im Klinikum würde er ihr sicherlich nichts antun."

„Dann geht er eben mit ihr irgendwo essen und entführt sie hinterher!", beharrte Waldheim.

„Möglich. Aber ohne einen Helfer, der die Nowakowskaja bis zur Hauptversammlung in Schach hält, wird es nicht gehen", hielt Petersen standfest dagegen.

Waldheim ließ den Blick nach draußen in den Park wandern. Er brauchte offensichtlich etwas Zeit zum Nachdenken. Nach einer Weile fixierte er sein Gegenüber und sagte: „Seien Sie bitte äußerst wachsam, mein Lieber! Falls irgendetwas aus dem Ruder laufen sollte, können Sie mich jederzeit auf meinem privaten Handy anrufen. Sie wissen ja, dass ich einige einflussreiche Leute kenne, die uns im Falle eines Falles beistehen könnten."

„Danke, das weiß ich", sagte Petersen, dennoch ging ihm eine Sorge nicht aus dem Kopf. „Kann ich auf Ihre Unterstützung zählen für den Fall, dass die Nowakowskaja hier im Klinikum jemandem begegnet, den sie für verdächtig hält? Würden Sie dann eventuell einen etwas handfesteren Pfleger bitten können, mal nach dem Rechten zu sehen?"

„Ich könnte dann gar nichts machen. Und ich möchte mich auch ungern in operative Prozesse einmischen", antwortete Waldheim bestimmt, fügte aber etwas versöhnlicher hinzu: „Um 11 Uhr tagt unsere Leitungsrunde. Da erscheinen unter anderem die komplette ärztliche Leitung, die Pflegedienstleitung und ein Teil der Heimleiter. Ich werde unserer Leitungsrunde die Situation schildern und um einen unkomplizierten Vorschlag bitten, wer im Falle eines Falles zu informieren ist und an wen Sie sich wenden können."

„Danke. Sehr gut!", erwiderte Petersen erleichtert. „Donnerstag und Freitag werde ich mit Vitali Nowakowski unterwegs sein. Für den Fall, dass unsere berühmte Patientin in meiner Abwesenheit unerbetenen Besuch bekommen sollte, werde ich über Luiza Bartók davon erfahren. Und einer meiner besten Mitarbeiter wird von mir den Auftrag bekommen, meinen Platz einzunehmen, bis ich wieder zurück bin. Er heißt Fredrik Bengtsson, er ist Wirtschaftsingenieur, blitzgescheit und topfit."

„Sehr gut. Fredrik Bengtsson. Mit zwei s, nehme ich an."

„Ja, er ist Schwede. Ich werde Isabella bitten, Ihnen seine Kontaktdaten zu schicken", sagte Petersen.

„Danke." Waldheim erhob sich und geleitete Petersen zur Tür. „Passen Sie gut auf sich auf!", gab er ihm noch mit auf den Weg, als sie sich verabschiedeten.

„Versprochen!", antwortete Petersen.

Fredrik

Als Dr. Petersen nach dem Jour fixe in sein Büro zurückkam, rief er als erstes Fredrik an.

„Hallo, Chef, was gibt's?", meldete sich Fredrik fröhlich.

„Mögen Sie mal eben in mein Büro kommen? Ich möchte Sie um einen Gefallen bitten. Kann eine halbe Stunde dauern."

„Dr. Eberbach von unserer Wirtschaftsprüfungsgesellschaft hat dringend um Rückruf gebeten. Das würde ich gerne noch schnell erledigen. Danach kann ich kommen", erwiderte Fredrik.

„In Ordnung, dann bis gleich." Petersen legte auf.

Eine knappe halbe Stunde später klopfte es an der Tür und Fredrik trat ein.

„Nehmen Sie Platz", sagt Petersen. „Mögen Sie etwas trinken? Auf dem großen Besprechungstisch stehen ein paar Getränke und Gläser."

„Ich nehme mir ein Wasser, wenn ich darf", sagte Fredrik und ging zu dem Tisch.

„Gerne, bedienen Sie sich."

Fredrik setzte sich dann auf einen der beiden Stühle vor Petersens Schreibtisch und goss sich ein Glas Mineralwasser ein.

„Wie kann ich Ihnen helfen?", fragte Petersen.

„Ich habe eben auf der Fahrt vom Klinikum ins Büro eine Entscheidung getroffen. Ich möchte, dass Sie mein Stellvertreter werden – in Bezug auf alle meine Funktionen. Und das am besten sofort."

„Wie sind Sie denn auf die Idee gekommen?", fragte Fredrik überrascht.

„Schauen Sie sich meinen Schreibtisch an. Was sehen Sie?"

„Viel Arbeit."

„Fast richtig: viel unerledigte Arbeit!", gab Petersen schmunzelnd zurück.

„Das ist nicht gut."

„Nicht gut? Das ist eine Katastrophe. Der Chef einer Unternehmungsberatung kann sich einen so unaufgeräumten Schreibtisch überhaupt nicht leisten. Denn ein solcher Schreibtisch ist der klare Beweis dafür, dass er sein Zeitmanagement nicht im Griff hat, nicht delegieren kann und seine Führungsaufgaben vernachlässigt."

„Ihr Schreibtisch sieht ja nicht immer so aus!", nahm Fredrik seinen Chef in Schutz.

„Das stimmt, aber seit ich diesen Ermittlungsauftrag für das Klinikum angenommen habe, schaffe ich es manchmal nicht einmal mehr, die Eingangspost gründlich durchzusehen. Ich habe den zeitlichen Aufwand, der mit dieser Detektivarbeit verbunden ist, völlig unterschätzt. Ein Chef muss führen und delegieren, sonst ist er überflüssig", stellte Petersen fest.

„Aber, Sie haben ja erkannt, dass Ihnen Ihr Zeitmanagement entglitten ist, also können Sie gegensteuern."

„Genau, deshalb habe ich Sie zu mir gebeten", erwiderte Petersen.

„Jetzt bin ich aber gespannt!" Der junge Wirtschaftsingenieur sah seinen Chef erwartungsvoll an.

„Sie müssen ins kalte Wasser springen, Fredrik! Mein Zeitmanagement ist mir, wie gesagt, fast völlig außer Kontrolle geraten, und zu allem Überfluss kann ich Donnerstag und Freitag wieder nicht im Büro sein, weil ich mit Vitali Nowakowski nach Istanbul reisen muss. Ich kann das nicht verschieben. Und ausgerechnet Freitag findet die Elefantenrunde mit den fünf Chefs unserer Tochter- und Beteiligungsgesellschaften statt. Wenn ich an dieser Sitzung nicht teilnehme, ist die Muttergesellschaft Dr. Petersen & Co., das Herzstück unserer kleinen Unternehmensgruppe, nicht vertreten. Das geht auf gar keinen Fall! Deshalb möchte ich Sie bitten, die Sitzung als mein offizieller Vertreter zu leiten und an meiner Stelle die Interessen von Dr. Petersen & Co. wahrzunehmen!"

Fredrik schwieg einen Moment verblüfft, bevor er antwortete: „Das ist ein ziemlich großer Schritt für mich. Helfen Sie mir bei der Vorbereitung?"

„Selbstverständlich. Aber es könnten ein paar Überstunden dabei herauskommen!", fügte Petersen hinzu.

„Das ist nicht so schlimm."

„Und ich habe noch ein Attentat auf Sie vor."

„Schießen Sie los, Chef, ich ergebe mich", sagte Fredrik. Ihm war anzusehen, wie sehr er sich darüber freute, dass ihm sein Chef trotz der Extratour, die er vor Kurzem mit dessen geliebtem blauen Jaguar unternommen hatte, so viel Vertrauen entgegenbrachte.

„Ich möchte, dass wir diesen Stapel Unterlagen zusammen durchsehen und gemeinsam entscheiden, welchem Vorgang wir welche Priorität verleihen und was wir delegieren können und was nicht. Die Arbeit muss zeitnah verteilt werden. Ich möchte, dass Sie alle Vorgänge kennen und in meiner Abwesenheit auch verfolgen, weil wir sonst die Kontrolle verlieren."

„Wer genau sind ‚wir'?"

„Wir, der Chef und sein Stellvertreter, der Kapitän und sein Steuermann."

„Ich habe noch nicht Ja gesagt", entgegnete Fredrik.

„Und wenn ich Ihnen jetzt sage, was ich mir noch wünsche, sagen Sie vermutlich auch nicht Ja", erklärte Petersen und sah Fredrik aufmerksam an.

„Ich höre", sagte Fredrik.

„Falls es im Klinikum zu außergewöhnlichen Entwicklungen kommen sollte, müssten Sie bitte auch bei unserer aktuellen Ermittlung die Führung übernehmen. Dr. Waldheim habe ich bereits gesagt, dass Sie mich in meiner Abwesenheit vertreten werden."

„Das mache ich natürlich sehr gerne, auch aus persönlichen Gründen, wie Sie wissen. Aber das geht faktisch nur, wenn ich Isabella einspannen darf."

„Selbstverständlich. Wir werden ihr nachher sagen, dass sie ab sofort zwei Vorgesetzte hat."

„Geht das nicht alles ein bisschen schnell?", wandte Fredrik etwas skeptisch ein.

„Sie müssen sich heute noch nicht entscheiden", beruhigte Petersen ihn. „Aber über Ihre Zusage, mich zumindest Donnerstag und Freitag dieser Woche würdig zu vertreten, würde ich mich schon sehr freuen."

„Was passiert, wenn ich Fehler mache?", erkundigte sich Fredrik und umfasste sein Wasserglas etwas fester. Vor lauter Spannung hatte er offenbar völlig vergessen, dass er es in der Hand hielt.

„Dann stehe ich zu Ihren Fehlern und helfe Ihnen."

Fredrik atmete tief durch, dann sagte er: „Okay, Chef, Sie können auf mich zählen."

„Danke, Fredrik. Ich schlage vor, dass wir morgen Vormittag diesen Stapel durcharbeiten und morgen Nachmittag könnten wir die Elefantenrunde gemeinsam vorbereiten."

„Von mir aus können wir gerne sofort anfangen und schauen, wie weit wir heute Abend kommen."

„Ja, Fredrik, das wäre tatsächlich ganz gut, aber leider habe ich heute Abend noch einen Termin", sagte Petersen.

„Na, klar, ich vergaß – Ihr Gitarrenabend."

„Genau. Haben Sie morgen Abend eigentlich schon etwas vor?", erkundigte er sich dann.

„Nein, warum?"

„Vitali Nowakowski kommt morgen nach Hannover. Er will Hellen im Klinikum besuchen. Und abends um neun treffe ich ihn in der Bar von Kastens Hotel Luisenhof. Wir wollen unsere Verhandlung mit Mehmet Yildirim in Istanbul vorbereiten und Vitali möchte auch gerne den kleinen Clubraum sehen, in dem diese Videokonferenz stattgefunden hat. Vielleicht möchten Sie dazukommen. Dann erfahren Sie mit Sicherheit ganz nebenbei alles Wissenswerte über den aktuellen Ermittlungsstand", erklärte Petersen.

„Gute Idee, ich komme gerne", gab Fredrik erfreut zurück.

„Wenn Sie einverstanden sind, bitte ich jetzt Isabella zu uns. Sie muss ja wissen, dass Sie in meiner Abwesenheit das Sagen haben."

Fredrik nickte und trank nun endlich den ersten Schluck aus seinem Wasserglas.

185

Mittwoch, 22. August
Hellen

An diesem Mittwoch, ihrem fünfzehnten Tag im Klinikum, würde Hellen mit Dr. Rettich endlich darüber sprechen, wann sie nach Hause entlassen würde und wie es danach auf Long Island für sie weitergehen könnte. Um sich darauf vorzubereiten, hatte sie schon vor dem Frühstück ihre kleine Kladde durchgeblättert, in der sie seit ihrer Aufnahme im Klinikum alle wesentlichen Ereignisse und Entwicklungen festgehalten hatte und in der sie nun auch die Fragen, die sie Dr. Rettich heute unbedingt stellen wollte, notierte.

Kurz vor dem Mittagessen war für Hellen die Zielrichtung des Gesprächs sonnenklar: Sie wollte mit Dr. Rettichs Hilfe beginnen, ihr Leben völlig neu zu ordnen. Sie wollte eine ausgewogenere Balance zwischen Beruf und Familie erreichen und auf keinen Fall mehr so oft und so lange weit entfernt von zu Hause einsam und weitgehend schutzlos von Hotel zu Hotel und von Konzertsaal zu Konzertsaal ziehen. Sie sehnte sich nach der Geborgenheit auf Long Island. Und sie wollte die Kontrolle über ihr Leben zurückgewinnen. Das würde Charlotte wahrscheinlich überhaupt nicht gefallen, ging es ihr durch den Kopf.

Hellens Gespräch mit Dr. Rettich fand am Besuchertisch in ihrem Appartement statt.

„Wie geht es Ihnen heute, Frau Nowakowski? Mir wurde berichtet, dass Sie in dieser Woche erfreulich gut vorangekommen sind", eröffnete Dr. Rettich das Gespräch mit einem freundlichen Lächeln.

„Ja, das stimmt", bestätigte Hellen. „Ich werde nachts nicht mehr ganz so häufig wach und am Montag habe ich sogar das erste Mal wieder ein bisschen Klavier gespielt."

„Wie hat es sich für Sie angefühlt, wieder am Klavier zu sitzen?"

„Ich hatte das Gefühl, durch das Spiel ein Stück zu mir selbst zurückzufinden, mein Leben wieder ein wenig in die eigene Hand zu nehmen. Und ich hatte – wie schon so oft – das Gefühl, nur mit meiner Musik zum Ausdruck bringen zu können, was mich in meinem tiefsten Inneren bewegt. Worte sind da eher inadäquat, irgendwie!"

Der Arzt sah sie aufmerksam an. „Können Sie sich denn vorstellen, schon bald wieder in Ihren gewohnten beruflichen Alltag zurückzukehren und aufzutreten?"

„Nein, Herr Dr. Rettich, das kann ich mir im Moment noch überhaupt nicht vorstellen. Ich habe mein inneres Gleichgewicht immer noch nicht wiedergefunden. Ich weiß eigentlich gar nicht mehr, wer ich bin und was ich will. Ich möchte nach Hause, einfach nur nach Hause. So schnell wie möglich."

„Können Sie das denn so frei entscheiden?", wollte Dr. Rettich wissen.

„Nein, natürlich nicht. Ich muss das mit meiner Managerin abstimmen."

„Denken Sie, dass Ihre Managerin dem zustimmen wird?", fragte der Arzt.

„Eher nicht, würde ich sagen. Ich weiß, dass durch meinen Klinikaufenthalt drei große Konzerte in der Hamburger Elbphilharmonie ausgefallen sind, dazu Konzerte in Stockholm und Riga. Für das kommende Wochenende war mein Auftritt im Gewandhaus in Leipzig geplant. Alle diese Konzerte müssen nachgeholt werden. Und auf dem regulären Konzertplan stehen gefühlt auch noch mindestens zehn Termine pro Monat.

Ich kann das im Moment auf keinen Fall schaffen. Und ich weiß nicht, wie ich das meiner Managerin sagen soll. Als ich heute Morgen mein Handy angeschaltet habe, hatte sie schon dreimal vergeblich versucht, mich zu erreichen."

„Sie sind ja ganz aufgelöst, Frau Nowakowski. Beruhigen Sie sich doch. Im Moment können Sie sowieso nicht viel machen. Sie sind hier in einem psychiatrischen Krankenhaus. Niemand kann von Ihnen erwarten, dass Sie von hier aus Ihren Geschäften nachgehen."

„Da kennen Sie aber meine Managerin Charlotte nicht. Die lässt nicht locker, bevor ich ihr nicht gesagt habe, wann die ausgefallenen Konzerte nachgeholt werden können und alle anderen Auftritte wieder planmäßig stattfinden können."

„Auch wenn wir vereinbart haben, dass Sie ab heute wieder frei kommunizieren und sogar Besuch empfangen dürfen, wäre es vielleicht eine ganz gute Idee, wenn Sie Ihr Handy noch eine Weile ausgeschaltet ließen", schlug ihr Psychiater vor.

„Nein, das möchte ich nicht. Dann wäre ich ja auch von allen anderen wieder völlig isoliert", erwiderte Hellen ein wenig hilflos.

„Dann reden Sie mit Ihrer Managerin", ließ sich Dr. Rettich vernehmen. „Machen Sie ihr klar, dass an Auftritte bis auf weiteres nicht zu denken ist. Sagen Sie ihr, dass Sie hier im Klinikum ungestört bleiben wollen. Sie können ihr auch durchaus schon andeuten, dass Sie voraussichtlich bald aus dem Klinikum entlassen werden. Aber Sie brauchen auch dann noch viel Zeit für sich selbst. Sagen Sie ihr, dass Sie so schnell wie möglich zurück nach Long Island wollen, zu Ihrer Familie. Sagen Sie ihr, dass Sie sich zu Hause erst einmal gründlich erholen möchten und ihr deshalb vorerst leider keinerlei Zusagen geben können. Das wird sie doch sicher verstehen."

Hellen schüttelte resigniert den Kopf. So gut dieser Plan auch klang, sie wusste, dass Charlotte so leicht nicht lockerlassen würde.

„Nein, das wird sie nicht verstehen", erklärte sie daher. „Und ich habe auch nicht die Kraft, ihr das zu sagen."

„Dann bitten Sie Ihre Freundin Luiza, es ihr zu erklären, oder Ihren Mann. Der kommt Sie doch besuchen, wie ich gehört habe", sagte Dr. Rettich sanft.

„Ja, das könnte vielleicht gehen", erwiderte Hellen, obwohl sie wusste, dass Charlotte auf keinen Fall lockerlassen würde, bevor sie ihr nicht wenigstens ein paar Auftritte in Aussicht gestellt hätte.

„Im Moment ist Ihr Handy ja ausgeschaltet, also können wir in aller Ruhe Ihren Therapieplan für die nächste Woche besprechen und vielleicht auch die Möglichkeiten einer psychologischen Unterstützung in der Zeit nach Ihrem Aufenthalt bei uns."

„Ja, gerne." Hellen sah dankbar zu ihm auf.

„Nach allem, was ich im Laufe der Zeit von Ihnen gehört habe, habe ich den Eindruck gewonnen, dass Sie Ihrer Managerin Charlotte viel zu viel Macht über sich geben", begann Dr. Rettich nun. „Dabei müsste die Aufgabe Ihrer Managerin doch eigentlich darin bestehen, in Ihrem Auftrag die Klavierkonzerte zu verkaufen, die Sie auf der Bühne oder im Studio zu erbringen in der Lage sind – als Ihre persönliche Marketingagentur quasi. Tatsächlich scheint es aber so zu sein, dass Ihre Charlotte Sie so behandelt, als würden Sie ihr gehören. Ist mein Eindruck einigermaßen richtig?"

Hellen war wieder einmal beeindruckt, wie gut ihr Psychiater sich in ihre Lage hineinversetzen konnte und wie hilfreich seine objektive Sicht auf die Dinge war.

„Ja, das kann man so sagen", antwortete sie.

„Wie ist es dazu gekommen?", fragte Dr. Rettich und nach einer kleinen Pause fügte er hinzu: „Glauben Sie, dass Sie das ändern können?"

Hellen spürte, wie sie in sich zusammenzusinken drohte. Die Last der Beziehung zu Charlotte wog schwer. Aber sie stemmte sich dagegen, richtete sich auf und sah den Chefarzt offen an.

„Wollen Sie die ganze Geschichte hören?"

„Wir haben Zeit. Ich möchte Ihre offensichtlich etwas unglückliche Situation möglichst genau verstehen", ermunterte er sie.

„Charlotte hat mich entdeckt, als ich gerade sechzehn war", begann Hellen und erzählte Dr. Rettich in allen Einzelheiten, wie Charlotte sie entdeckt und gefördert hatte, wie viele Türen sie ihr geöffnet und wie sie ihr zu ihrem großartigen Debüt in New York verholfen hatte. „Zu diesem Zeitpunkt war ich schon mit meinem Mann Vitali Nowakowski verheiratet. Dadurch hieß ich in Deutschland Hellen Nowakowski, in Russland aber Elena Nowakowskaja. Charlotte hatte sofort erkannt, dass mein russischer Name ein idealer Künstlername mit hohem Wiedererkennungswert sein würde. Also hat sie mich als Elena Nowakowskaja bekannt gemacht und betrachtet mich seitdem als ihre Schöpfung, als ihr Produkt, über dessen Vermarktung sie jederzeit frei entscheiden kann."

„Und das ist so gut wie schlecht, wenn ich das mal so lax zusammenfassen darf", bemerkte Dr. Rettich.

„Ja, ich habe quasi überhaupt keine Entscheidungsspielräume mehr, mein ganzes Leben ist auf meinen musikalischen und vor allem auf Charlottes ökonomischen Erfolg ausgerichtet. Ich fühle mich durch sie benutzt und getrieben, fast so, als wäre ich ihre Leibeigene, ihre Sklavin, über die sie jederzeit frei verfügen kann. Ich will das nicht mehr!"

„Also müssen wir quasi an Ihrer Befreiung aus der Sklaverei arbeiten", resümierte Dr. Rettich schlicht.

„Ja, anders wird es wahrscheinlich nicht gehen. Das wird mir immer klarer."

Der Arzt ließ ihr ein wenig Zeit, diesen Gedanken in all seiner Tragweite auf sich wirken zu lassen, dann sagte er: „Ich bin im Übrigen auch überzeugt davon, dass Sie diese Filmvorführung in Kastens Hotel Luisenhof weit weniger aus der Bahn geworfen hätte, wenn Sie durch Ihre Situation nicht schon in gewisser Weise prädisponiert gewesen wären. Will sagen: Wenn Sie sich durch Ihre Europatournee weit weg von zu Hause nicht schon so belastet gefühlt hätten, wären Sie sicherlich weder in Ohnmacht gefallen noch hätten Sie ein Trauma erlitten. Sie wären vielleicht schockiert gewesen, aber Sie hätten vermutlich trotzdem besonnen reagiert."

„Vielleicht", erwiderte Hellen nachdenklich. Sie war noch immer ganz gefangen in der Erkenntnis, dass sie sich schon lange aus der Abhängigkeit von Charlotte hätte befreien müssen.

„Ihre Persönlichkeit ist von außergewöhnlicher Feinfühligkeit geprägt", fuhr Dr. Rettich fort, „die wir Psychiater Hypersensibilität nennen. Sie ist einerseits Grundlage Ihres Erfolgs, denn sie hilft Ihnen bei Ihrem einfühlsamen Zusammenspiel mit anderen Musikern und ermöglicht es Ihnen, Ihrer Musik einen tiefen emotionalen Ausdruck zu verleihen. Andererseits sind Sie durch Ihre Feinfühligkeit besonders verletzlich. Sie haben mir von den depressiven Verstimmungen berichtet, die Sie häufig in Ihrer Einsamkeit in den Hotels dieser Welt ereilen. Wir müssen deshalb gemeinsam Wege finden, Sie vor Situationen schützen, die Ihrer empfindsamen Seele nicht guttun."

„Das ist leichter gesagt als getan", erwiderte Hellen mutlos.

„Wir werden Sie dabei unterstützen, Ihr Leben wieder stärker selbst in die Hand zu nehmen. Haben Sie eigentlich schon einmal ernsthaft darüber nachgedacht, sich eine andere Agentur suchen?", erkundigte sich Dr. Rettich.

„Ja, aber ganz so einfach geht das nicht! Es gibt langfristige Verträge. Bis auf weiteres führt an Charlotte kein Weg vorbei."

„Gut. Dann konzentrieren wir uns darauf, Sie für die Zukunft fit zu machen", schloss Dr. Rettich. „Ich glaube nämlich, dass Sie inzwischen wieder so stabil sind, dass wir auf eine weitere psychiatrische Behandlung im engeren Sinne ganz verzichten können. Aber die psychologische Betreuung sollten wir noch etwas intensivieren. Wir sollten vor allem an Ihrem Selbstbewusstsein arbeiten. Das wird Ihnen helfen, im Dialog mit Ihrer Managerin zu bestehen und sich Stück für Stück von ihr zu emanzipieren."

„Wenn Sie meinen, dass das so einfach geht", erwiderte Hellen und sah ihren Arzt unsicher an.

„Das geht! Sie werden sehen. Ich stelle Ihnen noch heute Abend einen neuen Therapieplan für die nächste Woche zusammen. Wenn Sie einverstanden sind, peilen wir schon für nächsten Mittwoch Ihre Entlassung an", erklärte Dr. Rettich.

„Ist das nicht ein bisschen früh?", fragte Hellen erstaunt.

„Nein, das glaube ich nicht. Sie sind in der letzten Woche gut vorangekommen. Die beste Medizin, die es jetzt für Sie gibt, ist Geborgenheit. Buchen Sie für nächste Woche Mittwoch oder Donnerstag einen Flug nach New York, kehren Sie nach Long Island zurück und erholen Sie sich in Ihrer vertrauten Umgebung zu Hause. Nur dort können Sie Ihr inneres Gleichgewicht wiederfinden. Nirgendwo sonst! Wir haben noch eine ganze Woche, um Sie auf die Zeit nach Ihrem Aufenthalt bei uns vorzubereiten. Länger brauchen wir nicht", sagte Dr. Rettich lächelnd.

Die ermutigenden Worte ihres Arztes taten Hellen unglaublich gut, und kurz nachdem er sich verabschiedet und Hellens Appartement verlassen hatte, nahm sie noch einmal ihre kleine Kladde zur Hand und stellte fest, dass der Chefarzt ihr alle Fragen beantwortet hatte, ohne dass sie auch nur eine einzige davon tatsächlich gestellt hatte. Verwundert legte sie die Kladde auf das Tischchen zurück, da klingelte ihr Zimmertelefon. Es war Luiza.

„Dein Handy ist ja immer noch aus", sagte Luiza zur Begrüßung. „Geht es dir nicht gut?"

„Doch, Luiza, mir geht es sogar sehr gut! Ich hatte gerade Dr. Rettich zu Besuch."

„Und? Was sagt er? Darfst du bald nach Hause?", erkundigte sich Luiza erfreut.

„Ja. Nächste Woche schon. Mittwoch oder Donnerstag. Ist das nicht wunderbar?"

„Das ist ja unglaublich! Ich freue mich so für dich! Und Vitali wird sich bestimmt auch riesig freuen, wenn er das erfährt. Ich weiß übrigens inzwischen, dass er schon heute in Hannover ankommt. Er will dich gegen 18 Uhr besuchen! Morgen will er mit Dr. Petersen nach Istanbul fliegen und übernachtet in Hannover."

Hellen spürte, wie ihr Herz einen kleinen Hüpfer machte vor Freude. „Ich glaube, heute ist mein absoluter Glückstag, Luiza. Vor weniger als einer Stunde habe ich von Dr. Rettich erfahren, dass ich schon nächste Woche nach Hause darf, und nun sagst du mir, dass Vitali kommt! Ich kann es noch gar nicht fassen!"

„Hat Charlotte sich schon bei dir gemeldet?", fragte Luiza.

„Ja, als ich mein Handy heute Morgen angestellt habe, hatte

193

ich schon drei Anrufe von ihr auf dem Display. Aber ich habe absolut keine Lust, mit ihr zu sprechen", antwortete Hellen missmutig.

„Sie brennt wahrscheinlich darauf, zu erfahren, wann du wieder auftreten kannst, oder?"

Hellen seufzte leise. „Ja, mit Sicherheit. Aber ich kann nicht. Ich will auch nicht. Ich will erst einmal nach Long Island zurück. Ich will nach Hause, Luiza. Einfach nur nach Hause. Dr. Rettich sagt, ich soll ihr keinerlei Zusagen machen, bevor ich mich zu Hause gründlich erholt habe."

„Charlotte wird sich nur schwer hinhalten lassen, das ist klar", bemerkte Luiza nachdenklich.

„Natürlich. Aber ich kann ihr schlecht sagen, dass sie mich in Ruhe lassen soll. Ich schaff das nicht. Ich fühle mich einfach nicht stark genug."

Es entstand eine kurze Pause, dann rang sich Hellen dazu durch, ihre Bitte vorzubringen: „Könntest du ihr sagen, dass sie mich zwei oder drei Wochen in Ruhe lassen soll? Ich brauche einfach noch ein bisschen Zeit für mich selbst. Keine Auftritte, keine Termine, keine Verpflichtungen. Ich will nicht!"

„Einverstanden, Hellen, ich versuch's. Vitali hat ja nur gesagt, dass du nicht mit ihr sprechen sollst. Aber wenn ich sie anrufe, wird das sicherlich in Ordnung sein. Ich verrate ihr ja nicht, wo genau du dich aufhältst. Ich sage ihr nur, dass du noch etwas Zeit für dich selber brauchst."

„Danke, Luiza."

Jan Tausendfreund

Wo Jan Tausendfreund auftrat, waren die Kameras nicht weit – auch seine eigenen nicht. Sein Leben bestand darin, aufzufallen. Schon als Jugendlicher hatte er Spaß daran gehabt, sich mittels einer Webcam und ein paar Hintergrundkulissen im Internet zu präsentieren. Und er war zielstrebig.

Inzwischen war er ein erfolgreicher YouTuber und Influencer, denn er hatte die Fähigkeit entwickelt, sich und seine Freude an schnellen Autos und exklusiver Designermode wirkungsvoll in Szene zu setzen. Und er wusste, den anspruchsvollen Abonnenten seiner YouTube-Kanäle auf diesem Wege die Produkte zu präsentieren, die ihm solche Freude bereiteten. Das gefiel den Herstellern. Im Ergebnis war Jan Tausendfreund durch Werbeeinnahmen, die Produktion von Onlinewerbefilmen und den Verkauf von Designermode im Internet sehr schnell sehr reich geworden.

Und er war mit seinen fünfundzwanzig Jahren der wahrscheinlich jüngste, vielleicht auch der einzige Amateur-Rennfahrer mit einem eigenen kleinen Rennstall. Hauptsponsoren waren die Firma Porsche, für die Jan Tausendfreund Werbefilme produzierte, und die Firma Jan Dark, deren exklusive Mode er über seinen Onlineshop inzwischen auch im englischsprachigen Raum überaus erfolgreich verkaufte. Porsche stellte ihm für die gesamte Saison ein Fahrzeug zur Verfügung und Jan Dark trug einen Großteil der Kosten für den Rennbetrieb, sodass er seinen beiden Mechanikern einen sicheren Arbeitsplatz bieten konnte.

Er war schon am Mittwoch vor dem Rennwochenende zum Nürburgring gekommen, um mit seinem Team auf der Sprintstrecke am Setup seines neuen Porsche GT3 RS zu arbeiten.

Optisch war das neue Fahrzeug ein echter Hingucker. Die Designer hatten dem Auto eine matte Lackierung in Anthrazit gegeben und auf Haube und Dach farbliche Akzente in Rot, Weiß und Blau aufgebracht, die an Farbkleckse erinnerten und – quasi als Markenzeichen – auch auf allen Kleidungsstücken von Jan Dark zu finden waren. Jan Tausendfreund selbst besaß eine sehr schöne Nappalederjacke, die farblich exakt so gestaltet war wie sein Auto und die auf einem seiner YouTube-Kanäle zu seinem persönlichen Markenzeichen geworden war. Ja, das Design war wirklich gelungen!

Mit den Kurvengeschwindigkeiten dagegen war er überhaupt nicht zufrieden. In den langen Kurven zeigte das neue Fahrzeug von Anfang an eine deutlich bessere Spurstabilität als das Vorgängermodell. Aber in den engen Kehren und im kurvenreichen Infield, dort also, wo in fast jedem Rennen die entscheidenden Zweikämpfe ausgetragen wurden, konnte er mit dem neuen Auto immer noch keine konkurrenzfähigen Zeiten erzielen. Nun stand sein Porsche wieder in der Box und Jan Tausendfreund hatte keine Idee, wie er es bis zum Rennwochenende schaffen sollte, eine Fahrwerksabstimmung zu finden, mit der er zumindest den Hauch einer Chance hatte, aufs Treppchen zu fahren.

Zum Glück waren sie zu diesem Rennen schon einen Tag früher angereist, als es unbedingt nötig gewesen wäre. Dadurch hatten sie bis zum freien Training am Freitag noch einen kompletten Arbeitstag Zeit, um bei vergleichsweise geringem Verkehr auf der Strecke weiter zu testen. Aber an diesem Mittwoch ging gar nichts mehr. Jan Tausendfreund war ziemlich enttäuscht und von den vielen Testfahrten völlig erschöpft. Er hatte nur noch Messwerte wie Anstellwinkel, Reifendrücke und Rundenzeiten im Kopf, die ihm überhaupt nicht gefielen.

196

Und sein Körper schrie nach Ruhe. Er brauchte Abstand. Bis zum gemeinsamen Abendessen mit seinem Team waren noch mehr als zwei Stunden Zeit. Also verabschiedete er sich von seinen Mechanikern und fuhr als Erster ins Hotel zurück.

Nachdem er sich den Arbeitstag abgeduscht und eine gute halbe Stunde geschlafen hatte, ging er in den Garten des Hotels hinunter, um sich ein wenig zu sammeln und ein paar private Anrufe zu erledigen. Dabei fielen ihm zwei unbekannte Nummern auf, über die jemand schon mehrfach versucht hatte, ihn telefonisch zu erreichen. Eine der beiden Nummern war eine hannoversche Festnetznummer. Er drückte auf das Anrufsymbol auf seinem Handy und vernahm wenig später die Stimme seiner Nachbarin Charlotte von Steinbach.

„Was sind Sie eigentlich für ein lausiger Filmproduzent?", schimpfte sie. „Sie haben mir zugesichert, Sie würden Elena mit Ihrer Filmvorführung in Kastens Hotel Luisenhof für mindestens vier Wochen aus dem Verkehr ziehen. Heute ist Mittwoch, der 22. August. Seit Ihrer Filmvorführung sind genau sechzehn Tage vergangen und ich höre von ihrer Freundin Luiza, dass sie am Mittwoch oder Donnerstag nächster Woche schon nach Hause entlassen wird. Zwei Tage später findet an ihrem Wohnort auf Long Island eine Hauptversammlung statt, auf der ich sie überhaupt nicht brauchen kann. Verhindern Sie, dass sie dort erscheint!"

Tausendfreund schluckte. Mit so einem Ausbruch hatte er nicht gerechnet. „Aber ich kann hier jetzt nicht weg", widersprach er. „Ich bin mit meinem Team am Nürburgring, um mich auf das Rennen am kommenden Wochenende vorzubereiten. Ich habe keine Zeit!"

Er hörte ein heftiges Einatmen am anderen Ende der Leitung, dann folgte eine handfeste Drohung: „Wenn Sie sich

197

nicht an unsere Verabredung halten, Herr Tausendfreund, werden Sie in Zukunft mehr Zeit haben, als Ihnen lieb ist. Dann werden Sie nämlich bald wegen Fahrerflucht und Körperverletzung im Gefängnis sitzen. Ich habe einen Zeitungsartikel aufgehoben, in dem von einem Verkehrsunfall mit Fahrerflucht berichtet wurde, an dem ein Porsche mit großem Heckflügel beteiligt war. Wie Sie wissen, wurde dabei ein junges Mädchen verletzt. Und ich habe am Tag des Unfalls von meinem Fenster aus auf Ihrem Grundstück einen stark beschädigten Porsche stehen sehen, der exakt dieser Beschreibung entspricht. Ich habe Fotos gemacht. Es war Ihr Auto und wir wissen beide ganz genau, wer der Fahrer war!"

Tausendfreund zuckte zusammen. Er hatte keine Wahl. Trotzdem versuchte er ein letztes Mal, sich gegen die Anruferin zur Wehr zu setzen.

„Aber vor Sonntagnachmittag kann ich hier nicht weg! Das müssen Sie doch verstehen!"

„Ich muss gar nichts verstehen", sagte sie kühl. „Ich verlange, dass Sie Ihren Auftrag zu Ende bringen. Sorgen Sie dafür, dass Elena vor Ende nächster Woche Long Island nicht erreicht, nicht erreichen kann!"

„Wie stellen Sie sich das denn vor? Ich bin Filmproduzent", entgegnete er schwach.

„Erschrecken Sie sie, entführen Sie sie, machen Sie, was Sie wollen!", forderte seine Gesprächspartnerin aufgebracht. „Aber wenn Elena nächste Woche Freitag auf dieser Hauptversammlung erscheint, gehe ich mit meinen Fotos zur Polizei. Dann gehen Sie ins Gefängnis. Ihre Sponsoren werden Sie fallen lassen wie eine heiße Kartoffel. Und dann sind Sie wirtschaftlich ein toter Mann! Überlegen Sie sich also ganz genau, was Sie tun! Sie haben Ihr Schicksal selbst in der Hand!"

Vitali

Leos Bar in Kastens Hotel Luisenhof gehörte zu den kleinsten und zugleich feinsten ihrer Art. Die gediegene Einrichtung bestand im Wesentlichen aus einer edlen und sehr gut sortierten Bar mit acht hohen Ledersitzen davor und drei kleinen Tischen zur Straße hin. Dr. Petersen hätte Fredrik fast übersehen. Denn kurz vor ihm hatten fünf geschäftsmäßig gekleidete Amerikaner – das konnte er unschwer am Klang und der Lautstärke ihrer Sprache erkennen – die Bar betreten und verdeckten ihm zunächst die freie Sicht auf seinen frisch gebackenen Stellvertreter. Doch dann sah er ihn im Dialog mit einem der Amerikaner. Der große blonde Schwede hatte offensichtlich Mühe, zwei kleine Sesselchen, die er für seinen Chef und Vitali freizuhalten versuchte, gegen die amerikanische Übermacht zu verteidigen.

„Sie kommen genau im richtigen Moment", rief er nun Petersen zu. „Eine Minute später hätte ich den Kampf wahrscheinlich verloren."

„Nearly everything depends on timing!", gab Petersen mit einem Augenzwinkern zurück, setzte sich freundlich grinsend in einen der Sessel und machte damit den Sieg perfekt.

„Gemeinsam sind wir offensichtlich unschlagbar!", stellte er dann zufrieden fest und schaute sich nach Vitali um. Der betrat die Bar nur wenige Augenblicke später durch eine Seitentür und kam auf die beiden zu.

„Hi, Peter, schön, Sie wiederzusehen!", begrüßte er Dr. Petersen.

„Die Freude ist ganz auf meiner Seite!", erwiderte der und erhob sich, um Vitali die Hand zu geben. Dann deutete er auf Fredrik und fügte hinzu: „Ich möchte Ihnen meinen Stellvertreter Fredrik Bengtsson vorstellen."

„Freut mich, Ihre Bekanntschaft zu machen", antwortete Vitali. „Ich bin Vitali Nowakowski aus Long Island, New York."

„Ich habe viel von Ihnen gehört, Vitali. Freut mich, Sie kennenzulernen", gab Fredrik zurück und gab ihm die Hand.

Dann nahmen sie auf den frisch verteidigten Sitzplätzen rund um einen der kleinen Tische Platz. Die Amerikaner hatten sich inzwischen an die Bar begeben und machten dort nicht mehr ganz so viel Lärm.

„Wie gefällt Ihnen das Hotel?", fragte Petersen. „Ist es so, wie Ihre Frau es beschrieben hat?"

„Es ist noch viel beeindruckender. Wir haben in den United States ja nicht so zahlreiche alte traditionelle Hotels und noch weniger solche mit europäischem Charme."

„Freut mich, dass es Ihnen gefällt", gab Petersen zurück. „Wie geht es Ihrer Frau, fühlt sie sich in der Traumaklinik gut aufgehoben?"

„Ja, ganz bestimmt, die Betreuung ist bestens. Sie hat ein wunderbares kleines Appartement und darf, wie ich zu meiner großen Freude gehört habe, gelegentlich sogar auf einem Flügel spielen, der ein paar Häuser weiter in einem großen Saal auf der Bühne steht."

„Fredrik ist übrigens derjenige, der Ihre Frau zusammen mit ihrer Freundin Luiza ins Klinikum gebracht hat", erklärte Petersen. „Er wusste von mir, dass das Klinikum für die Seele zu den besten Häusern zählt, die wir in Europa haben."

Fredrik nickte. „Luiza hatte mich an dem Montag, an dem die Videokonferenz stattgefunden hatte, spät abends angerufen und mich gebeten, zu Hellen ins Hotel zu kommen. Ihre Frau kannte mich bereits, weil Luiza und ich sie am Samstag nach dem Konzert getroffen und mit ihr in einem italienischen Restaurant zu Abend gegessen hatten. Wir haben hier im Hotel lange darüber gesprochen, ob Hellen externe Hilfe in Anspruch nehmen sollte oder nicht. Am Mittwoch haben Luiza und ich sie dann ins Klinikum für die Seele gebracht." Fredrik warf Petersen einen vielsagenden Seitenblick zu und behielt verabredungsgemäß für sich, welches Fahrzeug sie dafür benutzt hatten.

„Danke, Fredrik, das haben Sie sehr gut gemacht. Vielen, vielen Dank", antwortete Vitali mit einer anerkennenden Geste. „Sind Sie mit Hellens Freundin Luiza bekannt?"

„Wir sind ein Paar."

„Verstehe."

„Wenn es nachher nicht mehr ganz so voll ist", schaltete sich Petersen nun wieder ein, „können wir uns ja kurz den kleinen Clubraum ansehen, in dem vor gut zwei Wochen diese Videokonferenz stattgefunden hat. In natura sieht das ja ein bisschen anders aus als auf dem Bildschirm."

„Ja, sehr gerne", antwortete Vitali.

„Und ich möchte vorschlagen, dass wir heute Abend zu dritt vor allem über die Risikolage sprechen, die sich daraus ergeben hat, dass es Ihrer Frau schon so viel besser geht, Vitali. Eigentlich wollten wir beide ja unseren Besuch in Istanbul vorbereiten, aber dafür haben wir auch morgen am Flughafen und später im Flugzeug noch genug Zeit."

„Einverstanden", erwiderte Vitali.

„Wunderbar, dann erzähle ich vielleicht erst einmal, was ich mit dem Klinikum vereinbart habe", begann Dr. Petersen. „Ab heute gibt es in der Traumaklinik, also in dem Teil der Klinik, in dem Hellen untergebracht ist, eine Zugangskontrolle. Jeder Besucher muss klingeln, sich ausweisen und in eine Liste eintragen, in der Beginn und Ende eines jeden Besuchs vermerkt werden. Haben Sie sich auch eintragen müssen, Vitali?"

„Ja, in der Tat. Eine Nurse hat meine ID sehen wollen und ich musste ihr Bescheid sagen, als ich wieder gegangen bin."

„Vitali, Sie wissen ja, dass Hellen ab heute wieder frei kommunizieren kann. Charlotte könnte bald erfahren, dass es Hellen schon so viel besser geht. Und das könnte sie – für mich ist sie ja immer noch die Hauptverdächtige – auf die Idee bringen, Hellen erneut aus dem Verkehr zu ziehen."

„Ich kann mir überhaupt nicht vorstellen, dass Charlotte Hellen etwas zuleide tun könnte", widersprach Vitali, „und Hellen übrigens auch nicht, Peter. Ich habe sie gefragt. Sie hält das für völlig abwegig."

Petersen zog zweifelnd eine Augenbraue hoch. „Fest steht aber, dass Hellens Gegner etwas unternehmen muss, wenn er vermeiden will, dass Hellen auf der Hauptversammlung erscheint und den Antrag wie vor drei Jahren erneut zu Fall bringt", wandte er ein. „Egal wer tatsächlich Hellens Gegner ist: Keiner hätte vermutlich die Möglichkeit, einen zweiten Angriff selbst auszuführen. Sie nicht, weil Sie Hannover morgen wieder verlassen, Mehmet nicht, weil er in Istanbul ist, und Charlotte nicht, weil sie nicht riskieren kann, gesehen zu werden. Sie ist in Hannover sehr bekannt."

„Was bedeutet das für Hellens Sicherheit?", wollte Vitali wissen.

„Wir müssen damit rechnen, dass Hellens Gegner einer uns völlig fremden Person den Auftrag erteilt, den möglichen zweiten Angriff auszuführen. Wie beim ersten Mal. Oder können Sie sich vorstellen, dass einer unserer Verdächtigen diesen Film selbst gedreht und hier im Hotel in den Clubraum übertragen hat?"

„Nein, das kann ich mir natürlich nicht vorstellen", antwortete Vitali.

„Also", fuhr Dr. Petersen fort, „muss sichergestellt werden, dass wir bis zu Hellens Entlassung aus dem Klinikum von jeder verdächtigen Bewegung in ihrem unmittelbaren Umfeld erfahren. Und das geht – hopefully – wie folgt: Erste Ansprechpartnerin ist immer Luiza. Mit ihr kann Hellen besprechen, ob das, was sie wahrnimmt, für sie eine Gefahr bedeuten könnte oder nicht. Wenn beide denken, dass es so ist, schlägt Hellen im Klinikum Alarm. Dafür gibt es feste Ansprechpartner. Luiza wiederum ruft Fredrik an, der in meiner Abwesenheit für das Klinikum der erste Ansprechpartner ist. Die Sicherheit Ihrer Frau hängt also maßgeblich davon ab, was sie beobachtet und welche Schlüsse wir aus dem Geschehen ziehen."

„Ein Sicherheitsdienst wäre mir ehrlich gesagt sehr viel lieber, Peter", sagte Vitali mit einem fragenden Blick.

„Wie wollen Sie das dem Klinikum gegenüber begründen?", entgegnete Petersen. „Alles, was wir bisher haben – das weiß auch der Eigentümer des Klinikums – sind lediglich Spekulationen. Begründete zwar, aber eben Spekulationen. Außerdem: Wie stellen Sie sich die Wirkung auf Ihre Frau vor, wenn sich plötzlich – ich übertreibe absichtlich – ein paar Herren in dunklen Anzügen und mit Sonnenbrille vor ihrer Appartementtür postieren? Nach allem, was ich über sie gehört habe, würde sie die Beauftragung eines Sicherheitsdienstes zu ihrem persönlichen Schutz vermutlich so sehr erschrecken, dass ihr Gegner gar nichts mehr tun müsste."

„Ja, wahrscheinlich haben Sie recht", lenkte Vitali ein.

Nun wandte sich Petersen an Fredrik. „Sobald ich in Istanbul aus dem Flugzeug steige, bin ich für Sie so gut wie jederzeit über mein Handy erreichbar. Und wenn nicht, rufe ich Sie so schnell wie möglich zurück. Ich habe in den letzten vierzehn Tagen viel recherchiert und, abgesehen von Mehmet, mit allen verdächtigen Personen gesprochen. Vielleicht habe ich ja – möglicherweise ganz nebenbei und völlig unbewusst – eine Beobachtung gemacht, die uns weiterhelfen kann."

„Ja, Chef, ich rufe Sie an. Sie können sich darauf verlassen", sagte Fredrik.

„Es kann allerdings auch sein, dass in den nächsten Tagen erst einmal gar nichts passiert", fuhr Petersen fort. „Bisher weiß außer uns ja noch niemand, dass es Hellen schon so viel besser geht. Und am Freitagabend bin ich schon wieder hier."

„Ihr Wort in Gottes Gehörgang", gab Fredrik etwas spöttisch zurück.

„Hellen hat heute übrigens die Vollmacht unterzeichnet, über die wir auf Long Island gesprochen haben", teilte Vitali fast beiläufig mit. „Ich bin also berechtigt, auf der Hauptversammlung ihre Stimmrechte auszuüben. Damit vereinige ich zweiundsiebzig Prozent der Stimmen auf mich."

„Ist diese Vollmacht unwiderruflich?", hakte Petersen nach.

„Nein, das lässt das amerikanische Aktienrecht nicht zu. Wenn Hellen selbst erscheint, wird meine Vollmacht ungültig."

„Dann ändert sich für Hellens Widersacher absolut gar nichts: Von Ihrer Vollmacht weiß er nichts und würde es wahrscheinlich auch nicht glauben, wenn er davon erführe. Er wird auf jeden Fall versuchen, Hellen von der Hauptversammlung fernzuhalten, sobald er von ihrer baldigen Entlassung aus dem Klinikum erfährt, da bin ich mir absolut sicher", stellte Petersen fest.

„Ja, mag sein, dass Sie recht haben", sagte Vitali ein wenig entmutigt.

„Also bleibt Hellen so lange in Gefahr, wie sie sich hier im Klinikum aufhält", fasste Dr. Petersen die Diskussion zusammen.

„Logisch ist das alles völlig korrekt, Peter", stimmte Vitali zu. „Aber ich kann mir ehrlich gesagt keinen unserer drei Hauptverdächtigen – mich eingeschlossen – als möglichen Täter oder Auftraggeber eines Angriffs auf meine Frau vorstellen!"

„Es geht hier um sehr viel Geld, Vitali! Und einmal hat unser Gegner schon bewiesen, dass er nicht lange fackelt", hielt Petersen dagegen.

„Ja, das ist allerdings wahr."

Nach einer kurzen Pause übernahm Dr. Petersen wieder das Wort: „Nachdem nun zur Risikolage im Klinikum mehr oder weniger alles gesagt ist, schlage ich vor, dass wir uns jetzt noch kurz den Clubraum ansehen, in dem diese Videokonferenz stattgefunden hat, und danach zum gemütlichen Teil übergehen.

Dieser Vorschlag war offensichtlich allen sehr willkommen. Fredrik und Vitali nickten zustimmend.

„Mit dem Barmann, Herrn Hamann, habe ich besprochen, dass er dem Concierge Bescheid sagt, sobald wir so weit sind. Der wird uns aufschließen und uns sicher auch kurz die Technik erklären können.

„Sehr gut", sagten Fredrik und Vitali annähernd unisono. Die drei Herren erhoben sich, Dr. Petersen gab Herrn Hamann ein Zeichen und fünf Minuten später betraten sie zusammen mit Gérard de Betancourt, dem Chef-Concierge, Clubraum 1, den kleinsten Konferenzraum des Hotels.

Der Raum sah genau so aus, wie man ihn in einem Fünf-Sterne-Hotel erwartete: Sechs drehbare Ledersessel waren um einen ovalen Konferenztisch gruppiert, je einer an den Stirnseiten und je zwei an den Längsseiten. In der Mitte des Tisches war eine Freisprechanlage installiert, an der Stirnwand ein großer Monitor und über dem obligatorischen Sideboard ein handsigniertes Bild eines unbekannten Künstlers.

„Monsieur, darf ich Ihnen eine Frage zur Technik stellen?", erkundigte sich Dr. Petersen, nachdem sie sich eine Weile im Clubraum umgesehen hatten.

„Ja, sehr gern, deshalb bin ich hier", antwortete der Chef-Concierge.

„Ist es für eine fremden Person, die nicht zum Personal gehört, möglich, während einer Videokonferenz hier einen Film einzuspielen, ohne den Raum zu betreten?"

„Die Antwort ist nein, aber warum stellen Sie mir diese Frage? Hier im Raum gibt es einen Monitor und eine Fernbedienung, mit der Sie zwei alternative Kanäle wählen können: Videokonferenz über Satellit oder über das Internet – wir haben eine eigene Satellitenantenne auf dem Dach. Über den Schaltkasten unter dem Monitor können Sie externe Datenträger anschließen. Beispielsweise können Sie Ihren Laptop oder Ihre Kamera über ein USB- oder HDMI-Kabel als Datenquelle nutzen und eigene Präsentationen, Bilder oder Filme über den großen Monitor anzeigen lassen. Ohne den Raum zu betreten, geht das nicht."

„Ja, natürlich, das ist der normale Weg. Vor genau sechzehn Tagen hat aber hier in Ihrem Clubraum 1 eine Videokonferenz stattgefunden, bei der ein Video von außen eingespielt worden ist, also ohne, dass irgendjemand den Raum betreten hätte."

„Dann muss jemand das Datenkabel, das von unserem Technikraum hinter der Rezeption zu dem Schaltkasten hier im Clubraum führt, vorübergehend abgezogen und stattdessen ein anderes Übertragungsgerät angeschlossen haben. Anders ist das nicht möglich. Sprechen Sie von der Konferenz, bei der die Nowakowskaja ohnmächtig geworden ist?"

„Ja, genau. Sie ist ohnmächtig geworden, weil jemand während einer geschäftlichen Videokonferenz einen für sie sehr schockierenden Film eingespielt hat."

„Das tut mir außerordentlich leid. Ich werde mir den Dienstplan ansehen, um herauszufinden, wer an dem Tag an der Rezeption war. Vielleicht kann sich einer unserer Kollegen an jemanden erinnern, der sich in unserem Technikraum zu schaffen gemacht hat. Das kann aber ein paar Tage dauern. Wie kann ich Sie erreichen, falls ich etwas herausfinde?"

Dr. Petersen übergab ihm eine Visitenkarte. „Meine Office-Managerin Isabella weiß immer, wo ich erreichbar bin. Ganz lieben Dank für Ihre freundliche Unterstützung!"

„Keine Ursache. Die Nowakowskaja ist seit Jahren unser treuer Gast. Wir alle mögen sie sehr und helfen gern."

Als es keine Fragen mehr zu beantworten gab, verließen die drei Herren den Raum. Chef-Concierge Gérard de Betancourt schloss den Clubraum 1 wieder ab und begleitete sie in die Hotelhalle.

Sie verabschiedeten sich und gingen zurück zu Herrn Hamann in Leos Bar. Dort hatten die drei Amerikaner offensichtlich einen späten Sieg errungen: Sie saßen zu dritt an dem Tisch, den Fredrik und Dr. Petersen am frühen Abend erobert hatten. Also mussten sie sich jetzt an der Bar ein neues Plätzchen suchen.

Donnerstag, 23. August
Mehmet

Isabella hatte für Vitali und Dr. Petersen einen Direktflug von Hannover zum neuen Istanbul Airport gebucht, wo die Maschine pünktlich um 14:35 Uhr Ortszeit landete. Mehmet erwartete sie vor dem Zugang zu den Parkhäusern.

„Herzlich willkommen in Istanbul!", begrüßte er die beiden Reisenden. „Ich hoffe, Sie hatten einen angenehmen Flug."

„Ja, danke, Mehmet", antwortete Vitali. „Wir sind ja auch mit Turkish Airlines geflogen."

„Sehr vernünftig!", gab Mehmet mit einem Schmunzeln zurück. „Ich bin mit dem Auto hier. Es steht im Parkhaus gegenüber. Ich gehe mal vor. Vielleicht finde ich es ja wieder."

Mehmet war etwa Mitte fünfzig, nicht besonders groß und schlank. Er trug einen hellen Sommeranzug mit eleganten braunen Schuhen und hatte eine sehr gewinnende Ausstrahlung. Vitali und Dr. Petersen folgten Mehmet, der fröhlich und voller Tatendrang die Führung übernommen hatte. Er schien schon auf den ersten Metern völlig in seiner Gastgeberrolle aufzugehen.

Mehmet fuhr einen SUV von Mercedes-Benz, gefühlt so hoch wie ein Möbelwagen und so breit wie ein Panzer. Das Fahrzeug bot den Reisenden eine höchst komfortable Geborgenheit, ließ Mehmet allerdings – ganz im Kontrast zu seinem Naturell – eher winzig erscheinen.

Nachdem sie das Parkhaus verlassen und nach einigen wenigen Kilometern die Auffahrt zur Otoyol 7, der neuen mautpflichtigen Autobahn Richtung Stadt, erreicht hatten, wollte Mehmet wissen, wie Dr. Petersen der neue Istanbul Airport gefalle. „Er ist erst vor gut einem Jahr eröffnet worden und wurde

208

auf Betreiben unseres Präsidenten Recep Tayyip Erdoğan in atemberaubend kurzer Bauzeit aus dem Boden gestampft", erklärte Mehmet.

„Er ist in der Tat sehr beeindruckend", sagte Petersen nach einer Weile. „Vor allem architektonisch. Die vielen Bögen und Lichtkuppeln an den Decken haben mir gut gefallen. Dadurch wirkt der Flughafen besonders hell und freundlich."

„Da haben Sie recht. Leider ist er fünfzig Kilometer vom Stadtzentrum Istanbuls entfernt, etwa doppelt so weit wie der alte und es gibt auch noch keinen Metro-Anschluss. Vom alten Atatürk-Flughafen aus konnte man mit der Metro in weniger als einer halben Stunde die Innenstadt erreichen. Am neuen Flughafen gibt es bisher nur einen Bustransfer. Wer nicht mit dem eigenen Auto fahren kann oder nicht das Geld hat, die mautpflichtige O-7 zu nehmen, ist mit Bus oder Taxi etwa anderthalb Stunden unterwegs. Wir brauchen ungefähr die Hälfte."

„Wann wird denn die Metro-Anbindung voraussichtlich fertig sein?", wollte Petersen wissen.

„Ich weiß es nicht genau", erwiderte Mehmet. „Es müssen etwa fünfzig Kilometer Gleise verlegt werden. Das kann dauern."

Nachdem sie die ersten Kilometer Richtung Stadt zurückgelegt hatten, gab Mehmet den ersten Teil seiner Agenda bekannt, die er für den Aufenthalt seiner beiden Gäste in Istanbul ausgearbeitet hatte: „Ich schlage vor, dass wir einen Zwischenstopp bei Yildirim Tekstil einlegen. Mein Betrieb liegt zeitlich ungefähr auf halbem Weg in die Stadt. Wir hätten damit die Möglichkeit, uns die Produktionsprozesse anzusehen, über die wir ja im Laufe des Abends oder morgen früh sprechen wollen."

„Sehr einverstanden", antwortete Petersen.

„Gute Idee, Mehmet", ergänzte Vitali.

Yildirim Tekstil lag am nördlichen Stadtrand von Istanbul an einer vierspurigen Straße. Das vierstöckige Gebäude war zur Straße hin zum Teil komplett verglast und wirkte moderner und solider als manche Produktionsstätte, die Dr. Petersen in Südeuropa, Südamerika oder Südafrika besucht hatte. Der Fahrbahnrand vor dem Gebäude war völlig zugeparkt, aber es gab eine Tiefgarage, deren Schranke sich wie von Geisterhand öffnete, als Mehmet mit seinem großen Auto darauf zufuhr.

Wenig später führte Mehmet seine Gäste in einen großen Konferenzraum, der modern eingerichtet war und, soweit Dr. Petersen das erkennen konnte, über die modernste Kommunikationstechnik verfügte. Als sie ihre Plätze eingenommen hatten, erschien eine freundliche Mitarbeiterin mit türkischem Tee, der in kleinen Gläsern serviert wurde und dessen phantastisches Aroma Petersen an Ostfriesentee erinnerte. Auf dem Konferenztisch standen zwei große Teller mit Gebäck.

„Herzlich willkommen bei Yildirim Tekstil", begrüßte Mehmet seine Gäste jetzt noch einmal formell. „Ich habe etwas Gebäck besorgen lassen, um zu vermeiden, dass Sie beide den Hungertod erleiden, bevor Sie unsere schöne Fabrik gesehen haben."

„Vielen Dank, Mehmet", erwiderte Vitali. Petersen nickte zum Dank mit dem Kopf.

„Unser Produktionsleiter Bülent Önder wird uns später die gesamte Prozesskette vom Lager über die Designabteilung, den Zuschnitt, die Näherei und die Veredelung bis zum Versand zeigen. Vorher aber möchte ich noch ein paar Worte über die Geschichte von Yildirim Tekstil verlieren, ohne die unsere heutige Stärke überhaupt nicht zu verstehen wäre", begann Mehmet seinen kurzen Vortrag.

„Sehr gern", sagte Petersen, der sich schon immer mehr für die Menschen als für die Maschinen eines Unternehmens interessiert hatte.

„Yildirim Tekstil wurde vor genau sechsundneunzig Jahren von meinem Urgroßvater, Mustafa Yildirim, gegründet. Er betrieb genau an diesem Standort eine kleine Schneiderei, die sich auf Arbeitskleidung spezialisiert hatte. Mein Großvater, Demirel Yildirim, erkannte dann in den 1960er Jahren die zunehmende Bedeutung der Blue Jeans als Freizeithose und entwickelte den Betrieb nach und nach zu einer reinen Jeansfabrik. Mein Vater Emre Yildirim, der bis vor fünf Jahren die Geschäfte führte, sah die Blue Jeans vor allem als Modeartikel und baute mit viel Energie unsere Veredlung auf, in der die fertig genähten Produkte durch Waschen, Bleichen und dergleichen dem Geschmack der Zeit entsprechend endbehandelt werden. Vor ein paar Jahren – das wissen Sie ja schon – sind in dieser Abteilung zwei Arbeiter an Silikose erkrankt, der sogenannten Staublunge. Die Krankheit ist unheilbar. Wir wussten damals leider noch nicht, wie gesundheitsschädlich das Sandstrahlen von Jeansstoffen ist, und hatten unsere Mitarbeiter deshalb nicht effizient genug vor dem dabei entstehenden Quarzstaub geschützt. Wir bedauern das sehr. Selbstverständlich überweisen wir den beiden geschädigten Mitarbeitern bis zu ihrem Lebensende eine sehr auskömmliche monatliche Leibrente."

Vitali hob leicht die Hand, um an dieser Stelle einzuhaken. „Der mangelhafte Arbeitsschutz beim Sandstrahlen von Jeans war der Hauptgrund, weshalb meine Frau vor drei Jahren eine mögliche Beteiligung an Yildirim Tekstil rigoros abgelehnt hat", ergänzte er an Dr. Petersen gerichtet.

„Genau. Heute, das werden wir gleich sehen, findet das

211

Sandstrahlen von Jeans in einem geschlossenen System statt, aus dem kein Staub in die Atemluft gelangen kann."

„Das führt mich zu der Frage", meldete sich Petersen zu Wort, „wie viel Prozent der Produkte, die Sie herstellen, inzwischen das New Yorker Umweltsiegel ‚Responsibility in Fashion' trägt."

„Sechzig bis siebzig Prozent etwa", antwortete Mehmet, ohne groß nachzudenken. „Das hat aber weniger mit den Arbeitsbedingungen zu tun als vielmehr mit unserer Kundenstruktur. Der Großteil der zertifizierten Produkte geht an Lady Hellen und zwei kleinere Händler in Mailand und Kopenhagen. Wir haben einfach noch zu wenig Kunden für Produkte aus organischer Baumwolle."

Nach einer kurzen Pause, in der sie sich mit Tee und Gebäck gestärkt hatten, schlug Mehmet den beiden Besuchern vor, sich nun von Bülent Önder, dem Produktionsleiter, durch den Betrieb führen zu lassen.

„Es ist kurz vor vier. Bülent wartet bestimmt schon darauf, uns die Fabrik zu zeigen, die genau genommen immer noch eine Manufaktur ist", bemerkte er nicht ohne Stolz.

Er ging voran, öffnete eine Tür zu einem ziemlich langen Flur und sagte: „Bülent erwartet uns im Lager. Auf dem Weg dorthin sehen Sie hier an den Wänden einige Erinnerungen an alte Zeiten, Portraits ehemaliger Geschäftsführer und ein paar Bilder, die die Entwicklung des Betriebes zu seiner heutigen Größe dokumentieren. Wenn wir etwas langsamer gehen, werden Sie sicherlich das eine oder andere interessante Bild entdecken."

Petersen und Vitali, der die Galerie natürlich bereits kannte, schlenderten an den Aufnahmen entlang, blieben hier und da kurz stehen und tauschten sich über das Gesehene aus, bis sie bei Bülent in der Warenannahme ankamen, an der Stelle also, wo die Ware angeliefert und die Wareneingangskontrolle durchgeführt wurde.

„Herzlich willkommen in unserer Manufaktur", begrüßte sie der Produktionsleiter. „Wir produzieren hier überwiegend Jeans, aber auch Baumwollhemden und Blusen aus organischer und konventioneller Baumwolle. Die Produkte, die aus organischer Baumwolle hergestellt worden sind, tragen das weltweit anerkannte GOTS-Siegel, das steht für ‚Global Organic Textile Standard' und entspricht in Bezug auf den Herstellungsprozess mindestens dem New Yorker Responsibility-in-Fashion-Siegel. Es werden aber auch immer noch Produkte aus konventioneller Baumwolle hergestellt, die kein Umweltsiegel tragen, dafür aber zwanzig bis dreißig Prozent günstiger angeboten werden können. Wir beginnen unsere Führung im Vorratslager. Wenn Sie mir bitte folgen wollen."

Bülent führte die kleine Gruppe durch eine torlose Durchfahrt für Flurförderfahrzeuge. In dem Lager waren rechts und links neben dem Hauptgang Regale angeordnet, in denen überwiegend Stoffballen und Garnkonen gelagert wurden.

„An den vielen grünen Regalplatzschildern können Sie erkennen, dass die meisten unserer Stoffe und Garne aus organischer Baumwolle hergestellt worden sind. Nur die Regalplätze für Produkte aus konventioneller Baumwolle haben weiße Schilder. Und die sind – wie Sie sehen können – deutlich in der Minderheit. Was Sie nicht sehen können, ist, dass alle Stoffe und Garne in der Türkei hergestellt wurden. Die besseren Qualitäten davon in der Ägäisregion. Die Baumwolle dort ist nicht ganz so weiß, hat aber längere Fasern, die sich zu sehr dünnen Fäden verspinnen lassen. Alle feinen Tücher für Hemden, Blusen oder edlere Anzüge werden aus Ägäis-Baumwolle gewoben. Für die Jeansherstellung dagegen sind die etwas ro-

213

busteren Stoffe aus der weißeren und kürzer faserigen Baumwolle aus der Provinz Südostanatolien besser geeignet. Beide Qualitäten werden sowohl aus organischer wie auch aus konventioneller Baumwolle gefertigt."

Petersen sah sich aufmerksam um und versuchte, möglichst viel von der Seele des Unternehmens und seiner Mitarbeiter in sich aufzunehmen. Bülent führte die kleine Besuchergruppe weiter in die Abteilungen Design und Zuschnitt, in die Näherei, wo auf zwei Etagen sicher an die hundert Nähmaschinen ratterten, und natürlich in die Veredelung, wo die beiden neuen Sand-Blasting-Units standen. Mindestens zehn Minuten sahen sie hier den Arbeitern zu, wie sie an den zwei Stationen Jeans hinter Glas mit Sand beschossen, um das Gewebe anzuschleifen und die Produkte dadurch optisch altern zu lassen.

„Die beiden Stationen zum Sandstrahlen sind computergesteuert und absolut staubdicht", erklärte Bülent Önder den Besuchern stolz. „Die Sand-Blasting-Units sind geschlossene Systeme. Eine Gefährdung unserer Mitarbeiter ist deshalb völlig ausgeschlossen. Zudem ist der Ausschuss deutlich geringer als früher. Leider haben wir viel zu spät erkannt, wie gefährlich das offene Sandstrahlen für die Gesundheit unserer Mitarbeiter sein kann."

„Ja, davon haben wir gehört", sagte Dr. Petersen. „Wann sind die beiden Sandstrahlsysteme in Betrieb gegangen?"

„Etwa drei Monate nachdem zwei unserer Mitarbeiter durch das Sandstrahlen unheilbar krank geworden sind. Das war vor knapp drei Jahren."

Inzwischen war es kurz vor fünf. Deshalb schlug Bülent vor, die Versandabteilung auszulassen, und führte die kleine Gruppe stattdessen direkt in den Konferenzraum zurück.

Vitali und Dr. Petersen bedankten sich bei Mehmet und Bülent für die Führung durch die Manufaktur und nahmen wieder ihre Plätze am Konferenztisch ein.

Als sie allein waren, wechselte Mehmet fast übergangslos zurück in seinen Reiseleitermodus und verkündete das Abendprogramm, das er sich für seine beiden Gäste ausgedacht hatte.

„Ich denke, wir haben jetzt alles gesehen, was für Sie von Interesse ist – auch das moderne Sandstrahlen. Damit haben wir den offiziellen Teil für heute erledigt. Für die geschäftlichen Themen haben wir heute Abend beim Essen oder morgen früh hier im Büro noch genügend Zeit, Sie fliegen ja erst nachmittags zurück. Also könnten wir uns in aller Ruhe die beeindruckende Altstadt von Istanbul ansehen und in einem guten Restaurant türkische Gastfreundschaft genießen, wenn Sie mögen. Ich schlage vor, dass ich Sie jetzt erst einmal zu Ihrem Hotel bringe, das liegt ja mitten in der Altstadt. Später würde ich Sie dort abholen und für heute Abend Ihr Reiseleiter sein, wenn Sie einverstanden sind. Die Details klären wir, wenn wir bei Ihrem Hotel angekommen sind. Jetzt müssen wir uns erst einmal durch den Berufsverkehr kämpfen.“

Vitali und Dr. Petersen drückten ihre Zustimmung aus und so folgten sie Mehmets Plan.

Der Firmeninhaber erwies sich als ausgezeichneter und umsichtiger Gastgeber. Er holte die beiden Reisenden gegen 18:30 Uhr am Hotel ab und lud sie zu einem ausgiebigen Spaziergang durch die Altstadt Istanbuls ein. Dabei wählte er den Weg so, dass sie von einer Attraktion zur nächsten jeweils nur einige hundert Meter zurückzulegen hatten. Sie besuchten den Ägyptischen Basar – auch Gewürzbasar genannt – der durch die vielen Farben und Düfte der aufgehäuften Gewürze beeindruckte. Anschließend schlenderten sie durch den Großen Basar in der Mitte der Altstadt im Stadtteil Fatih, in dessen rund viertausend Geschäften es wirklich alles zu kaufen gab, was Einheimische und Besucher sich nur wünschen konnten: Gold, Silber, Stoffe, Teppiche, Textilien, Schuhe – einfach alles. Ihr Rundgang endete vorläufig im Cemberlitas Hamam, dem ältesten türkischen Bad Istanbuls aus dem Jahr 1584, in dem sie sich mit sehr viel Spaß auf traditionelle Art pflegen ließen. Sie ließen den Abend in einem Restaurant in der Nähe des Hamam ausklingen, in dem musiziert wurde und wo unter anderem eine Bauchtänzerin auftrat. Als sie ins Hotel zurückkamen, war Mitternacht lange vorbei.

Freitag, 24. August
Istanbul

Als Dr. Petersen am nächsten Morgen sein Handy wieder angestellt hatte, stellte er fest, dass Fredrik am späten Abend des Vortages mehrfach vergeblich versucht hatte, ihn telefonisch zu erreichen. Er hatte ihm am Mittwoch in der Bar von Kastens Hotel Luisenhof versprochen, in Istanbul annähernd jederzeit für ihn erreichbar zu sein, doch durch ihren ungeplanten Besuch im Hamam hatte er sich faktisch nicht daran gehalten. Also rief er Fredrik noch vor dem Frühstück zurück. Er wählte seine Handynummer. In Hannover war es erst kurz nach sieben, im Büro konnte er also noch nicht sein. Er konnte nur hoffen, dass Fredrik zu Hause war und nicht gerade unter der Dusche stand.

Zu seiner Erleichterung nahm Fredrik das Gespräch sofort entgegen.

„Moin, Chef, danke für Ihren Rückruf. Hellen hat Luiza davon berichtet, dass sie gestern zwei Mal unerwünschten Besuch bekommen hat", teilte Fredrik nüchtern mit, „und ich weiß nicht, wie ich das bewerten soll."

„Was ist denn genau passiert?"

„Hellen hat nachmittags im Dorfgemeinschaftshaus Klavier gespielt. Mitten in ihrem Spiel öffnete sich plötzlich die große Eingangstür des Saales und es erschien ein junger Mann, der sich seltsam verhielt. Bis zum Abend hatte Hellen das schon fast wieder vergessen, aber dann stand derselbe Mann abends plötzlich vor dem Fenster ihres Appartements in der Traumaklinik. Und da hat Hellen Angst bekommen. Sie hat sofort Luiza angerufen und Luiza hat es mir berichtet. Leider konnte ich Sie gestern Abend nicht erreichen."

„Tut mir leid, Fredrik. Bis ungefähr 20 Uhr hatte ich mein Handy gestern noch an. Aber dann sind wir in ein türkisches Bad gegangen, da konnte ich mein Handy nicht mit hineinnehmen. Und hinterher habe ich dann einfach vergessen, es wieder anzuschalten. Ich bitte in tief gebeugter Haltung um Vergebung!"

„Schon gut, Chef. Was wollen wir machen? Hellen ist ganz aufgelöst und traut sich nicht mehr raus."

„Wie sah der Mann denn aus und was genau hat er getan?", erkundigte sich Petersen.

„Er hat sich im Saal des Dorfgemeinschaftshauses ein paar der hölzernen Heizkörperverkleidungen angesehen. Aber Hellen sagt, er habe gar nicht ausgesehen wie ein Handwerker oder ein Hausmeister, sondern eher wie ein Student aus gutem Hause. Es könnte auch gut und gerne ein Maler in Zivil gewesen sein, denn der junge Mann trug eine schöne dunkle Lederjacke mit einer ganzen Menge Farbklecksen darauf. Jedenfalls fühlte sie sich unangenehm beobachtet. Mehr kann sie nicht sagen."

Petersen schoss ein Bild durch den Kopf, er erinnerte sich an etwas.

„Ich habe auch schon einmal einen jungen Mann gesehen, auf den Hellens Beschreibung passt", sagte er dann versonnen. „Das ist noch gar nicht so lange her. Es war nur eine kurze, aber einprägsame Begegnung, bitte lassen Sie mich einen Moment nachdenken."

Petersen machte eine kleine Pause, dann sagte er stolz: „Ich hab's, Fredrik! Ich habe diesen jungen Mann vor dem Haus von Charlotte von Steinbach gesehen. An dem Wochenende nach Hellens Aufnahme im Klinikum für die Seele war ich in ihrem Büro in der Walderseestraße, und als ich das Haus wieder verließ, kam mir auf dem Weg zur Straße ein junger Mann entgegen, der genau dahin wollte, wo ich gerade herkam: zu Charlotte von Steinbach! Und er trug exakt so eine bekleckste Jacke, wie Hellen sie beschrieben hat. Meiner Einschätzung nach war das allerdings eher eine teure Designerjacke, die ganz bewusst mit auffälligen farblichen Applikationen versehen worden ist."

„Das ist ja ein Ding!", entfuhr es Fredrik. „Wenn der Mann, der gestern Hellen besucht hat, derselbe ist, den Sie vor Charlotte von Steinbachs Haus gesehen haben, könnte er im Auftrag der Managerin im Klinikum aufgetaucht sein. Das würde die höchste Alarmstufe bedeuten!"

„Genau das war auch mein Gedanke."

Es entstand erneut eine kurze Pause, dann fragte Petersen: „Kommt Isabella heute ins Büro?"

„Ja, davon gehe ich aus."

„Bitten Sie sie um eine kurze Recherche. Sie soll möglichst bis heute Mittag herausfinden, ob es im Umfeld von Charlotte von Steinbach, also in der Walderseestraße oder in den umliegenden Straßen im Zooviertel von Hannover, eine Firma gibt, die kurze Filme fürs Internet herstellen kann. Das kann eine Werbeagentur sein, eine Produktionsfirma oder ein Softwareunternehmen. Und sie soll herausfinden, ob der junge Mann, um den es hier geht, mit einer dieser Firmen in Verbindung gebracht werden kann. Niemand kann so gut recherchieren wie Isabella. Ich selbst fahre gleich mit Mehmet und Vitali zu Yildirim Tekstil. Ich gehe davon aus, dass wir mit unserer Verhandlung gegen 13 Uhr Ortszeit fertig sein werden. Dann ist es in Hannover 12 Uhr. Ich rufe Sie um Punkt zwölf an, Fredrik."

„Okay, Chef! Wie laufen denn die Verhandlungen mit Mehmet?"

„Wir haben noch gar nicht richtig angefangen", erwiderte Petersen. „Aber wir haben uns gestern zu dritt die Fabrik angesehen. Ich wette, dass Mehmet die hundertprozentige Umstellung auf Produkte mit dem New Yorker Umweltsiegel relativ schnell hinbekommen wird. Heute Mittag weiß ich mehr."

Petersen verabschiedete sich und beendete das Gespräch. Nachdenklich betrachtete er sein Handy. Nein, er würde Vitali zunächst nichts von Hellens unbekanntem Besucher mit der ungewöhnlichen Jacke erzählen. Vitali sollte sich lieber voll und ganz auf das anstehende Gespräch mit Mehmet konzentrieren. Fredrik, Isabella und Luiza standen Hellen zur Seite. Darauf war absolut Verlass.

Als Dr. Petersen den Frühstücksraum betrat, war Vitali mit seinem Frühstück schon fast fertig. Er hatte sein Geschirr ein wenig zur Seite gestellt. Vor ihm lag ein kleiner Stapel Papier im amerikanischen Letter-Format, der von einer großen Foldback-Klammer zusammengehalten wurde. Daneben lag eine gedruckte Tabelle mit handschriftlichen Korrekturen.

„Guten Morgen, Vitali. Sie sind ja schon richtig fleißig", begrüßte Petersen seinen Reisegefährten.

„Ich habe mir den Zeitplan für die hundertprozentige Umstellung auf Produkte mit Umweltsiegel noch einmal angesehen", antwortete Vitali. „Das ist mir alles viel zu unverbindlich. Und ich kann mir auch nicht vorstellen, dass Hellen das so gefällt."

„Wir sehen uns den Vertragstext gleich zusammen an, wenn Sie mögen. Aber zuerst muss ich mir zwei Spiegeleier mit Schnittlauch und crispy Bacon besorgen, sonst bin ich zu überhaupt nichts zu gebrauchen. Es ist jetzt zwanzig nach acht. Mehmets Fahrer holt uns hier um neun Uhr ab. Wir haben also noch ein bisschen Zeit. Ich bitte um Verständnis!"

„Ja, natürlich. Ich sehe nur, dass wir gestern viel Zeit mit eher touristischen Dingen verbracht haben und uns jetzt die

Zeit für die Verhandlung mit Mehmet davonläuft", wandte Vitali ein. „Wir müssen uns ja schon mittags wieder in Richtung Flughafen bewegen."

„Wir finden eine Lösung, da bin ich mir ganz sicher!", antwortete Petersen knapp, stand auf und begann in aller Ruhe mit seiner Nahrungssuche am Buffet.

Auf unzähligen Geschäfts- und Vortragsreisen hatte er gelernt, wie wichtig es war, das Zeitfenster für das eigene Frühstück – notfalls vehement – zu verteidigen. Auch Vitali gegenüber wollte er da keine Ausnahme zulassen.

Nachdem er sein Frühstück so gut wie beendet hatte, zeigte er sich wieder gesprächsbereit und fragte Vitali, welche Vertragsklauseln er denn gerne geändert haben würde.

„Im Grunde genommen geht es mir nur um den Text in § 7.2 des Vertrages und die Tabelle in Anlage IV", erklärte Vitali und gab Dr. Petersen die entsprechenden Seiten sowie die Tabelle mit seinen Anmerkungen in die Hand.

Petersen las den Text und überflog die Tabelle. Kaum eine Minute später hatte er eine Antwort parat: „Der § 7.2 ist eine typische Henne-und-Ei-Klausel, eine wechselseitige Absichtserklärung, mehr nicht. Aussage 1: Sofern und soweit Yildirim Tekstil die Produktion auf umweltfreundliche Produkte umstellen kann, ist Lady Hellen bereit und in der Lage, ihre Abnahmemengen auszuweiten. Aussage 2: In dem Umfang, in dem Lady Hellen die Bestellungen erhöht, ist Yildirim Tekstil bereit und in der Lage, die Produktion anzupassen. Diesen Zusammenhang könnte man sicherlich auch einfacher und ohne die Tabelle zum Ausdruck bringen, aber rechtlich ist gegen die Klausel meines Erachtens nichts einzuwenden."

Vitali nickte, doch er hatte noch etwas auf dem Herzen. „Ich möchte Hellen einen verbindlichen Fahrplan für die komplette

Umstellung auf Produkte mit Umweltsiegel mitbringen. Davon steht in dem gesamten Vertragsentwurf kein Wort. Ich habe ja erst vorgestern mit ihr darüber gesprochen. An ihrer Einstellung dazu hat sich überhaupt nichts geändert. Ich kann deshalb nur dann für eine Beteiligung an Yildirim Tekstil votieren, wenn es einen verbindlichen Fahrplan gibt und ich mir Hellens Zustimmung sicher sein kann."

„Das verstehe ich", entgegnete Petersen, „aber mehr kann da nicht drinstehen, Vitali. Sobald Lady Hellen fünfundsiebzig Prozent der Anteile an Yildirim Tekstil übernommen hat, sind Sie als Vorstand der Muttergesellschaft nicht mehr allein für das Marketing, also den Absatzerfolg von Lady Hellen verantwortlich, sondern auch für die Umstellung der Produktion in Ihrer Tochtergesellschaft. Aber vielleicht lässt sich ja eine Vertragsklausel finden, die zumindest aussagt, dass der Anteil der Produkte mit Umweltsiegel bis zu einem bestimmten Zeitpunkt hundert Prozent erreichen soll."

„Sie mögen recht haben, Peter. Sobald der Vertrag unterschrieben ist, trage ich natürlich auch Verantwortung für Yildirim Tekstil", gab Vitali zu.

„Die Kernfrage scheint mir hier eher eine Vertrauensfrage zu sein, Vitali", gab Dr. Petersen zu bedenken. „Wenn Mehmet und Sie sich gegenseitig vertrauen, wird alles gut. Und wenn nicht, hilft Ihnen auch die präziseste Klausel im Vertrag nichts."

„Ja, mag sein." Vitali seufzte und schob seine Unterlagen zusammen. „Ich bin mir wirklich noch nicht ganz sicher. Und ich bin mir ehrlich gesagt auch nicht sicher, ob Mehmet wirklich so nett ist, wie er uns erscheint. Vielleicht überschüttet er uns mit seiner Gastfreundschaft, damit wir nicht darauf kommen, dass er den Angriff auf Hellen beauftragt hat. Für ihn geht es nämlich um sehr viel mehr Geld als für Hellens Managerin Charlotte."

„Können Sie sich noch an unser Gespräch im Beach Club von Westhampton Beach erinnern? Wir hatten uns nach einer langen Diskussion auf zwei Hauptverdächtige geeinigt: Charlotte in Hannover und Mehmet in Istanbul. Solange wir keine Beweise haben, bleibt das leider auch so."

„Ja, Peter, ich weiß noch genau, was wir gesagt haben. Und ich kann mir auch nach wie vor nicht vorstellen, dass Charlotte hinter dem Angriff auf Hellen steckt. Gleichzeitig wünsche ich mir aber, dass Sie und Ihr Team genau dafür Beweise finden. Ich wünsche mir, dass Mehmet mit dem Angriff auf Hellen nichts zu tun hat, weil ich Lady Hellen in Zusammenarbeit mit Mehmet, dem Chef unserer zukünftigen Tochtergesellschaft Yildirim Tekstil, in eine erfreuliche Zukunft führen möchte. Und diese Chance will ich mir von niemandem wegnehmen lassen!"

„Isabella und Fredrik bleiben am Ball, Vitali. Ich habe heute Morgen mit Fredrik telefoniert. Heute Mittag telefonieren wir noch einmal. Vielleicht geht Ihr Wunsch ja früher in Erfüllung, als Sie glauben", sagte Petersen mit vielsagendem Blick.

Vitali nickte nachdenklich. Es war ihm deutlich anzusehen, wie sehr ihn die gesamte Situation belastete.

Mehmets Fahrer holte Vitali und Dr. Petersen pünktlich um 9 Uhr an der Rezeption des Hotels ab. Er hörte auf den Namen Enes und war genauso freundlich und hilfsbereit wie sein Chef. Der geschickte Fahrer brachte seine Gäste in nur knapp dreißig Minuten vom Hotel zu Yildirim Tekstil.

Als sie den Konferenzraum betraten, war Mehmets Assistentin gerade dabei, eine Präsentation auf die Leinwand zu bringen. Auf dem Tisch standen wieder einige Teller mit dem köstlichen Gebäck, das Vitali und Petersen bereits vom Vortag kannten. Als kurze Zeit später Mehmet erschien, folgte ihm eine freundliche Mitarbeiterin, die jedem der Anwesenden ein Glas türkischen Tees servierte.

„Nachdem wir uns gestern zusammen die Manufaktur angesehen und uns in den Abendstunden gemeinsam kulturellen Dingen gewidmet haben, wollen wir uns heute Morgen dem Geschäftlichen zuwenden", begann Mehmet seinen kurzen Begrüßungsvortrag. „Ich habe uns eine kleine Präsentation erstellen lassen, die im Kern zwei Szenarien für die komplette Umstellung unserer Produktion auf umweltfreundliche und entsprechend zertifizierte Textilien enthält. Szenario 1, unser Best-Case-Szenario, geht von sehr erfreulichen Absatzerfolgen und entsprechend hohen Abnahmemengen unserer zukünftigen Muttergesellschaft Lady Hellen aus. Unser Szenario 2, das Worst-Case-Szenario, dagegen unterstellt einen nicht ganz so stürmischen Erfolg von Lady Hellen, der uns mit Blick auf die Auslastung der Fabrik zwingen könnte, noch längere Zeit auch Produkte für solche Kunden herzustellen, denen die Umweltfreundlichkeit weniger wichtig ist als der Preis."

Und dann erklärte Mehmet seinen beiden Gästen am Beispiel ausgewählter Produktgruppen, welche Bedeutung verlässliche Absatzerwartungen hatten, und wies darauf hin, dass Vitali bald in die Situation kommen könnte, sowohl für die Produktions- als auch für die Absatzseite verantwortlich zu sein, falls die Hauptversammlung von Lady Hellen am 31. August, also in genau sieben Tagen, entscheiden sollte, sich mit fünfundsiebzig Prozent an Yildirim Tekstil zu beteiligen.

„Es ist jetzt kurz nach elf", schloss er. „Um halb eins werden wir hier im Konferenzraum gemeinsam ein kleines türkisches Mittagessen einnehmen und um kurz nach eins wird Enes, unser Fahrer, Sie abholen, um Sie zum Flughafen zu bringen.

Ich schlage vor, dass Sie beide die Zeit bis dahin nutzen, unseren Data Room zu besuchen. Unsere Office-Managerin Selina wird Sie dort hinführen, dann können Sie sich in aller Ruhe besprechen und Dokumente einsehen. Selina wird Ihnen alle Informationen, die Sie für Ihre Entscheidung am 31. August noch benötigen, elektronisch zur Verfügung stellen und vor Ihrer Abreise auf einem USB-Stick aushändigen. Für den Fall, dass Sie Fragen haben, die sich auf Basis der Unterlagen nicht sofort beantworten lassen, komme ich jederzeit gerne dazu."

Vitali und Dr. Petersen folgten Mehmets Vorschlag bereitwillig, auch wenn sie im Grunde genommen gar nicht wussten, wonach sie noch suchen sollten, denn Vitali hatte bereits alle wesentlichen Dokumente bekommen. Vielleicht wollte Mehmet seinen beiden Gästen auch nur seine absolute Offenheit signalisieren, dachte Petersen bei sich. Also setzten sie sich im Data Room an den kleinen Konferenztisch und besprachen noch einmal den in Vitalis Augen unklaren Paragraphen und entwickelten eine Formulierung, in der die hundertprozentige Umstellung auf umweltfreundliche Produkte ganz konkret auf einen Zeitraum von maximal achtzehn Monaten nach Vertragsabschluss begrenzt wurde.

Zufrieden mit dem Ergebnis gingen die beiden zurück in den Konferenzraum, wo Mehmet sich kurz darauf zu ihnen gesellte.

„Haben Sie alles gefunden, was Sie benötigen?", erkundigte er sich.

„Wir haben eigentlich nur bewundert, wie ordentlich und einladend Ihr Data Room gestaltet ist. Ich kann Ihnen aus Erfahrung berichten, dass das bei Weitem nicht in jedem Unternehmen so ist", antwortete Petersen. Dann sprach er die Neufassung des § 7.2 an, die er mit Vitali entwickelt hatte.

Auch wenn Vitali Widerspruch befürchtet haben mochte – Mehmet sagte ohne Zögern die verbindliche Umstellung der kompletten Fabrik innerhalb der genannten achtzehn Monate zu.

„Ich denke, dass ich offen sprechen darf", schloss Mehmet. „Wir haben ja letztlich alle das gleiche Ziel. Natürlich müssen wir mit der Umstellung schneller fertig sein. Bisher waren das Einkaufsvolumen von Lady Hellen und das Absatzvolumen für zertifizierte Produkte insgesamt viel zu gering und viel zu schwankend, um auch nur im Traum daran zu denken, Aufträge für konventionelle Massenware abzulehnen, aber ich vertraue auf das Marketingkonzept von Lady Hellen und bin zuversichtlich, dass wir in anderthalb Jahren nur noch Produkte aus organischer Baumwolle herstellen werden, die in der Türkei geerntet und verarbeitet worden ist. Wahrscheinlich sogar schon im nächsten Sommer. Ich bitte Selina, die besprochenen Änderungen in den Vertrag aufzunehmen. Gefällt mir viel besser so."

Vitali und Dr. Petersen nickten erleichtert. Vitali sah der bevorstehenden Hauptversammlung von Lady Hellen jetzt offenbar etwas beruhigter und optimistischer entgegen. Wenn nur der Verdacht gegen Mehmet nicht wäre!

Nachdem das Vertragliche nun final besprochen war, ging Mehmet wieder ganz in seiner Gastgeberrolle auf. Sie sprachen über Beruf und Familie, es wurde viel gelacht und Dr. Petersen nahm mit Freude zur Kenntnis, dass Vitali und Mehmet sich näherkamen und zum Teil sogar so sehr in ihr Gespräch vertieft waren, dass sie ihn fast vergessen hatten.

So störte es auch niemanden, als Dr. Petersen kurz den Raum verließ, um zu telefonieren. Er hatte nämlich bemerkt, dass Fredrik versucht hatte, ihn anzurufen.

„Moin, Chef", meldete sich Fredrik nach dem zweiten Klingeln. „Isabella hat herausgefunden, wer Hellen gestern im Klinikum besucht hat!"

„Das ging aber schnell. Dann schießen Sie mal los. Mehmet und Vitali sind gerade intensiv im Gespräch, mich vermisst hier also im Moment keiner."

„Das ist gut. Isabellas Recherche ist nämlich – wie schon so oft – ziemlich umfangreich. Sie lässt Ihnen übrigens ausrichten, dass Sie ein ausgezeichneter Beobachter sind. Ohne Ihren Hinweis, dass Ihnen vor dem Haus von Charlotte von Steinbach ein junger Mann begegnet ist, der genauso aussah wie der, der Hellen gestern besucht hat, hätte sie niemals herausgefunden, wie er heißt und was er tut. Vor allem Ihre detaillierte Beschreibung seiner Lederjacke habe ihr bei der Recherche sehr geholfen."

„Fredrik, säuseln Sie nicht herum. Erzählen Sie! Ich bin gespannt wie ein Flitzebogen!", drängelte Petersen.

„Der junge Mann ist fünfundzwanzig Jahre alt, heißt Jan Tausendfreund und ist Charlottes Nachbar. Er ist YouTuber und Influencer mit drei Millionen Abonnenten, verkauft Designermode im Internet, produziert Onlinewerbefilme und ist Amateur-Rennfahrer mit eigenem Rennstall."

„Das heißt, er könnte den Film, der Hellen so erschreckt hat, gedreht und in Kastens Hotel Luisenhof eingespielt haben, richtig?"

„So oder so ähnlich, ja", bestätigte Fredrik. „Eingespielt haben kann ihn natürlich auch jemand anders."

„Was hat es mit seiner besprenkelten Lederjacke auf sich?", erkundigte sich Petersen.

„Die Farbkleckse sind das Logo der Firma Jan Dark, deren Designermode er im Internet verkauft. An jedem Kleidungsstück dieses Herstellers finden sich diese Farbkleckse. Zum Teil sehr dezent, zum Teil überaus dominant, wie bei seiner Jacke.

Die Firma Jan Dark sponsert übrigens auch Jan Tausendfreunds Rennstall, weshalb der Porsche GT3, mit dem er seine Rennen fährt, eine matte Lackierung in Dunkelanthrazit aufweist, mit glänzenden Farbklecksen in Rot, Weiß und Blau."

Petersen pfiff leise durch die Zähne. „Dieser Jan Tausendfreund hat es ganz offensichtlich in jungen Jahren schon weit gebracht. Also kann er nicht wirklich dumm sein. Er hat Hellen gestern zweimal in seiner schönen Jacke besucht. Wahrscheinlich ist er auch mit seinem beklecksten Porsche gekommen. Auffälliger kann man sich nicht bewegen. Also komme ich zu dem Schluss, dass er gestern nicht in böser Absicht gekommen ist. Vielleicht wollte er mit ihr sprechen und wusste nicht, wie. Wer etwas Böses vorhat, will auf keinen Fall erkannt werden."

„Ja, das ist logisch, es kann aber auch anders gewesen sein", wandte Fredrik ein.

„Fredrik, die Rennsaison ist in vollem Gange. Bitten Sie Isabella, herauszufinden, ob Jan Tausendfreund am kommenden Wochenende ein Rennen fährt und wo", entgegnete Petersen. „Wenn dem nämlich so wäre und das Rennen nicht in der Nähe von Hannover stattfindet, hätte er heute und auch an den folgenden beiden Tagen bestimmt keine Zeit, Hellen zu besuchen. Denn im Allgemeinen findet an einem Rennwochenende freitags das freie Training statt, am Samstag das Qualifying, in dem der Startplatz ausgefahren wird, und am Sonntag das Rennen selbst. Vor Sonntagabend könnte unser Rennfahrer dann auf keinen Fall in Hannover sein."

„Geht klar, Chef."

Als Petersen in den Konferenzraum zurückkam, unterhielten sich Vitali und Mehmet immer noch angeregt, aber das leckere Mittagessen, das jetzt nebenbei aufgetragen wurde, raubte den beiden zunehmend die Konzentration.

Nachdem Mehmet kurz erklärt hatte, welche Köstlichkeiten er hatte auftischen lassen, und seine Gäste aufgefordert hatte, beherzt zuzufassen, wurde es fast still in dem großen Konferenzraum und Dr. Petersen nutzte den Moment, den beiden Herren mitzuteilen, was er soeben von Fredrik erfahren hatte.

„Dann war Ihre Schlussfolgerung, dass Charlotte von Steinbach hinter dem Angriff auf meine Frau stecken könnte, ja ein Volltreffer. Sehe ich das richtig?", wollte Vitali an Petersen gewandt wissen.

„Ganz offensichtlich", erwiderte er. „Aber als Unbeteiligter war es für mich auch sehr viel leichter, zu diesem Ergebnis zu kommen. Denn für mich gab es keine persönliche Beziehung zu der einen oder der anderen Person und damit auch keine subjektiven Anhaltspunkte dafür, wem ich wie viel kriminelle Energie zutrauen könnte."

„Was gedenken Sie jetzt zu tun?", fragte Vitali. „Dieser junge Mann mit der dunklen Lederjacke kann jeden Tag wiederkommen, ihr auflauern, sie entführen. Er weiß ja nicht, dass er bereits enttarnt worden ist."

„Sobald wir wieder in Hannover sind, werden Fredrik und ich den direkten Kontakt mit ihm suchen und ihn so schnell wie möglich zur Rede stellen. Bis dahin können wir uns – da bin ich mir absolut sicher – auf eine lückenlose Zugangskontrolle in der Traumaklinik und im Falle eines Falles auf die tatkräftige Unterstützung des Klinikpersonals verlassen."

„Hoffentlich", gab Vitali mit einem skeptischen Blick zurück.

„Im Ergebnis sind Vitali und ich jetzt von jedem Verdacht befreit, wenn ich Sie richtig verstehe", resümierte Mehmet mit fragendem Blick an Petersen gerichtet.

„Ja genau, so sehe ich das. Und ich bin sehr froh darüber. Denn Sie beide müssen sich ja spätestens vor der Unterzeichnung des Übernahmevertrages, die Frage stellen, ob Sie einander weiterhin vertrauen wollen oder nicht. Da hilft es natürlich, zu wissen, dass Sie beide mit dem Angriff auf die Hauptaktionärin von Lady Hellen nachweislich überhaupt nichts zu tun haben. Ich selbst – das möchte ich in aller Bescheidenheit anmerken – bin schon länger von Ihrer beider Unschuld ausgegangen, sonst wäre ich überhaupt nicht hier."

„Darauf müssen wir trinken!", sagte Mehmet. „In der türkischen Provinz Kalecik wird aus einer schwarzen Traube ein besonders heller und feinperliger Schaumwein gekeltert. Er heißt Yasasin Kalecik Karasi und wird nach der französischen Champagnermethode hergestellt. Er darf bei besonderen Anlässen nicht fehlen. Jetzt haben wir einen solchen Anlass! Ich werde Selina bitten, uns nach dem Essen eine Flasche Yasasin und ein paar Gläser zu bringen."

Im weiteren Verlauf des Gesprächs während des Mittagessens stellte Mehmet fest, dass alle Anwesenden in Bezug auf die strategische Ausrichtung von Lady Hellen und Yildirim einer Meinung seien, aber ohne Hellen immer noch völlig offen sei, ob die Hauptversammlung am kommenden Freitag die entsprechenden Beschlüsse fassen werde.

„Wie sieht Ihr Zeitplan aus, Vitali, wann werden Sie mit Hellen über Ihren Besuch in Istanbul sprechen können, und wie hoch ist Ihrer Einschätzung nach die Wahrscheinlichkeit, dass Hellen der Kapitalerhöhung und der Beteiligung an Yildirim Tekstil zustimmen wird?", erkundigte sich Mehmet.

„Sie stellen die alles entscheidende Frage", gab Vitali zurück. „Hellen wird voraussichtlich am kommenden Mittwoch, also zwei Tage vor der Hauptversammlung, aus dem Klinikum entlassen und möchte selbst an der Versammlung teilnehmen. Sie fliegt am Mittwochmittag von Frankfurt aus direkt nach New York JFK. Ich hole sie dort um 9:50 Uhr New York Time ab. Gegen Mittag werden wir in Westhampton Beach eintreffen und haben dann bis Freitag noch sehr viel Zeit, uns zu besprechen. Ich werde ihr von unserem Besuch in Istanbul erzählen und sie sicher davon überzeugen können, dass sie ihre hehren Ziele in Bezug auf Produktqualität, Umweltfreundlichkeit und Arbeitsbedingungen nur durch eine Beteiligung an Yildirim Tekstil und die Fortsetzung der konstruktiven Zusammenarbeit unserer beiden Firmen erreichen kann. Ich wette, dass sie zustimmen wird und in der Folge auch ihr Bruder Hannes. Charlotte von Steinbach wird wohl nicht wagen, uns unter die Augen zu treten. Ich rechne deshalb damit, dass die Beschlüsse mit den neunzig Prozent der Stimmen gefasst werden, über die unsere Familie insgesamt verfügt."

„Das glaube ich erst, wenn die Beschlüsse feststehen!", erlaubte sich Mehmet anzumerken.

Als die drei Herren das köstliche Mittagessen annähernd verspeist hatte, brachte Selina den türkischen Champagner an den Tisch und schenkte ein.

„Wir wollen auf die Überführung von Hellens Managerin Charlotte durch Dr. Petersen und sein Team, Hellens wiedergewonnene Gesundheit und die neuen Möglichkeiten anstoßen, die sich für unsere beiden Firmen ergeben könnten, falls die Hauptversammlung von Lady Hellen am nächsten Freitag hoffentlich die erforderlichen Beschlüsse fasst", erklärte Mehmet feierlich und erhob sein Glas. „Şerefe! Prost! Cheers!"

Damit neigte sich der Aufenthalt der beiden Reisenden in Istanbul seinem Ende zu. Sie hätten gerne noch etwas Zeit mit ihrem neuen Freund, Mehmet, verbracht, aber die Zeit war

231

knapp. Also bedankten sie sich noch einmal für Mehmets Gastfreundschaft und verabschiedeten sich herzlich.

„Ich rufe Sie an, sobald die Beschlüsse feststehen!", versprach
Vitali Mehmet beim Hinausgehen.

„Danke, Vitali!"

Kurz vor halb sieben landeten sie wieder in Hannover. Sobald sie die Zollabfertigung passiert und die Ankunftshalle erreicht hatten, rief Dr. Petersen Fredrik an, um sich nach Isabellas Rechercheergebnissen zu erkundigen.

„Jan Tausendfreund hat sich und sein Team zu einem Rennwochenende auf dem Nürburgring angemeldet", teilte Fredrik
mit. „Er hält sich im Moment also etwa vier Autostunden von
Hannover entfernt auf. Das Hauptrennen soll übermorgen um
13:30 Uhr stattfinden. Vor Sonntagabend kann Jan Tausendfreund daher nicht noch einmal bei Hellen im Klinikum
auftauchen."

„Das ist ja wunderbar", sagte Petersen erfreut. „Dann wissen
wir wenigstens, wo er ist, und können ihn fragen, was er am
Donnerstag im Klinikum zu suchen hatte."

„Wie wollen Sie das denn machen, Chef?"

„Wir fahren zum Nürburgring."

„Ich glaube nicht, dass das eine gute Idee ist. An einem
Rennwochenende wird er für Externe wahrscheinlich völlig
unerreichbar sein."

„Wieso Externe?", erwiderte Petersen schmunzelnd. „Ich
habe ganz gute Kontakte zum Eventmanagement und ich
kenne den Chef der Rennleitung. Ich bin sicher, dass er einen
Weg finden wird, uns ein Gespräch mit Jan Tausendfreund zu
ermöglichen."

„Wieso eigentlich wir?", erkundigte sich Fredrik.

„Waren Sie schon einmal bei einem Rennen auf dem Nürburgring?"

„Nein, warum?"

„Weil so ein Renntag ein sehr spannendes Erlebnis sein kann. Wenn Sie mögen, besorge ich uns Karten für Sonntag und hole Sie morgens um 9 Uhr ab. Dann sind wir zum Hauptrennen da", schlug Petersen vor.

„Sie wollen nur nicht alleine fahren", ließ sich Fredrik vernehmen.

„Nein, das ist es nicht, Fredrik. Ich möchte Sie aus professionellen Gründen gerne dabeihaben. Ihre Eintrittskarte für den Rennsonntag ist als kleine Entschädigung für Ihre Mühen gedacht."

„Ich glaube Ihnen das zwar ehrlich gesagt nur zu höchstens fünfzig Prozent, aber da Sie mich so lieb bitten, komme ich trotzdem gerne mit."

„Danke, Fredrik. Freuen Sie sich auf einen erlebnisreichen Sonntag!"

Sonntag, 26. August
Nürburgring

Die beste Erfindung seit dem Automobil selbst ist das deutsche Sonntagsfahrverbot für LKW, dachte Dr. Petersen, als er in seinem schönen Jaguar und mit Fredrik an Bord auf die Autobahn A2 Richtung Dortmund auffuhr. Die Reise zum Nürburgring führte nämlich zu einem Großteil über die an Wochentagen meistbefahrene Autobahn Deutschlands. An diesem Sonntagmorgen waren jedoch nur einige wenige Fahrzeuge unterwegs.

„Wie haben Sie sich denn unseren Tagesablauf vorgestellt?", erkundigte sich Fredrik nach einer Weile.

„Wenn wir weiter so gut durchkommen, werden wir gegen 13 Uhr vor dem Hauptgebäude vorfahren, eine halbe Stunde vor Rennbeginn", erwiderte Petersen gut gelaunt. „Wir dürfen das Auto auf dem Mitarbeiterparkplatz abstellen. Mehr weiß ich auch noch nicht. Kurz bevor wir ankommen, rufe ich Herrn Klein an. Er ist der Chef der Rennleitung und wird uns dann sicher sagen, wo wir genau hinmüssen."

„Weiß Jan Tausendfreund, dass wir kommen?"

„Na klar, wir sind zwei Supervisoren vom Arbeitsschutz. Wir wollen mit ihm über die Arbeitsorganisation beim Boxenstopp sprechen, um das Unfallrisiko für seine beiden Mechaniker zu minimieren", erklärte Petersen und zwinkerte Fredrik zu.

„Und das hat er geglaubt?", fragte Fredrik erstaunt.

„Na, wenn der Chef der Rennleitung sagt, dass das unbedingt sein muss, bleibt ihm gar nichts anderes übrig. Wir treffen ihn nach dem Rennen irgendwo in der Nähe der Porsche-VIP-Lounge."

„Sie sind ja ganz schön ausgeschlafen, Chef", stellte Fredrik schmunzelnd fest.

„Fällt Ihnen das jetzt erst auf?"

„Natürlich nicht. Aber dieser Trick gefällt mir ganz besonders gut!"

An der Raststätte Auetal fuhr Petersen das erste Mal von der Autobahn ab.

„Mögen Sie auch einen Espresso trinken, Fredrik?"

„Ja, gute Idee."

Sie fuhren an der Tankstelle vorbei zum Restaurantgebäude, begaben sich stracks zur „Espresso-Bar", bestellten zwei doppelte Espresso und zwei Muffins mit Heidelbeeren, luden alles auf ein großes Tablett und suchten sich einen freien Tisch.

„Wann wollen wir denn die Ziele und die Strategie unseres Gesprächs mit Jan Tausendfreund besprechen?", erkundigte sich Fredrik und biss genüsslich in seinen Muffin.

„Wir liegen gut in der Zeit. Von mir aus können wir das direkt hier machen. Besser als während der Fahrt."

„Gut, dann brauche ich aber noch dringend einen zweiten Muffin, sonst kann ich mich überhaupt nicht konzentrieren", stellte Fredrik trocken fest und fragte seinen Chef im Aufstehen: „Soll ich Ihnen auch einen mitbringen?"

„Nein, danke, aber ein zweiter doppelter Espresso wäre nicht schlecht."

„Geht klar."

Nachdem die Grundversorgung aufs Neue gesichert war, startete Dr. Petersen mit der Analyse des Status quo: „Wir wissen, dass Jan Tausendfreund Charlottes Nachbar ist. Wir wissen außerdem, dass eine seiner Geschäftstätigkeiten darin besteht, Internetwerbefilme zu produzieren. Und wir wissen, dass er Hellen am Donnerstag vor dem Rennwochenende zweimal im Klinikum aufgesucht hat. Wir wissen aber nicht, ob er diesen furchtbaren Videoclip tatsächlich hergestellt und in Kastens

Hotel Luisenhof eingespielt hat. Ebenso wenig wissen wir, ob er in Charlottes Auftrag oder aus freien Stücken im Klinikum aufgetaucht ist. Das gilt es herauszufinden."

„Für den Fall, dass er wirklich derjenige ist, der Hellens Trauma verursacht hat", nahm Fredrik den Faden auf, „stellt sich für mich die Frage, warum er sich darauf eingelassen hat. Er hätte dann nämlich die Aufgabe zu bewältigen gehabt, einen Hund zu fangen, der genauso aussieht wie Hellens eigener, und ihn für das Video so überaus grausam zu töten – oder töten zu lassen. So etwas tut ein Mensch wahrscheinlich nur dann, wenn er entweder völlig verrückt ist oder zu dieser Tat gezwungen wird. Meine Frage lautet also: Hat Charlotte von Steinbach etwas Gravierendes gegen ihren Nachbarn Jan Tausendfreund in der Hand, das ihr die Macht gibt beziehungsweise gegeben hat, ihn zu erpressen und zu dieser Tat anzustiften?"

„So ist es", sagte Petersen und stellte seine Espressotasse ab. „Außerdem stellt sich die Frage, ob Charlotte bereits weiß, dass Hellen voraussichtlich schon am Mittwoch kommender Woche nach Hause entlassen werden soll – zwei Tage vor der Hauptversammlung. Dann nämlich könnte sie Jan Tausendfreund damit beauftragt haben, dafür zu sorgen, dass Hellen vor Ende nächster Woche keinesfalls in der Lage ist, ihre Heimreise nach Long Island anzutreten. Sie möchte ja schließlich mit allen Mitteln verhindern, dass Hellen dort auf der Hauptversammlung erscheint."

„Mit allen Mitteln? Was können das für Mittel sein?", fragte Fredrik nach.

„Das weiß ich auch nicht. Vielleicht soll er sie erschrecken, vielleicht soll er sie sogar entführen", antwortete Petersen spontan. „Jedenfalls sagt mir die Tatsache, dass er gestern im Klinikum aufgetaucht ist, dass er mit Charlotte von Steinbach in

Kontakt steht. Von wem sonst sollte er Hinweise auf ihren exakten Aufenthaltsort bekommen haben? Die Tatsache, dass er am Donnerstag sozusagen in vollem Ornat erschienen ist, sagt mir allerdings, dass er möglicherweise in friedlicher Absicht gekommen ist. Kein Verbrecher käme auf die Idee, sich so auffällig zu kleiden. Vielleicht wollte er Hellen nur etwas mitteilen."

„An diese Möglichkeit habe ich überhaupt noch nicht gedacht", gab Fredrik zu.

„Wie dem auch sei", schloss Petersen, „wir brauchen für unser Gespräch mit Jan Tausendfreund – wie Sie vorhin bereits sehr richtig festgestellt haben – ein klares Ziel und eine klare Strategie."

„Unser Ziel kann es nur sein, mit Jan Tausendfreunds Hilfe zu beweisen, dass Charlotte von Steinbach den Angriff auf Hellen beauftragt hat und Hellen möglicherweise noch weiter bedroht. Alle anderen Fragen und die Antworten darauf ergeben sich dann quasi von selbst", gab Fredrik knapp zurück.

„Das sehe ich genauso."

„Und wie wollen wir strategisch vorgehen?", erkundigte sich Fredrik nun. „Haben Sie da schon eine Idee, Herr Dr. Petersen?"

So förmlich hatte Fredrik seinen Chef schon lange nicht mehr angesprochen. Er schien Großes zu erwarten.

„Ganz einfach, Fredrik: Wir unterbreiten ihm ein Angebot, das er nicht ablehnen kann!", erwiderte Petersen.

„Was könnte das sein?"

„Wir könnten ihm zum Beispiel anbieten, ihm zu helfen, falls er uns dabei hilft, Charlotte zu überführen."

Als sie am Nürburgring angekommen waren, wurden Fredrik und Dr. Petersen von einer netten jungen Dame in Empfang genommen, die aufgrund ihres Aussehens an ein Grid-Girl erinnerte. Auf dem Namensschild, das sie am Revers trug, stand der Name Charlène. Sie führte die beiden Herren – ohne sich ihre Eintrittskarten für die Haupttribüne zeigen zu lassen – direkt in den VIP-Bereich oberhalb der Boxengasse im fünften Stock des TÜV-Towers.

„Ich habe Ihnen zwei Armbänder mitgebracht, die Sie berechtigen, sich im VIP-Bereich und auf der Dachterrasse frei zu bewegen", sagte sie und reichte ihnen zwei bedruckte und dauerhaft verschließbare Plastikstreifen, für das rechte Handgelenk, wie sie betonte. „Selbstverständlich dürfen Sie sich auch am Buffet bedienen. Die Getränke sind frei. Herr Klein ist als Chef der Rennleitung im Moment natürlich völlig unabkömmlich, aber er lässt Ihnen ausrichten, dass er Sie nach dem Rennen, also etwa um Viertel nach drei, begrüßen wird. Das Gespräch mit Herrn Tausendfreund können Sie dann gegen 16 Uhr in Raum 514 führen, das ist der Raum direkt neben der Porsche-VIP-Lounge. Ich überlasse Sie jetzt hier oben Ihrem Schicksal und wünsche Ihnen viel Spaß!"

„Vielen lieben Dank!", sagte Dr. Petersen, aber das hörte Charlène vermutlich schon gar nicht mehr, denn sie hatte sich bereits von ihnen abgewandt und schwebte mit ihrem federnden Gang anderen Aufgaben entgegen.

„So, Fredrik, jetzt haben wir es in einen der teuersten VIP-Bereiche geschafft, den es im deutschen Motorsport überhaupt gibt", stellte Dr. Petersen zufrieden fest. „Ich schlage trotzdem vor, dass wir zum Start und für die ersten Runden nach unten gehen. Motorsport findet nicht auf Dachterrassen, sondern auf dem Asphalt statt. Wir haben Karten für die Haupttribüne. Da sind wir näher dran. Wir können es uns ja später hier oben gemütlich machen." Er griff in eine seiner Jackentaschen und zauberte einen Schlüsselanhänger mit einem kleinen Tönnchen hervor, das wie ein Ölfass aussah. Er reichte ihn Fredrik und

238

sagte: „Da sind zwei Ohrstöpsel für Sie drin. Es ist ziemlich laut an der Rennstrecke."

„Danke, Chef! Sie denken auch an alles!"

Von ihren gebuchten Plätzen aus hatten sie einen sehr guten Blick auf die Start- und Zielgerade und konnten die Rennstrecke sogar bis zur ersten Rechtskurve in Richtung Mercedes-Arena, dem sogenannten Yokohama-S, einsehen. Jan Tausendfreunds annähernd mattschwarzer Porsche mit den Farbklecksen auf Haube und Dach stand auf Position 5. Beim Start kam er gut vom Fleck und hatte – das konnten sie auf den allgegenwärtigen Monitoren sehen – schon einen Platz gut gemacht, bevor die ersten Fahrzeuge am Ende der langen Geraden in das Yokohama-S einfuhren.

Nachdem alle Fahrzeuge die Start- und Zielgerade verlassen hatten, wurde es für den Rest der ersten Runde, also für etwa zwei Minuten, absolut ruhig auf der Strecke.

„Ich hätte nicht gedacht, dass achtundzwanzig GT3-Fahrzeuge einen so markerschütternden Lärm erzeugen können", sagte Fredrik an Petersen gewandt. „Die Sache mit den Ohrstöpseln war wirklich eine sehr gute Idee von Ihnen!"

„Der Schall fängt sich hier auf der Tribüne ganz anders als auf freier Strecke", antwortete Petersen mit erfahrenem Blick.

Nach den ersten Runden hatte das Rennen für Fredrik und Petersen ein wenig von seiner Anziehungskraft verloren, während die des Buffets in gleichem Umfang gestiegen war. Also begaben sie sich wieder auf den Weg in die VIP-Lounge in der fünften Etage, um die kulinarischen Köstlichkeiten zu würdigen und ganz nebenbei das Renngeschehen zu beobachten. Erst gegen Ende des Rennens gingen sie auf die Dachterrasse hinaus und sahen, wie Jan Tausendfreund auf der Zielgeraden von Position 4, die er über viele Runden kaum gegen Angriffe hatte verteidigen können, auf Platz 3 und damit aufs Treppchen vorfuhr.

„Damit ist unser Einstieg in das Gespräch mit ihm auf jeden Fall gesichert", bemerkte Petersen an Fredrik gewandt, als die Platzierungen auf dem Monitor erschienen.

„Ja", antwortete Fredrik. „Mit einer Gratulation zu beginnen, ist immer eine gute Idee."

Martin Klein erschien um kurz vor vier. „Schön, dich zu sehen, Peter! Wir haben uns ja schon eine ganze Weile nicht mehr getroffen!"

„Das letzte Mal waren wir zusammen beim Formel-1-Rennen am Hockenheimring, wenn ich mich recht erinnere", erwiderte Dr. Petersen.

„Ja genau. In der Mercedes-Benz-Lounge. Und du bist da mit einer Ferrari-Mütze auf dem Kopf herumgelaufen!"

„Ja, das war rückblickend betrachtet vielleicht nicht ganz so höflich", gab Dr. Petersen zu.

„Herr Tausendfreund kommt in ungefähr zehn Minuten. Charlène wird Euch gleich den Raum aufschließen."

„Das ist wunderbar", erwiderte Petersen.

„Wie besprochen habe ich Euch bei Jan Tausendfreund als Supervisoren vorgestellt, die sich um die Sicherheit beim Boxenstopp kümmern", fuhr Klein fort.

„Danke, Martin. Damit hast du uns den bestmöglichen Aufhänger für unser Gespräch gegeben, den man sich überhaupt vorstellen kann. Und danke auch dafür, dass wir überhaupt hier sein dürfen."

„Gern geschehen. Ich wünsche Euch viel Erfolg. Lass uns nächste Woche mal telefonieren. Ich möchte auf jeden Fall erfahren, wie die Sache hier ausgegangen ist", sagte Klein und nickte ihnen zum Abschied zu.

„Versprochen, Martin. Ich rufe dich an!"

„Super. Ich muss jetzt weiter. Wir haben ein paar Fernsehjournalisten hier, denen ich erklären soll, warum wir heute zweimal eine Durchfahrtsstrafe verhängt haben!"

Fünf Minuten später erschien Charlène. Sie schloss den Raum auf und war schon nach wenigen Augenblicken wieder verschwunden.

Kurz darauf erschien Jan Tausendfreund, trunken vor Freude. Er war in allerbester Laune, begrüßte Fredrik und Dr. Petersen freundlich und nahm am Besprechungstisch Platz.

„Herzlichen Glückwunsch, Herr Tausendfreund. Es war sicher nicht ganz leicht für Sie, Ihren vierten Platz über so viele Runden zu verteidigen. Aber der Kampf hat sich ja wirklich gelohnt. Am Ende sind Sie sogar noch Dritter geworden!", begann Petersen das Gespräch.

„Als wir am Mittwoch hier angereist sind, hätte ich nicht im Traum daran geglaubt, dass ich es aufs Treppchen schaffen kann. Mein Auto ist nagelneu. Wir mussten das gesamte Fahrgestell neu einstellen. Meine Rundenzeiten waren enttäuschend schlecht, weil die Kurvenstabilität noch zu gering war. Aber meine beiden Mechaniker sind wahre Künstler. Sie haben es geschafft, dass ich im Qualifying wettbewerbsfähige Rundenzeiten erzielen und von Platz fünf ins Rennen gehen konnte. Was kann ich für Sie tun, meine Herren?"

„Wenn Sie uns schon so direkt fragen", begann Dr. Petersen, „wir sind in Wahrheit nicht wegen der Sicherheit in der Boxengasse hier, sondern wegen der Sicherheit von Elena Nowakowskaja im Klinikum für die Seele. Sie sind dort am Donnerstag zweimal gesehen worden."

Der junge Mann erstarrte für eine Sekunde, doch er fing sich

241

schnell wieder. Petersen entging der kurze Schreckensmoment trotzdem nicht.

„Ich kenne diese Frau überhaupt nicht!", antwortete Jan Tausendfreund spontan. „Wie sind Sie überhaupt hier reingekommen?"

Dr. Petersen ignorierte die Frage und sprach ruhig weiter: „Elena Nowakowskaja ist eine überaus berühmte Pianistin. Ihre Nachbarin Charlotte von Steinbach ist ihre Managerin."

„Was habe ich damit zu tun?", gab sich Tausendfreund kühl.

„Der genaue Aufenthaltsort der Nowakowskaja ist geheim. Trotzdem sind Sie dort zweimal aufgetaucht. Wir möchten wissen, ob Charlotte von Steinbach Ihnen die erforderlichen Informationen über ihren Aufenthaltsort gegeben hat und warum."

Jan Tausendfreund verfiel augenblicklich in eine Art Schockstarre, er war offensichtlich völlig außerstande, irgendein Wort von sich zu geben. Reglos saß er da und starrte Dr. Petersen fassungslos an. Mehrere Minuten lang. Sein Gehirn arbeitete offensichtlich auf Hochtouren.

„Was wollen Sie von mir?", stieß er dann hervor.

„Wir wollen Ihnen ein Angebot machen", erklärte Dr. Petersen ruhig.

„Was soll das für ein Angebot sein? Und woher weiß ich, dass ich Ihnen trauen kann?"

„Wenn Sie uns helfen, Charlotte von Steinbach zu überführen, helfen wir Ihnen, aus der ganzen Sache mit möglichst wenig Beulen herauszukommen", erklärte Petersen sachlich. „Wir legen unsere Karten komplett auf den Tisch. Wir sagen Ihnen, was wir wissen und was wir nicht wissen. Und Sie entscheiden am Ende, ob Sie mit uns zusammenarbeiten wollen oder nicht."

„Aber wer sagt mir, dass Sie wirklich in der Lage sind, mir zu helfen? Ich kenne Sie doch gar nicht", wandte Tausendfreund ein.

„Es wird Ihnen sicherlich schon aufgefallen sein, dass wir ziemlich ausgeschlafen und gut vernetzt sind. Wenn dem nicht so wäre, würden wir hier gar nicht so nett zusammensitzen. Überdies kennen wir ein paar sehr gute Anwälte."

Jan Tausendfreund ließ das Gehörte erst einmal sacken und starrte auf den Konferenztisch. Dann sah er auf. „Gut. Ich höre."

Dr. Petersen nahm das als Zustimmung und begann nun damit, Jan Tausendfreund seine Ermittlungsergebnisse offenzulegen. Er erklärte ihm, warum Charlotte Hellen um jeden Preis von der Hauptversammlung am kommenden Freitag fernhalten wolle und warum er selbst davon ausgehe, dass Jan Tausendfreund den grausamen Videoclip gedreht und möglicherweise auch in Kastens Hotel Luisenhof vorgeführt habe. Er stellte die Frage, warum Jan Tausendfreund sich überhaupt darauf eingelassen habe. Und er wollte wissen, warum er am Donnerstag vier Stunden vom Nürburgring nach Hannover und vier Stunden zurückgefahren sei, ohne mit der Nowakowskaja direkt in Kontakt getreten zu sein.

Tausendfreund ließ den Kopf hängen, nach einer Weile brachte er leise hervor: „Charlotte von Steinbach erpresst mich. Sie hat etwas gegen mich in der Hand. Und jetzt soll ich dafür sorgen, dass die Nowakowskaja Long Island vor Ende nächster Woche nicht erreicht, nicht erreichen kann. Ich soll sie erschrecken, entführen oder sonst wie von dieser Hauptversammlung fernhalten. Aber ich kann das nicht und ich will das auch nicht. Die Sache mit dem Hund war schon schlimm genug." Er hielt einen Moment inne und atmete tief durch. Dann sah er Petersen fest in die Augen. „Ich bin im Klinikum gewesen, weil ich sie warnen wollte. Ich war sogar in dem gro-

243

ßen Saal, in dem sie Klavier gespielt hat. Aber ich wusste nicht, wie ich sie ansprechen sollte. Ich habe es einfach nicht geschafft."

Erneut entstand eine Pause. Jan Tausendfreund schien ein wenig die Fassung zu verlieren. Eine Träne lief ihm über das Gesicht.

Als er sich wieder gefangen hatte, fasste Dr. Petersen noch einmal nach: „Können wir davon ausgehen, dass Sie die Nowakowskaja zukünftig in Ruhe lassen?"

„Ja!", antwortete Tausendfreund etwas unwirsch.

„Und kommen wir ins Geschäft? Werden Sie uns helfen, Charlotte von Steinbach zu überführen?", bohrte Petersen weiter.

Der junge Mann schien erneut in sich zusammenzufallen, er schüttelte den Kopf. „Das würde ich sehr gerne tun, aber wenn Charlotte von Steinbach zur Polizei geht, ist meine Karriere zu Ende."

„Was hat sie denn gegen Sie in der Hand? Oder möchten Sie darüber lieber nicht sprechen?", fragte Dr. Petersen sanft.

„Es gab einen Verkehrsunfall mit Personenschaden, den ich verursacht habe. Ein junges Mädchen wurde dabei verletzt und ich bin einfach abgehauen. Die von Steinbach weiß das und kann das auch beweisen."

„Wurde das Mädchen schwer verletzt? Und wie ist es überhaupt dazu gekommen?", wollte Dr. Petersen wissen.

„Es war schon dunkel. Ich war zu schnell. Ich habe sie zu spät gesehen und sie vom Fahrrad geholt. Mit dem linken Kotflügel habe ich ihr Hinterrad erwischt und sie ist gestürzt. Es tut mir so leid! In der Zeitung stand, dass sie mit einem Krankenwagen in die Medizinische Hochschule gebracht worden ist", antwortete Jan Tausendfreund stockend.

„Haben Sie versucht, nach dem Mädchen zu sehen? Es muss

Sie doch interessiert haben, wie es ihr nach dem Unfall ergangen ist, ob sie die Aussicht hat, wieder gesund zu werden oder eventuell bleibende Schäden davontragen wird."

„Ich bin sogar zum Krankenhaus gefahren und wollte sie besuchen. Kurz davor bin ich aber wieder umgekehrt, weil ich meinen Führerschein und vor allem meine Rennlizenz nicht verlieren wollte."

„Wären Sie bereit, dem Mädchen ein Schmerzensgeld, vielleicht auch eine dauerhafte Entschädigung zu zahlen?"

„Ja, selbstverständlich! Ich möchte mit ihr sprechen, mich entschuldigen, und natürlich wäre ich auch bereit, sie finanziell zu unterstützen. Ich verdiene in einem Monat mehr Geld als die meisten im ganzen Jahr. Aber wie soll ich herausfinden, wie sie heißt und wo sie wohnt, sie besuchen und mit ihr sprechen, ohne meine Identität preiszugeben?"

„Wir können ganz gut recherchieren, wie Ihnen inzwischen sicher deutlich geworden sein dürfte, und ich kann mir nicht vorstellen, dass wir länger als vierundzwanzig Stunden brauchen würden, um den Namen und den Wohnort dieses Mädchens herauszufinden."

Jan Tausendfreund antwortete nicht sofort. Er schien nachzudenken.

„Charlotte von Steinbach hat alles fotografiert und sie hat den Artikel, der am nächsten Tag in der Hannoverschen Allgemeinen erschienen ist, aufgehoben. Darin ist der Unfallhergang detailliert beschrieben, auch das Fluchtfahrzeug: ein Porsche GT3 mit großem Heckflügel."

„Das ist noch lange kein Beweis", stellte Dr. Petersen fest. „Die Beschädigungen können auch anders entstanden sein. Außerdem gibt es mehr als einen Porsche GT3 mit großem Heckflügel, wie wir heute gesehen haben."

„Ja, das ist wahr. Aber die von Steinbach ist eine wirklich hinterhältige Frau", sagte Tausendfreund mit einem Anflug von Verzweiflung. „Wenn sie sich unter Druck gesetzt fühlt oder in die Defensive gerät, geht sie garantiert zur Polizei. Oder sie informiert die Presse. Dann bin ich in jedem Fall von jetzt auf gleich komplett erledigt."

„Wenn Sie sich entschließen, mit uns zusammenzuarbeiten, ist eher Charlotte von Steinbach von jetzt auf gleich erledigt, das ist die Realität", antwortete Fredrik mit einem Blick zu Dr. Petersen.

„Ja, das sehe ich ähnlich", bestätigte der. „Wenn wir nämlich mit Ihrer Hilfe beweisen können, dass Charlotte von Steinbach die Traumatisierung der Nowakowskaja in Auftrag gegeben hat, gerät sie sofort in die Defensive. Für Sie persönlich entstünde dadurch im Übrigen eine komfortable Patt-Situation, in der Charlotte von Steinbach keinesfalls riskieren könnte, Ihnen Schwierigkeiten zu machen. Eher würde sie Sie auf Knien bitten, die ganze Angelegenheit so schnell wie möglich unter den Tisch zu kehren. Denn wenn die Presse von Ihrer außergewöhnlichen Geschäftsbeziehung erführe, wäre Charlotte von Steinbachs Reputation vermutlich irreparabel zerstört."

„Wahrscheinlich wird sich dann auch niemand mehr ernsthaft dafür interessieren, wer an der Produktion oder der Vorführung dieses Films beteiligt war", fügte Fredrik hinzu.

„So habe ich das überhaupt noch nicht gesehen", antwortete Jan Tausendfreund, der gequälte Ausdruck auf seinem Gesicht schwand merklich, obwohl er die Einschätzung der Lage durch Fredrik und Dr. Petersen noch gar nicht voll zu erfassen schien.

„Können wir auf Sie zählen?", wollte Dr. Petersen nun wissen.

Jan Tausendfreund antwortete nicht sofort.

„Sie haben gesagt, dass Sie mir helfen wollen, aus der Sache mit möglichst wenig Beulen wieder herauszukommen. Wie wollen Sie das machen?", erkundigte er sich dann.

„Mit unseren kommunikativen Fähigkeiten und notfalls mit juristischer Hilfe. Zu unserer kleinen Unternehmensgruppe gehört auch eine sehr angesehene Rechtsanwaltskanzlei."

„Sie haben gesagt, dass Sie ganz gut recherchieren können. Könnten Sie sich vorstellen, mit diesem Mädchen Kontakt aufzunehmen, um ihr zu übermitteln, dass ich bereit bin, sie großzügig zu entschädigen, und mir wünsche, mit ihr zu sprechen, ohne eine Anzeige befürchten zu müssen?"

„Grundsätzlich ja", antwortete Dr. Petersen mit einem leicht fragenden Blick in Fredriks Richtung. Fredrik deutete ein Nicken an.

Jan Tausendfreund sah nachdenklich mit leerem Blick in eine imaginäre Ferne, dann antwortete er mit fester Stimme: „Ja, Sie können auf mich zählen!"

„Danke für Ihr Vertrauen!", gab Dr. Petersen zufrieden zurück.

Bevor Fredrik und Dr. Petersen die Heimreise antraten, setzten sie sich noch kurz zusammen, um zu besprechen, was jetzt in welcher Reihenfolge zu tun sein würde.

„Das Feuer ist aus", stellte Dr. Petersen zufrieden fest. „Ich hatte zum Schluss sogar den Eindruck, dass Jan Tausendfreund ganz glücklich war, dass wir ihn gefunden haben."

„Das kann gut sein, das habe ich auch so empfunden."

„Ich glaube, wir sollten noch ein paar Telefonate führen, bevor wir zurückfahren", sagte Petersen.

„Am besten rufen Sie Vitali und Mehmet an", schlug Fredrik vor. „Auf Long Island ist es jetzt elf Uhr morgens und in Istanbul kurz vor sechs Uhr abends. Ich spreche mit Luiza. Dann weiß drei Minuten später auch Hellen Bescheid."

„Sehr gut, Fredrik. Und morgen früh rufe ich Dr. Waldheim an", ergänzte Dr. Petersen. „Er wird ziemlich erleichtert sein, zu hören, dass seine berühmte Patientin jetzt keine weiteren Angriffe mehr zu befürchten hat."

Dienstag, 28. August
Neue Perspektiven

Dr. Waldheim hatte seine ehemalige Patientin Elena Nowakowskaja am Tag vor ihrer Entlassung aus dem Klinikum zusammen mit ihrer Freundin Luiza Bartók ins Valentino zum Abendessen eingeladen. Natürlich durften Dr. Petersen, Fredrik und Isabella nicht fehlen, die ja auf ihre jeweils unnachahmliche Weise dafür gesorgt hatten, dass die Nowakowskaja jetzt wieder angstfrei agieren konnte.

Dr. Waldheim hatte eine bewegende Tischrede gehalten, in der er vor allem seiner Freude darüber Ausdruck gab, dass die berühmte Pianistin in seinem Klinikum so schnell wieder genesen war. Aber er würdigte auch die diplomatischen Glanzleistungen ihrer Freundin Luiza, die kombinatorischen Fähigkeiten Dr. Petersens, Fredriks besondere Art von Courage im Zusammenhang mit ihrem Krankentransport und natürlich Isabellas außerordentliche Rechercheleistungen, ohne die Fredrik und Dr. Petersen Jan Tausendfreund und seine Auftraggeberin Charlotte von Steinbach sicher nicht in der gebotenen Geschwindigkeit hätten entlarven können.

„Was haben Sie denn unter den geänderten Rahmenbedingungen für Pläne für die nächsten Tage und Wochen?", wollte Dr. Waldheim nach Beendigung seiner Rede an Hellen gewandt wissen.

„Mein Leben steht seit Sonntagabend völlig auf dem Kopf", begann Hellen ihre Erwiderung. „Vor einer Woche konnte ich mir überhaupt noch nicht vorstellen, wieder beruflich tätig zu werden. Ich wollte einfach nur nach Hause. Mit Dr. Rettich habe ich darüber gesprochen, wie ich mich zumindest ein wenig von Charlotte emanzipieren könnte. Sie hat ja mein gesamtes Leben dominiert. Aber nachdem Luiza mir am Sonntag berichtet hatte, was Dr. Petersen und Fredrik am Nürburgring in Erfahrung gebracht haben, war mir sofort klar, dass Charlotte ihre Macht über mich für immer verloren hat. Meine anfängliche Fassungslosigkeit über den Auftrag, den sie diesem Jan Tausendfreund erteilt hatte, wich der Erkenntnis, dass die langjährige Vertrauensbeziehung zwischen Charlotte und mir für immer zerstört war. Charlotte war plötzlich Geschichte und für mich hat von jetzt auf gleich ein neues, selbstbestimmtes Leben begonnen."

„Werden Sie bald wieder auftreten?", erkundigte sich Dr. Waldheim. „Und wie wird es bei Lady Hellen weitergehen?"

„Alle Konzerte sind abgesagt. Ich werde viel Zeit haben, darüber nachzudenken, wo und wie oft ich zukünftig auftreten möchte. Natürlich möchte ich die ausgefallenen Konzerte nachholen. Ich werde aber selbst Kontakt zu den Veranstaltern aufnehmen, mein Management vorübergehend selbst in die Hand nehmen und die Termine selbst bestimmen. Vitali wird mir dabei helfen. Und natürlich werde ich mich nach einer Agentur umsehen, die mir dabei hilft, mein neues, selbstbestimmtes Leben zu organisieren."

Sie hielt kurz inne und ging dann auch auf Dr. Waldheims Frage in Bezug auf Lady Hellen ein: „In den nächsten Tagen wird sich alles um die Hauptversammlung und die Umsetzung der Beschlüsse drehen. Nach den Gesprächen, die Vitali und Dr. Petersen letzte Woche mit Mehmet geführt haben, ist mir endgültig klar geworden, dass sich meine hohen Anforderungen in Bezug auf die Umweltfreundlichkeit unserer Produkte nur durch unsere Beteiligung an Yildirim Tekstil realisieren lassen. Ich werde also dafür stimmen. Aufgrund der aktuellen Situation wird es meine ehemalige Managerin vermutlich nicht wagen, übermorgen auf der Hauptversammlung zu erscheinen. Damit werden die Anträge zur Kapitalerhöhung und zur fünfundsiebzigprozentigen Beteiligung an Yildirim Tekstil voraussichtlich mit den neunzig Prozent der Stimmen angenommen, die auf die Familie entfallen. Vitali und ich werden außerdem den Antrag einbringen, die Einziehung von Charlottes Anteilen zugunsten der übrigen Aktionäre juristisch zu prüfen."

„Sie wollen vermeiden, dass Charlotte von Steinbach doch noch von den Erfolgen profitiert, die Lady Hellen auf Basis der Beschlüsse hoffentlich erzielen wird, nehme ich an?", fragte Dr. Petersen nach.

„Ganz genau", Hellen nickte. „Vitali und ich sind der Meinung, dass Charlotte durch ihren Angriff auf mich alle Rechte einer Beteiligung an Lady Hellen für immer verwirkt hat. Wir hoffen, dass die Juristen das auch so sehen."

Dr. Petersen lächelte, er hatte eine Idee: „Dann mag es Sie interessieren, dass wir seit vielen Jahren sehr gut und vertrauensvoll mit der Anwaltskanzlei Mitchell & Sons zusammenarbeiten, die sich inzwischen in der fünften Generation mit dem amerikanischen Aktienrecht und Rechtsfragen rund um Bank und Börse beschäftigt. Ich habe Walter Mitchell, den Chef von Mitchell & Sons in New York, zuletzt am Vorabend meines Besuchs auf Long Island in New York getroffen. Ich bin sicher, dass Walter Ihnen sehr gut beim Einzug der Anteile von Charlotte von Steinbach helfen kann. Ich gebe Ihnen gerne ein Entree!"

Epilog

Hellen begegnete Charlotte nie mehr; Charlotte war erwartungsgemäß auf der Hauptversammlung nicht erschienen. Walter hatte die Einziehung von Charlottes Anteilen zugunsten der übrigen Aktionäre völlig ohne ihre Mitwirkung erwirken können. Damit war auch die letzte formelle Verbindung zwischen Hellen und Charlotte für immer gekappt. Und Vitali hatte für Hellen die Künstleragentur Anderson Artists in Lower Manhattan, New York, entdeckt.

Mit ihrer neuen Managerin, Fiona Anderson, der Gründerin und Inhaberin von Anderson Artists, verstand Hellen sich von Anfang an sehr gut. Schon bei ihrem ersten Treffen hatte Hellen herausgehört, dass Fiona ihr Unternehmen – genau wie sie – gegründet hatte, weil sie von einer Mission getrieben war. Während Hellens Antriebsfeder die Verantwortung für Umwelt und Gesellschaft gewesen war, war Fionas Mission, Künstler durch die Entwicklung ihrer Persönlichkeit zum Erfolg zu führen und nicht allein durch die Einflussnahme auf ihr Repertoire. Hellen war aufgrund ihrer Erfahrung mit Charlotte sofort klar, dass Fiona ihre ideale Managerin sein würde. Und natürlich hatte Fiona Verständnis dafür, dass Hellen von Zeit zu Zeit mit Paula Reed, ihrer Marketingchefin, nach Europa reisen musste, um hier und dort eine neue Filiale von Lady Hellen zu eröffnen.

Danksagung

Wäre Dr. Matthias Wilkening, Eigentümer und Chef der Klinikum Wahrendorff GmbH, des Fachkrankenhauses für die Seele in Sehnde bei Hannover, nicht jahrelang mein absoluter Lieblingskunde und wären wir uns nicht darin einig gewesen, dass wertschätzende Kommunikation der bedeutendste Erfolgsfaktor eines jeden Unternehmens ist, wäre ich dem Klinikum nicht so nachhaltig verbunden geblieben und dieses Buch wäre wahrscheinlich nie entstanden. Ich danke Dr. Wilkening dafür, dass er mein Buchprojekt von Anfang an so wirkungsvoll unterstützt hat.

Mein Dank gilt auch Prof. Dr. Marc Ziegenbein, dem Ärztlichen Direktor des Klinikums, der unter anderem meine Ausführungen über die traumatische Belastungsstörung der Pianistin auf ihre fachliche Richtigkeit geprüft hat. Auch bei Herbert Flecken und bei Dietrich zu Klampen möchte ich mich bedanken, denn ohne sie hätte ich niemals herausgefunden, dass es in Hannover eine höchst kompetente Lektorin gibt, die genau zu mir passt. Ich bedanke mich bei Christiane Saathoff, meiner Lektorin, für die feinfühlige Rundum-Betreuung meines Buchprojektes. Sie war und ist mir eine wertvolle und auch hinreichend hartnäckige Kritikerin in Bezug auf den Text und hat mich als meine „Projektleiterin" mit ihrem Drei-Damen-Team sehr professionell und kompetent bis zur Veröffentlichung begleitet. Besser kann man das nicht machen! Ganz herzlichen Dank dafür!

Und natürlich möchte ich mich bei Jeanne Hellwig bedanken, Gymnasiallehrerin im Fach Deutsch und Liebhaberin der deutschen Literatur, die meine Texte schon kritisch gelesen hat, bevor meine engsten Freunde und meine Familie überhaupt ahnen konnten, dass ich an einem Buch schreibe.

Mein bester Freund Klaus-Rudi, mit dem ich – wie im Buch – dienstags Gitarre spiele und der im ersten Teil des Buches im Zusammenhang mit Dr. Petersens Gitarrenabend auch namentlich Erwähnung findet, war sehr früh eingeweiht und hat mich immer wieder darin bestärkt, das Projekt bis zur Veröffentlichung zu verfolgen. Danke, Klaus-Rudi.

Last but not least gilt mein besonderer Dank meiner Familie, meinem Sohn Steffen für die kritische Durchsicht der ersten Fassung und ganz besonders meiner lieben Frau Marlies, die mir mit ihrem präzisen Auge für die deutsche Sprache und ihrer empathischen Kompetenz in Bezug auf die Erwartungen der Leser schon bei der Entwicklung von Figuren und der Entstehung einzelner Kapitel ein sehr wertvoller Sparringspartner war.